银星海棠

吴芝兰 著

作家出版社

作者像

目 录

童　年

一

都说童年的经历会影响人的一生，我童年时的记忆，是从那年我独自躺在教堂里开始的。

听父亲说，我爷爷有兄弟仨，在湖北应城县杨冷镇吴集村务农。爷爷是长子，因家境贫寒，他到附近基督教会的教堂当了看门人。教会因此出钱供他三弟吴维章和我父亲上学。吴维章读到医专毕业，与人合伙开了医院。父亲因在“五卅”运动中上街游行，教会因此停了他的学费。此时爷爷已去世，他便到他的三叔吴维章的医院里学医。

记得教堂就在我家住房的后面，隔着一二十米空地。那年躺在教堂里时，我也许四五岁吧！那是个炎热的夏日，父亲在教堂旁的小房里做了一大瓶汽水，喂我吃了药，喝了一杯汽水后，就走了。我独自一人躺在教堂那张小竹床上，全身发热，昏昏沉沉地睡着了。醒来时，满屋一片漆黑，我头疼，嗓子又干又辣，火烧火燎的，哭着喊着要喝水，没有人理我。只见房顶上出现一个又一个晃动的黑影，我害怕极了，依然又哭又叫……依然没有人来……我声音嘶了，嗓子哑了，不知哭了多久，帮我家做饭的亲戚才把我抱回了家。此时，妈妈正在医院里，听说她从生了弟弟之后，就没有再回过家。我下面还有一个妹妹。我们姐妹间相隔都只有一岁多，只有大姐比我大了六七岁，据说中间的姐妹都已夭折了。不久，妈妈去世，父亲拖着我们姐弟四人，日子过得很艰难，很快就再婚了。1938 年日本人进攻武汉前夕，姐姐要离家去逃难，我便跟着她离开了家。那时，我只觉得姐姐是亲人。长大后，有次我问奶奶，为什么小时候把我一人丢在教堂里？她说，那时你感冒发烧了，你妈病重住在医院里要人陪，你弟弟和妹妹也都离不开人。天热，家中房子小，只好让你在那里休息。那里比家里凉快。

1938 年，我跟随姐姐进难民收容所来到武汉。后又由难民收容所转到儿童保育院，随保育院师生坐船来到重庆，分到金剑山第二保育院。姐姐不久考取陶行知办的育才学校走了，我随之被转入北碚土主镇第三保育院。土主镇离北碚大约三十多里地，是一个僻静的小乡镇。保育院先设在土主镇土主庙内，后迁至周氏宗祠。当时院长是李鹏同志的母亲、李硕勋烈士的爱人赵君陶同志，我们称她为赵妈妈。与她一起工作的，先后还有十几位共产党员。保育院的经费除政府补助一小部分外，主要来源于社会募捐。据说当时每个学生每月只有三元钱的生活费，包括吃穿用全在内。所以保育院基本上实行的是带有半工半读性质的办学方针，注意培养儿童的德、智、体全面发展，注意“手脑并用”。院内设有三种不同性质的行政系统，分管学习、生活、生产劳动和文娱活动。我们被编进班级和各种生产劳动小组、文娱活动小组，每天上午集中上课，下午按单双日分别进行生产劳动和文娱活动。全院约三百多学生，全部是女同学，分住在几间大房子里。建院初期，一切白手起家，我们住的房间是通铺，从墙这头，一直延伸到墙那头。每天起床后，老师带我们到祠堂外面的稻田里或小溪边寻找水源漱洗，然后朝读、早餐、上课。因经费不够，冬天没有取暖设备，我们手脚都长了冻疮，一下课，便到操场上跳绳子、踢毽子取暖。夏天蚊子多，同学们每天轮流跟着分管生活的老师到后山坡去割艾草熏蚊子。一到傍晚，满院黑烟四起，我们常常被熏得满脸都是汗水和泪水。当时我年龄较小，有些生产劳动不参加，只编进了文娱活动小组。但有时要跟着老师上山割艾草、捡竹笋壳或剥笋壳，给做布鞋组的同学做鞋底用。竹笋壳上有一层细毛，天热出汗多，我常常因为擦汗把细毛弄得满身都是，又扎人又刺痒，十分难受，常暗自落泪。后来剥得多了，也就学会剥了。由于经费不足，院长和老师们为保证每个同学都能得到必需的营养，便将大家按年龄大小、个子高矮、身体好坏，分成甲乙丙丁组，分组分食。并设有病号饭。尽管这样，不少同学还是感到吃不饱饭。在课余或休息时，到附近山坡上摘野果吃。一个星期天的下午，我也跟着同学们去到后山。我们手牵手，一路唱着老师教的抗战歌曲：

我们都是神枪手
每一颗子弹消灭一个敌人
我们都是飞行军
哪怕那山高水又深
……

春天的阳光照在身上暖融融的，我们不感到寒冷了，个个唱着、跳着，十分高兴，就像是去赴宴一般。到达山坡边时，几个大同学都松了手，直向山上奔去。我们几个小同学也分别跟着。谁发现了野果就招呼大家都去，不一会儿，这个叫，那个喊，都发现了一片又一片。有些野果她们认识，能吃，便拼命摘了往嘴里放。有些不认识的，便试着吃，摘了放进嘴里尝一尝，苦的，便吐出，不苦，就咽下。我也学着像她们一样又摘，又尝，又吃。我们从山坡这边一直吃到山坡那边，有人还摘了用手绢包着带回来。直到太阳快落山了，才下山往回走。这时，我感到嘴唇有点不适，先是发辣，渐渐发麻，嘴唇有点儿肿了，肚子也有些难受。我看看大家，她们仍是又说又唱又笑的，似什么事也没有。我也就不做声，跟着往回走。回到保育院，吃过晚饭，我的嘴唇肿得厉害了，又吐又拉，全身难受。同学们把我扶到医务室，医生问清情况后，说我可能是吃野果中毒了。我这才想起下山时，我在草丛边拾起一串红晶晶的野果吃了。可能有毒虫爬过吧，医生说。她便让我喝了许多水，又灌肠，让我尽量吐、拉，吐完，拉完，才又给我吃了药，一直折腾到后半夜。自此，我再也不敢去吃野果了。但孩提时代贪吃零食的习惯，却仍在同学中蔓延。一个星期天的午休时，同宿舍的一个大同学邀我去“上天”。她告诉我，“上天”就是上帝邀我们到天上去吃好吃的东西。要去“上天”，就要把最心爱的东西送给上帝，上帝才能邀我们去。她说她姑妈在教堂工作几十年了，能见上帝，可以替我们转礼物。她把我和另一个同学带到后山坡的几棵大树下，这里是一片茂密的树林，地上躺着三个同学，她们的嘴唇都在不停地吧嗒吧嗒嚅动。

“你们看，她们已经上天了，正在吃东西，满嘴吃得油光光的。”那个大同学对我们说。

她正说着，躺在地上的同学都一边吧嗒着嘴唇，一边用舌头舔着自己的嘴唇，嘴唇上马上现出一片湿润。不一会儿，她们嘴唇不动了。再过一会儿，她们有的伸懒腰，有的打呵欠，有的睁开眼，都说已经回到地上来了。然后就嘻嘻哈哈地坐起身，你一言，我一语，说上帝请她们吃了什么什么好东西，怎么怎么好吃，等等。个个兴高采烈，边说边起身，边拍打着身上的灰尘，向山下走去。那个大同学便笑着也让我们跟着走。

当晚，我将从家中带来的一条丝绸手绢给了那个大同学。几天后，她告诉我，上帝已邀请我了，但要看我心诚不诚。心诚就能上天，心不诚就上不了天。于是，一天中午，她又带我和另一个同学来到那片树荫下。她让我们像那些同学一样躺在地上，先入睡，如果心诚，睡着了，上帝就会请我们去。我躺在那片树荫下的落叶上，落叶厚厚的，软软的，清凉的山风吹拂着我的全身，比在祠堂那没有窗户的通铺上舒适凉爽多了。不一会儿，就睡着了。等她们叫醒我，问我吃了上帝的什么东西时，我才揉着眼半天回答不出来。那个大同学不高兴地说："你不诚心，还得再送礼！"说完就嘟着嘴领我们下山了。

我一连送了两次礼，都睡得十分香甜，但都没能"上天"。而其他的同学只送了一次礼就已"上天"了。我发现她们刚躺下不久，有的嘴唇就吧嗒吧嗒地响起来。这么快就上天了？我心里有些疑惑。已再没有礼物可送了，我怕再也上不了天，第三次去躺下时，我也学着她们的样，躺下不久，就自己吧嗒吧嗒起嘴唇来。渐渐地，我感到嘴里不断涌出许多唾沫，我便将它们咽下。吧嗒嘴唇的时间长了，嘴里真像有吃东西的感觉。难道这就是上帝在请我们吃东西吗？而我现在还醒着哩！我一边吧嗒着嘴唇，一边闭着眼想。不一会儿，大家醒来，我也跟着睁开眼。她们依旧说吃了这、吃了那的。那个大同学问我吃没吃？我连忙回答说吃了。但吃的什么，我不知道。她便立即拉起我的手笑着说："你以前哪能吃到上帝给的东西，当然不知道是什么啦！"说完，她便高兴地拉着我的手下山了。

从此，隔些时，大家便悄悄相约着到后山去"上天"。那大同学不再跟着我们来了，她已离院升初中去了。大家到了山上后，醒来时，有时说吃了这，吃了那，有时也不说，便一起下山来。尽管我从没有上过天，但她们邀我时，我还是去了。那里午睡凉快，听她们说什么什么好吃，听了心里也高兴。但我却从没敢向她们说起我心中的疑惑。现在想来，这可能是大同学们想出来的集体逃午睡的骗局吧！因为那个大同学收拾东西离院时，我看到了我那条丝绸手绢。这也反映了我们童年时对吃食的向往，也就是现在大人们所谓的心理会餐吧！

保育院有一架风琴，是老师教唱歌时伴奏用的。有时老师教唱完，大同学们劳动去了，我就在琴上弹着玩。老师平时教唱时，我也喜欢看她怎么弹。后来老师发现了，也曾教了我一点简单的基本知识。时间一长，几年下来，只要是老师教唱的简单歌曲，我学会唱了，便也慢慢地能在风琴上弹出歌曲的曲谱。指法虽不正规，但我仍是十分欣喜。离开保育院后，有时一听见琴声，我总心向往之。成年后我的工作与琴无缘，直到退休了，才买到一架钢琴学弹，圆了我儿时的梦。

文娱小组活动时，老师教我们唱了许多抗战歌曲。这些歌曲陶冶了我们的心灵，激发了对日本鬼子的仇恨，也从小培育了我们的爱国热情。记得有次空袭警报解除后，我们摸黑坐在教室里等待吃饭，不知哪个同学领头唱起了流亡三部曲。一时间，各个教室都跟着唱起来。当唱到“爹娘啊，爹娘啊，什么时候才能欢聚在一堂……”时，满教室的哭声，此起彼伏，整个祠堂笼罩在一片凄凉悲切的哭声中。老师们便马上领头唱起了“大刀向鬼子们的头上砍去……”唱“中国不会亡……”唱“风在吼，马在叫，黄河在咆哮……”唱“打回老家去……”我们悲切的歌声，便慢慢转向对日本鬼子的愤怒，迸发出高昂的爱国激情……

保育院是个大家庭，除了上课学习外，其余时间也全在一起集体生活。院长及老师们十分注重我们的课外教育。周家祠堂在他们精心设计的改建下，已变成了一座庄严的抗日小学。进门后，大门右边墙上挂着“歼灭倭寇，还我河山”的大幅宣传画。我们日常活动的大院子左右两边，也有“明礼义知廉耻”“负责任守纪律”的大幅标语。而院子四周，则挂着绘有图画的各式标语。上面写着：

“社会即学校”“生活即教育”

“我要做手脑双挥的小工人”

“我要做追求真理的小学生”

“我要做自觉觉人的小先生”

“我要做反抗侵略的小战士”

“自觉　自治　自助”

“互谅　互信　互助”

老师们在课堂教学时，还经常从报章杂志上剪来抗日文章做教材，鼓励同学们多进阅览室看课外读物。每周还设有学习、生活、娱乐三个晚会。在生活晚会中，让同学们谈一周来生活中的优缺点，进行自勉和互勉。随着年龄的增大，我参加了打草鞋组，也学会了纳鞋底。打了草鞋自己穿，衣被也开始自己洗了。冬天在野外冷水中洗衣被时，长了冻疮的双手，常常冻得红肿僵硬，握不住衣服。我便双臂交叉，将手放在腋下焐热后，再接着洗。我们用皂角水打湿了衣被后，在溪边的石头上用手揉搓，用木棍捶，把洗出的脏水一遍遍捶出来。最后放到溪水中间去清洗。被子大，一个人清洗不动，我们便两人一起洗，一人清洗一头。洗完，两人一起拧干后，晒在溪边的小树上。然后便在树边的草地上晒太阳，踢毽子。

二

1941年秋，姐姐写信给父亲，让父亲托人将我从保育院接回家。这时家已迁到湖北宜都，已是敌占区了，只是没有日本驻军。接我的是一位四十多岁的商人，他叫我称他胡伯伯。姐姐把我从保育院接出交给他后，她就回学校了。胡伯伯把我带到重庆，寄放在他一位熟人家堆放货物的小屋子里，一整天他都在别处忙商务未露面。我在这间黑暗的小屋子里，人生地不熟，只听见天井那边传来主人家与朋友打麻将的喧笑声，闻他们开饭时的酒肉香……那家人有个女儿，看上去比我大几岁。她房间里有架风琴，常传出琴声。她弹得非常动听，有时是自弹自唱，唱得也非常好，大多是当时流行的电影插曲。那天晚饭后，她弹唱起了贺绿汀的《秋水伊人》。这首歌保育院的老师也教我们唱过：

……
望断云山
不见妈妈的慈颜
漏尽更残
难耐锦衾寒
往日的欢乐
只映出眼前的孤单
梦魂无所依
空有泪阑干
几时归来呀，妈妈哟
几时你会回到故乡的家园
……

她的歌声使当时孤寂的我，在那黑暗的小屋子里触景生情，泪流满面。自母亲去世后，我早已记不清她的容貌了，也未见过她的照片。而我像所有的孩子一样思念母亲，羡慕那些有母亲的孩子。在保育院时，曾有个同学的母亲从敌占区来看她，带来许多东西，走时抱头痛哭。我当时就躲在门背后陪着她们落泪……没有了母亲的印象，姐姐当时就是母亲的化身，而她已经走了……我孑身一人直哭到晚上，那个叫胡伯伯的人才出现。他来领我去上船，我们便离开了重庆。

当时宜都没有轮船码头，我们乘船到三斗坪下，然后步行回宜都。在三斗坪时，那个叫胡伯伯的人相约了另一位商人同行。挑夫挑着他们的货物走得很快，我常常跟不上，脚也起泡了。但保育院四年艰苦环境的培育与磨炼，我已初步学会了吃苦耐劳，依然含泪咬牙紧跟。胡伯伯见后，便主动和我走在最后。往往是挑夫们停下来休息时，我们才赶上他们，而他们又该起程了。我们只得稍事休息后，又接着继续追赶。到达宜都时，我已精疲力竭了。因为是回家，纵然苦累，我脸上依然挂着幸福的微笑。

宜都县濒临长江，县城的街道建筑在清江与长江的交汇处。站在我家后门的山坡上，可以看见清江水缓缓流入长江。父亲和继母这时正经营着一家小诊所，兼卖西药。继母是位助产士，他们两人常常各自出诊。此时，家中又添了三个妹妹，请人照看着。我休息两天后，父亲便将我送进当地莲花乡小学住读。这期间，他有时出诊路过小学，便去学校看我。记得有天晚上下着雨，他出诊后提着灯笼来学校。当时都快下晚自习了，他给我带来一盒豆腐干黑豆豉炒肉片，还给我留了点零花钱。我端着饭盒，拿着钱，站在教室外那昏暗的过道里，静静地看着他和老师说话，直到他走。他身上背着药箱，一手拿伞，一手提着灯笼。他的两只裤腿已被雨水淋得透湿，正不停地往下滴水……这么晚了，看着他裤腿不停滴水的背影慢慢消失在乡间黑暗的小路上，我心中也有些凄楚。

回家后的第一个寒假，我平生第一次感受到了家的温暖。父亲吃饭时爱喝点酒，他边喝酒边和我们谈家常，谈对我们长大后的希望："桃蓉（我的小名）长大后要当药剂师。你家里有钱（小时他为我订了娃娃亲，对方是开绸缎铺老板的儿子，长大后我和他解除了婚约）。""小蓉（我大妹）将来当医生，和你二姐合伙开药房，免得势单力薄受外人欺侮……"有时，他也边喝酒边对我们进行教育说："早起三光，晚起三慌"；"勤俭生富贵，懒惰生饥饿"；"满招损，谦受益"；"吃不穷，穿不穷，计划不周事事穷"……这些家训，也曾陪伴我一生。晚上，我常常和继母在油灯下为弟妹们做鞋，缝补衣服。在保育院学到的"手艺"，回家后也派上了用场。继母有时也教我织毛衣，上鞋底……屋外寒风凛冽，大雪纷飞。屋内，我们坐在生得旺旺的炭火盆边做活。有时做得晚了，听见门外有梆梆的馄饨担叫卖声，母亲便给了钱叫我去买来，两人吃了暖暖和和地去睡觉。长大后提起童年，我也会常常想起那些听梆子声的冬夜……

1942年后，日本人开始来宜都扫荡，不时传出×××家被害的消息。这时，小学也已停课，父亲将我和妹妹们送到离县城三里路外的乡下，和奶奶伯父家同住。一有消息说日本人要来了，奶奶、伯妈或母亲，就带着我们姐妹往附近山上的树林里跑。我们都剃成了光头，穿着男孩子穿的衣服。有时脸上还要抹一些锅底上的黑烟灰，女扮男装。记得有次我在邻居家玩，听说日本人要来的消息晚了，逃不出去了。我们就赶快换了衣服，抹了黑烟，躲进屋后稻场边的草垛里。只一会儿功夫，就听见垛外有日本人的说话声。又过了一会儿，就感到有刺刀刺进草垛的响声。我们躲在两个草垛相连的中间部位，邻居家的孩子吓得快要哭了，她母亲忙捂住了她的嘴。幸好，日本人只刺了两刀就走了，如果多刺几刀，也许我们就没命了。

自此，日本人常来骚扰，父亲便将奶奶和我们几个姐妹送到长阳县山区上学。这里不是敌占区，山高林密，空气清新，山货也充足。我在这里上到小学毕业。正逢1945年日本人投降，我们便回宜都县城与父母同住。我也考进了宜都县立初中，直到毕业。

童年的苦难、不幸，也有幸。中国抗战八年，死难的儿童何止千万！而我们在保育院生存下来了。这要感谢党，感谢发起创办保育院的民主人士，感谢在保育院工作的那些伟大母亲们！苦难磨炼了我们的意志，也变成了我们终身的财富……

2006年7月于小羊宜宾

长江行

这是一次稀有的航行。

晨曦中，我站在一叶扁舟上，心中喃喃低语：别了，故乡。别了，陆城。

A君和我的家人，此时仍在岸边，频频向我们挥手。我们站在船头，飘动手中的小手绢，让他们快点回去，因为天空乌云密布，好像要下雨了。

船公奋力激荡起双桨，水面推开层层波浪，小舟顺江而下，轻轻地、箭似地向前行驶。我们进到船舱内，铺开行李，开始布置我们现在的家。两天后到达武汉时，我们会在各自的亲戚家中，准备报考父母为我们安排的学校。

江风连着雨丝，很快吹进了船舱，船老板娘立即将舱门关上。我们脱了鞋，躺在各自的床上。小船在风雨中行驶，开始还算平稳，不一会儿，风浪奔涌，船身左右颠簸，突然一声劈雷巨响，船顶出现了噼噼啪啪的响声。

“下冰雹了!”船老板娘说。

我们惊恐地坐起，随船身左右摇动。

“你们一边一个，贴着船帮坐，不要乱动。”船公大声喊道。

可是，船身依然在波浪中起伏动荡，我们害怕极了。临走时，大人们说，要赶在长江发大水前走，到了武汉，也可多些时间复习功课。一放假我们就动身了，为什么现在还是这样雷雨交加呢？不过，只一会儿功夫，船身似乎又平稳多了。接着，老板娘打开舱门，一股凉风吹进，我们顿觉浑身舒适凉爽。船公正沿着江边一杆杆地撑篙，船顶着风浪慢慢前行。

远山朦胧，像笼罩着轻纱。岸边，一片片青山绿树成荫，雨中闪着点点白光。淅淅沥沥的雨点，洒在江面，似一朵朵小花，在江面飘动。我们挤坐在舱门边，观看这新奇美丽的景色。忽然，A君大声嚷道："你快看，那棵大树上有两个猴子在爬！"

我转身顺着她的手指向江岸看去，果真看见那片树丛中有猴子在攀爬，可不一会儿，它们便跳得不见踪影了。我口中忽然涌出了课本上的诗句："两岸猿声啼不住，轻舟已过万重山。"

十五岁的我们，当时初中刚毕业，小船行驶到哪里了，江岸是什么地方，我们全不清楚。只觉得坐在船上，顺江而下，碧波荡漾，是那样的惬意。A君拿出口琴，吹起了当年流行的歌曲《送别》："长亭外，古道边，芳草碧连天。晚风拂柳笛声残，夕阳山外山。天之涯，地之角，知交半零落。一瓠浊酒尽余欢，今宵别梦寒……"

我随琴声唱着。一首《送别》，唤起了我的惆怅。也许是幼年丧母，也许是进过难民收容所、保育院，少女时代，我时有多愁善感。A君正一曲曲地吹着，她那样兴致勃勃，我却有点愁楚。我羡慕她有个幸福的家，有那样疼爱她的母亲。此次去武汉，她可以报考自己喜欢的学校，将来上大学。我却不能，因为家境不好，父亲早给我选定了免学费的医士职业学校，让我将来当药剂师。而我心中却装着唐诗、宋词，装着《寄小读者》《棠棣之花》《我的大学》……这些都是当时大姐从上海寄来的课外文学读物，我那样喜爱它们，今后，却再也不能亲近它们了。

雨停了，天开始放晴。蓝蓝的天空，飘起了厚厚的白云，广袤、幽远。不一会儿，太阳又从云层中钻出，骄阳似火，江面上也飘起一阵阵热浪。小船在风平浪静中行驶，微波荡漾，我们躲进舱内，开始复习功课。

晚饭是吊砂锅焖米饭、油炸小黄鱼、肉丝炒豇豆，我们胃口大开，一人吃了两碗米饭。饭后，小船停靠岸边，船老板娘带我们到岸边小树林旁洗澡、擦身。晚霞染红了整个江面，江对岸，山村的灯光，渐渐在远方闪烁。晚霞中，A君端着洗好的衣盆，嘻笑地在沙滩迅跑。猛地，她仰身躺在沙滩上。突然，又一声妈呀，撑地从沙滩上爬起。

船老板娘笑着说：“这夏天的沙滩，能煮熟鸡蛋，你还敢往上躺呀！”

我们嘻笑着晒好衣服，垂腿坐在船头边，两只脚不时地拍打着江水。江风徐徐吹拂着我们的衣衫。此时的江面、江岸，幽静极了，只偶尔听到鱼儿在江中戏水的声音。平静如缎的江面，缓缓流去，一眼望不到边。不一会儿，一轮满月冉冉升起，高高悬挂。冷清的月光，漫天的银色，铺向大地，我们都被银光包裹，恰似一片银色的海洋，幽静而漂亮。A君又一曲曲地吹奏起来。奏毕，她轻轻地哼唱起了《忆江南》："我家在江南，门前的小河绕青山，在那繁花绿叶的城池，我懂得怎样笑，怎样歌唱，啊江南！"我接着和她一起唱出："春三二月，莺飞草长，牧女的眷恋，在草原荡漾。麦田的微风，吹醒了夏夜的梦，迷惑的星星，点缀着蓝天。啊江南！水一样的柔情，花一样的娇香，梦一样的温存，雪一样的迷惘。千遍万遍唱不尽，我的怀想，别离时，我们都还青春年少，再见时，又将是何等模样……"歌声在银色幽静的江面飘扬，也让我们向往江南，憧憬未来。少女时的感怀，在这皓月当空的夜晚，使我们两人都情不自禁地望着江面沉思起来……正在此时，老板娘催叫，我们只得起身跟她走进船舱，慢慢进入梦乡。

第二天傍晚，我们到达武汉，结束了这次航行。

然而，岁月改变了命运，我考进医专后，武汉的"学运"高潮将我卷了进来，我弃医参加革命干校，最后终于走进文学的行列。A君却因种种原因，未能实现她当初的梦想。六十多年过去了，在接到A君去世的唁电后，她的音容笑貌，她那青春的影子，依然那样清晰地使我忆起了，我们这次青春的远航……

2008年7月于博雅西园

挑水工小记

1939年秋，抗战爆发后的第二年，父母逃难到了湖北宜都。这是一座临近四川，历史悠久的小城，素有楚蜀咽喉、鄂西门户之称。土地革命时期，贺龙率工农红军转战宜都达五年之久。1939年春，党在这里建立了湘鄂西革命根据地的宜都县苏维埃政府。

宜都县城陆城镇，位于长江中游南岸与清江河交汇的地方。发源于鄂西土家族苗族自治州的清江河，流经长阳后，到陆城镇与长江水汇合。我家住在清江河岸，站在家后门的河坡上，远远望去，就能清晰地看见清清的清江水，流入长江时的那片清浑交界水域。冬季的夜晚，河水干枯时，也能隐隐听见清江河上游船工的号子声。清澈的清江水，养育了大片鄂西儿女，那时的陆城居民，也是从清江河里挑水吃。由于父母的职业是医生、助产士，要常到乡间出诊，家中只请了陈妈照看弟妹，吃水便是请了镇上的挑水工来帮忙。一位姓张的挑水工是陈妈的同乡，长阳人，父亲早年参加贺龙部队走了，母亲在老家，他独身一人住在陆城镇边的姚家店，陈妈便常请了他来挑水。一天，陈妈对我说，张师傅打摆子发烧了，临时找不来人，让我和她抬点水洗衣做饭。

我家后门有一条直通河边的石板小路，上下略有六、七百米，有的地方却是黄土坡路，坡陡路窄，水滴上去又湿又滑。陈妈怕我摔跤，便给了我根木棍，让我左手扶着肩上的扁担，右手拄着木棍，她在后，我在前，慢慢抬了回家。那年我九岁，有在保育院的锻炼，抬起来也不觉特别费劲。抬到第三桶时，张师傅匆匆赶来说，他病已好了，不让我们再抬。那年月，疟疾无药根治，穷苦人家只在生病当天休息一下，等发冷发热的症状消退了，就算好了。

张师傅为人厚道，不多言辞，却唱得一嗓子好山歌，镇上人常远远听见他下河坡时，摇着水桶唱道：耶的呵呵耶，耶的呵呵耶，放牛来了，耶的呵呵耶……有时也唱：

单身汉嘞，真造孽，
河里洗澡，庙里歇。
出门一把锁，进门一盏灯，
灯望我来，我望灯，
越望越伤心……

山歌听上去有些凄凉，他却唱得高亢引人。唱毕，总听见河岸上有妇人大声喊道："张师傅，过会儿你也给我家挑两担水来吵……"

他便远远地应道："唉……"

歌声似乎成了他揽活的信号。到了夏天，他的活儿就更忙了，常没时间回家吃饭。遇上有卖凉粉的担子来后坡时，他总怀里揣着几根麻花，端上两碗凉粉，来到我家后门，递一碗给陈妈。若逢我在，陈妈常用小碗分一些，端给我。他见了，就将他自己的倒进陈妈碗中，又去买来一碗。宜都的夏天，骄阳似火，凉粉从用冷水冰着的木桶中，用贝壳片出，倒在碗里，薄薄的、亮亮的。吃到口中，凉凉的、滑滑的，入口就消，我吃得十分爽心。

到了1942年、1943年，陆城镇常传说日军在长江以北沦陷区清乡、征夫的暴行。日军对违抗命令的乡亲，对被怀疑是中国士兵的人，常用开水淋身，燃香烧头，令军犬撕咬后，捆绑于松树，以刺刀戳死。日军过江所到之处，奸淫妇女，抢劫财物。对违抗者，也施予酷刑，杀其全家，或令自己挖坑活埋……1943年秋，父亲听说日军又要过江来了，便带领住在姚家店的奶奶、伯妈，和我们全家，与陆城的居民结伴逃往山区。陈妈请来张师傅，让他一头挑着我家行李，一头挑着三岁的小妹向山里逃。一天傍晚，当我们刚走进一座山坳的后庙时，就听见前庙一片喧哗，有人说前面来了土匪要抓挑夫。陈妈听后，忙叫张师傅快跑。此时伯妈也拉过张师傅，叫他抱了小妹和她一起向旁边小门奔去。他们刚走出不久，一个身穿黑色棉衣、端着步枪的人就闯了进来。一进门，他便举着枪，登上香桌大声说："都在原地不许动，一家出一个人，到前庙议事。”

庙里陆续走出几个人，我父亲也在其中，他们向前庙走去，不一会儿又回来了。只见他们回来后，都在与家人私语。父亲也走到母亲身边说了几句，母亲就从提包中拿出几件东西交给父亲后，父亲又急匆匆走了出去。忽然，外面传来几声枪响，大家都十分紧张。正在大家焦急时，出去的人又都陆续回来了。伯妈牵着小妹，跟在父亲身后，也走了进来。她走到陈妈身边悄悄说：“张师傅向后山跑了，他们没追着。”

这时，大家都拿出干粮来吃。我靠在奶奶身后，吃着吃着就睡着了。等奶奶叫醒我，拉着我走时，大约已是半夜时分。我睡眼惺忪，高一脚低一脚地被奶奶牵着走，陈妈打着火把，挑着行李，和大妹走在前面。奶奶告诉我，爸爸说，日本人怕一时走不了，让我们跟着陈妈到长阳山区去上学。我们由山路到水路，又由水路到山路，走了一天，才到达长阳。在长阳住了一年多，到抗战胜利，我小学毕业了，才回陆城上初中。这期间，陈妈回过几次家，每次回来，总闷闷不乐地说起挑水工张师傅。她责怪自己不该让他来帮我家挑小妹和行李，也责怪张师傅不该帮伯妈埋了首饰后，才向后山逃去。结果被土匪发现，开枪打伤了胳膊。逃回老家后，又不听他妈劝，执意拿了他父亲以往寄回的信，去找父亲部队，一去无音讯……

岁月悄然流淌，转眼多年过去，我初中毕业后，到武汉、北京上学、工作，很少回家。仅在八十年代初，父亲病重时，回陆城看望。记得那年回去的一天傍晚，我在医院照看父亲吃完晚饭后，医院走廊里传来一位妇人哭亡夫的悲切声音。我回家从走廊经过时，看见这妇人一只胳膊和头扑在亡夫身上，另一只胳膊的手中拿着一个破旧褶皱的信封，哭诉一句，就用拿信封的手敲打一下自己的大腿："……你转业回来后，就托人到他家乡寻找过他的妈呀，人家都说没有这个人啦……你还是不死心啦，这次还要拿着信让我千里迢迢陪你来呀，结果心脏病发作送了命啦，你让我以后怎么活呀……我的命好苦哇……"

两个护士在走廊窃窃私语：

"听说是个赴朝的志愿军，怎么没抢救过来？"

"是从去长阳的路上抬来的，大面积心梗，抬来时早断气了。已和他家孩子联系过了。"

我走出医院大门，慢慢向清江岸边走去。哭诉一次次重复，一次次远去……志愿军……长阳……母亲……破旧的信封……我站在清江河边，遥望儿时老家的河坡，那弯弯曲曲的石板小路依旧，我仿佛看见一个人挑着空桶，一步迈两三个台阶地向河边走去。"单身汉嘞，真造孽，河里洗澡，庙里歇……"那清脆的歌声，儿时的记忆，突然那样清晰地涌进我的脑海。离开宜都前，有次在街上碰见陈妈，她曾说张师傅的母亲捎信让她帮忙找张师傅，她一直未找着，后来就听说老人家病故了……

牺牲的烈士找不着亲人，是战争年代曾有的事。医院的此情此景，突然让我与儿时的记忆联想起来。那牺牲的烈士是谁？那被寻找的母亲又是谁？事情都发生在长阳啊……我无法去印证……去投奔革命部队无音讯的人；牺牲的战士找不到亲人……不管他们是谁，他们都是无名的烈士啊……我的心不平静起来，我看着清清的清江水，又遥望那波涛翻滚的长江，郭兰英歌唱上甘岭战斗的女高音此时也在我脑海中浮起：“一条大河，波浪宽，风吹稻花香两岸，我家就在岸上住，听惯了江中的号子，看惯了船上的白帆……”此时脑中浮现的歌声，似比以往更亲切，听县干部说，宜都从1933年起，在各战场上牺牲的烈士有一百六十多人，而牺牲在朝鲜战场的就有一百零四人，牺牲在上甘岭战斗的有九人。我家四妹吴芝新丈夫许启业的大哥，入朝当年就阵亡了……无名烈士们的鲜血洒遍了祖国大地，也洒向异国他乡，尽染了鲜艳的五星红旗……祖国的诞生，辉煌的今天，不也应铭记他们不朽的功勋吗？不能忘怀过去啊……

暮色已渐渐降临，江边一片昏暗。黄昏中，我静静地走着、走着，郭兰英那优美的歌声，始终在我脑际回旋。慢慢地、渐渐地，我走回了四妹的家……

2016年4月于博雅西园

（原载《人民文学》2017年第8期）

友谊之花

1978年冬，我去湖北组织稿件，作家刘富道正在武汉钢铁厂深入生活，我便去参观了“武钢”从日本引进的热轧厂和硅钢片厂。在那里，我听说了日本友人不少感人的故事，记下了这些友谊的篇章。

良心，大大地对不住！

那是1978年盛夏的一个早晨，一群日本专家正在外宾楼前乘坐去“武钢”的专车，一位宾馆小姐急匆匆赶来大声喊道：“榉木先生，医生送来了你的病假条，你正在发烧，请留下！”

这时，一位正要进车门的年已五十多岁的日本专家回头微笑道：“不要紧，请转告医生，我自己会掌握。”说完，不顾小姐阻拦，坚持上了车。

榉木先生身穿厚布工作服、长统皮靴，慢慢走到热轧炉的施工现场。工人们正在紧张地劳动。他像往常一样，这里问问，那里看看，一会儿要亲自动手示范，一会儿又对工人耐心地讲解什么。酷暑天，整个施工现场笼罩在一片蒸汽般的热浪中，工人们挥汗如雨，樨木先生也不断用手巾擦掉脸上的汗水。他走到检修孔前，弯下身，准备爬进去检查。检修孔窄小，只能容一人爬着进去。孔外是半米宽的踏板，板下悬着空。工人们通过翻译对他关心地说："樨木先生，您上了年纪，又有肝病、心脏病，现在正发烧，别进去了，以后再检查吧！"樨木先生摇了摇头说："不，你们是初次干这种活，不检查不放心！中国出这么高工资请我来，出了事，良心，大大地对不住！"说着，他还是艰难地爬了进去。

中日两国友好协作胜利了！

劳动创造世界，劳动也增进人们的友谊。在"武钢"引进热轧厂施工的日子里，热轧厂卷曲机组的工人们，总也忘不了电机调试专家伊藤先生废寝忘食、亲切指导工作的情景。

伊藤先生出身在日本的一个农民家庭。他年龄不大，但经验非常丰富，而且一专多能。在1977年的技术交底时，他就为卷曲机组的中方人员详细讲解了八个专题，毫无保留地将自己的专业知识传授给中方。

在每一台机器、仪器使用前，他都要反复讲授使用要领，亲自示范多次，而且手把手地教授。有一次，他在与西德专家比赛足球时，不幸左脚骨折，住进了医院。他便将资料带进医院，每天偷偷工作。为了轧机全线投料按时试车，他还请坂崎先生来病房为他安装了台灯，在医院规定熄灯后，继续工作到深夜。他的对口翻译、年近六十的老高同志日夜陪伴他，照顾他的饮食起居，推他到阳台进行日光浴。伊藤先生含着热泪说："你这么大年纪了，像父亲一样照顾我，我真不安！"

出院后，伊藤先生不顾医生劝说，当天就拄着拐棍上了班。在他与其他专家的配合下，热轧厂全厂一次投料试车成功。当火红的钢条巨龙闪电般地钻进卷曲机后，一卷平整、光滑的优质钢板从卷筒出现时，伊藤先生挥舞双臂欢呼道："中日两国友好协作胜利了！"一片响彻云霄的鞭炮声在厂内外腾空而起。中日两国技术人员、工人、翻译频频握手，热烈祝贺两国人民用汗水浇灌的友谊之花，结出了艳丽灿烂之果。

离别的诗篇

菊井俊二先生出生在中国黑龙江北岸。他父亲曾是中长铁路的职工。怀着探望出身故土的感情，他踏上了中国的领土。在帮助我国建设热轧厂油压管道的工作中，他极其耐心细致。一次，在油压试压过程中，一个气孔意外地漏油了，油柱喷射而起，喷得他睁不开眼，双目疼痛发红，浑身也被油浸透。他却抢先扑上去，立即用左手和胸部堵住油柱，并赶紧修理气孔，直到把气孔完全修理好。

常言道：没有不散的筵席。

工厂建成，日本专家启程回国。多少个日日夜夜凝聚的友情，使人依依惜别。不少日本专家无限深情地来到他们亲手安装的机器旁，用手轻轻抚摸着机器，再一次向中国工人告别，有的竟泣不成声。中国工人们也骑车五十里，赶到车站含泪相送，直到火车完全消失，才放下挥舞的手臂。

离别时，菊井俊二先生赠诗给他的对口翻译：

朋友啊，我的心潮翻滚，
因为啊，分别就要来临。
今日惜别，何时相逢？
愿在友谊之路，柳绿花丛中。

翻译赋诗作答：

中日友谊树，
碧绿的树叶，坚强的树干，
凝结着中日两国人民的心愿。
茂盛的枝条伸向北京、东京，
盘结的根须连着九州、武汉。
愿它万古常青啊，
代代相传！

1979年4月于北京白米仓

五十年变迁

一

1956年夏，我由湖北人民出版社考入中国人民大学新闻系学习，毕业后留京工作到退休，迄今已五十多个春秋了。五十多年的岁月，弹指一挥间，岁月流淌，见证着多少人间世事。

二十世纪的五十年代，刚解放不久，中国社会到处充满革命激情，一切生机盎然。我带着在旧社会无法实现的梦想，怀着对党的感激之情，踏上了北去的列车。列车一路飞奔，满怀激情的我坐在车窗边，望着那窗外的树林、田野，思绪也像飞奔的列车一样，一路远行……

1938年，抗战爆发后的第二年，我跟随姐姐进了难民收容所，后转入儿童保育院。童年的战乱生活，颠沛流离，缺衣少食。到了1941年秋，虽然父亲托人将我从保育院接回湖北宜都，但因家中兄弟姐妹多，我念完初中后便无法上高中，只能到武汉考取无须交学杂费的医士职业学校。解放了，父亲将与人合开的诊所交给县政府，组成了中西医联合医院，当上了院长、县政协委员。不久，又参加湖北荆江分洪水利工程建设，被评为劳动模范。四个弟妹也都上了学。弟弟吴芝桂还在宜昌高中被选拔去苏联留学，已到北京留苏预备部学习去了。我的男朋友老欧当时在北京也已考取清华大学。我的家庭、我的生活，也像刚解放的祖国一样，处处充满生机，充满希望。

中国人民大学的前身是解放区的陕北公学、华北联合大学和华北大学。它是抗战时期在战火中诞生的一所革命大学，新中国成立后，改名为中国人民大学，创建为第一所新型的社会科学综合大学。我所在的班级当时称为国际新闻班，是专为培养驻世界各国新闻记者设立的，聘有不少刚从海外归来的外语专家。不久，北京大学中文系新闻专业撤销，合并到我系，我们的师资力量就更雄厚了。

学校当时的校址分东城与西城两部分。新闻系、哲学系、历史系等在东城的海运仓和张自忠路的铁狮子胡同1号，其余各系均在西城海淀区。最初，我们常列队拿着学校发给的小马扎，由海运仓一路歌声到铁狮子胡同上课，听学术报告。后来海运仓校址撤销，城内的学生都集中到了铁狮子胡同1号。

铁狮子胡同1号是1924年段祺瑞的执政府所在地，分为东、中、西三个区域，西区是教职员工宿舍区，东区为学生宿舍区，中区是教务区。由大门进来，经宽约三十米、长约一百米的广场后，直抵中区，即钟楼区，又称灰楼区。钟楼区以东，为校园东区，以西，为校园西区。钟楼区有灰楼四栋，均为两层楼房，以四合院式排列，中间是一个小花园，有假山、圆水池、石条长凳，并由整齐的冬青树环绕，其间参差着几棵多年的古松、翠柏。东区有楼房五栋，也是四合院式排列，称为东楼、西楼、南楼、北楼、中楼。中楼与南楼间有一片古树与竹林，中楼与北楼间是一个球场。整个执政府楼的建筑，楼外均有一米宽的长廊，长廊边是红漆木头的栏杆和与楼房窗户相呼应的拱形窗栏。窗户的拱形窗栏上，有精美的图案雕刻。传说这里曾是清王朝的一个王府，后来才成为段祺瑞的执政府。1926年3月18日，当李大钊发起的反帝游行队伍到达执政府门前时，卫队开枪打死了刘和珍等学生。这大门外，便是“三一八”惨案的发生地。

我们新闻系的同学大多住在校园东区的东楼。新闻系的同学有不少像我一样，来自全国的各新闻出版单位，带薪学习。这是解放初期，党为了培养建设人才的创举。当时学校的食堂有大灶、中灶、小灶。我们新闻系的同学常常吃中灶，每月伙食费十五元，四菜一汤。我们在这幽静的环境中奋发求学，立志成材，希望将来能更好地为祖国的社会主义建设事业服务。

建国初期到“文革”前，每年的五一、国庆，举国上下都要欢庆。到北京后的第一个国庆节，学校安排我们一年级的同学到天安门当游行标兵。所谓游行标兵，是在天安门城楼前的大街上站成几排，形成几条通道，让游行队伍通过。我们每人相距约一米，站定一个位置，从南池子开始，由东向西排列，直延伸到西单路口。我所站的位置正好在天安门城楼前。当毛主席和中央首长来到天安门城楼检阅时，游行队伍拿着标语、红旗从我们身边经过。此时，他们常常摇着红旗，呼着口号，情绪激昂地停下来，扭头仰望毛主席欢呼。我们的任务便是提醒他们不要掉队，赶紧跟上。但有时，我也忘了自己的职责，情不自禁地也像他们一样扭着头，想多看毛主席几眼。毛主席他老人家慈祥地站在天安门城楼上向大家挥手。他的音容笑貌那样清晰，是我有生以来第一次离他这样近。我也像游行队伍中的学生们一样，内心充满激情、喜悦，感谢他老人家领导的革命为我们建立了新中国，我才能进京上大学。上大学，这在旧社会，是我无论如何都无法实现的奢望……我穿着蓝色呢料西服裙、肉色长统袜，穿着为当标兵新买的大红开口毛衣，上面翻着洁白的衬衣领。两条长长的发辫卷在耳边，扎着两个粉红色的蝴蝶结。全身光亮夺目，透着青春气息。尽管游行将要结束时下起了大雨，我们个个都淋得像落汤鸡，但大家都精神抖擞地挺立在广场上，直到游行结束，才列队从天安门步行回到铁狮子胡同。

学校为我们准备了几大桶姜汤，我们嘻嘻哈哈，又叫又笑地换衣服，喝姜汤，吃晚饭。待另一批去天安门参加狂欢的同学出发后，食堂里把饭桌靠边摞起来，举行狂欢舞会。校乐队奏起了《彩云追月》《步步高》《蓝色的多瑙河》等舞曲，一曲连着一曲，我们不知疲倦地笑着、跳着。老欧游行后来到我们学校，我们在欢快的乐曲声中旋转，尽情享受节日的欢乐。

校园生活是紧张的，繁忙的。青春岁月留下许多美好的瞬间。每逢周末，我和老欧常常带着书本相聚，或写作业或复习功课，或他来我们学校，或我去清华园图书馆。1956年寒假，他邀我到清华园他们班女生宿舍度假。清华园内寒假生活丰富多彩，图书馆照常开放，定期有电影、舞会，还有天然滑冰场。若要滑冰，我们只需带着冰鞋，就可沿着西边校河的河道，一直往下滑行……四层楼高的图书馆建筑，清水砖墙，挂满爬山虎藤。馆门两边的水泥台阶楼梯，直达馆楼的二层，高大雄伟。据说它落成于1919年3月，是清华的名景之一。图书馆二层为学生大阅览室，分左右两间。每间宽约15米，长约80米，放有两排长桌，每排有长桌21张，每张长桌边可坐六人，一间可容纳学生三百多。虽是寒假，有时仍然满座。

清华大学的前身是清华学堂，始建于1911年。1925年设立大学部，招收四年制大学生。1928年更名为“国立清华大学”。1946年设有文、法、理、工、农等五个学院。1952年全国高校院系调整后，清华大学才成为一所多科性的工业大学，重点培养工程技术人才，被誉为“工程师的摇篮”。传说当年朱自清曾任过图书馆主任。钱锺书曾言要横扫清华图书馆藏书。曹禺也是这里的常客，在这里写出了《雷雨》……我们在阅览室学习完后，曾沿着图书馆旁的校园小路，漫步到大礼堂前的草坪广场。校园小路及草坪广场两旁，种有高高的柏树和枝丫茂密的槐树。虽是冬天，依然高大挺拔。有时刚下过雪，空气十分清新，我们就踏着小雪，从图书馆旁的校园小路漫步到“水木清华”，再到“工字厅”，然后回到大礼堂前的校园主干道上，环绕草坪，欣赏雪景。很早就想目睹朱自清先生所写《荷塘月色》的实景。一天晚饭后，我们从食堂出来，沿着图书馆西边的小路，经过荒岛、土山，来到一处僻静的池塘边。老欧指着池塘说，据说这里就是。我放眼观望池塘，池塘宽约30米，长约300来米，呈长条弯形。对岸是一片小山坡。塘水已结冰，冰面上露着零零散散的枯草茎秆，看不出是荷叶秆的痕迹。池塘四周，满是掉了树叶的大小树干，也分不清哪是杨树，哪是柳树。一片片草丛夹杂其中，显得有些荒凉。倒是天边此时也现出一弯新月，一切都显得朦朦胧胧。我们沿着池塘缓缓漫步。塘边的小路一直向西延伸，因天色已晚，寒风袭人，我们便没有再向西行。来时已想到因是冬天，不会有先生所写的景色，看毕，也就沿路而归。

1958年的夏天，由于新华社工作需要，国际新闻班部分同学提前结业，转入新华社继续学习外语。我们班的关云秋、翟树耀、叶志雄、朱荣根、陆郝庆、熊仲琪、张玉书等同学调往新华社学习。因老欧在清华学理工专业，我选择了在国内工作，继续留校学习。新建的班共三十多人，有十个女同学，号称十大姐，全是党团员。二姐关涛是班党支部书记，进校前是青年团干部，在团中央工作。她高高的个儿，椭圆形的脸，大眼睛，白皮肤，长得像个新疆维吾尔族姑娘。既漂亮招人喜欢，又学习好、工作能力强，关心同学，处处以身作则。同学们有什么事，都愿找她交谈。

关涛毕业后，先分在新闻战线工作，后任中国妇联书记处书记。她在事业上颇有建树，这与她幼年丧父、家境清贫、自强不息有关，与她在革命干校中原大学学习有关，更与人民大学的教育分不开。当时人民大学的各级领导，校长吴玉章，校部及新闻系主任安岗、罗列，系副主任章南舍，党总支副书记向青等，注意发扬“人大”革命老区传统，注重对学生进行革命理想、人生观教育，注重贯彻教育与社会实践相结合方针，注重培养学生德、智、体全面发展（当时称又红又专）。虽然那时的教育路线偏左，政治运动过多，影响了授课时间，而学生的德智体全面发展教育，则是缺一不可的。正是由于学校对此的重视，才培育出了新闻系近万名符合党需要的新闻工作者。他们的足迹遍及全国，乃至全世界。凡与我国建交的国家，几乎就有我校新闻系毕业的同学。中央及全国各省级报纸、通讯社、广播电台和电视台的负责人中，有二百多人是我校新闻系毕业。没有分到新闻战线的同学，大多由于树立了革命人生观，也都讲奉献，服从分配，在各自的岗位上兢兢业业为党工作。如我所知的陈昌本、于有海等同学分到北京市委工作。陈昌本因工作出色，后任文化部副部长、中国作家协会党组副书记。

当时社会上公认，大专院校四大政治理论课，人民大学的讲授水平首屈一指。四大政治理论课是马列主义理论的基础课程，它对学生正确认识社会发展，对学生人生观、价值观的形成，对新闻工作的指导性，均至关重要。学校还利用寒暑假组织同学到工厂、农村进行社会调查，以增长大家对社会实际的了解。通过学生会，党、团组织，结合日常生活开展活动，对大家进行革命传统教育。这些都增强了学生的共产主义信念和爱国主义思想，及以继承艰苦奋斗传统为荣的思想观念。关云秋同学是农民的儿子，初中没毕业上国际新闻班，外语学习较吃力，仍坚持担任繁重的社会工作。刻苦学成后，一直在国外从事国际新闻工作。瞿树耀同学每天四点起床学习外语，后来一直担任新华总社对外新闻部主任，出色地完成了任务。我们班第一届党支部书记叶志雄同学，分去新华总社后，又派往日内瓦大学深造，为中国第一个驻联合国特派记者，后任非洲新华总分社社长，在外从事国际新闻工作二十多年。从北京大学新闻专业转来的张虎生同学，家境贫寒，学习成绩优秀，一入校便获得奖学金。在校的四年期间，没回过一次家，没添过一件衣服。毕业后先分到社会科学院工作，奉行“政治不随风，工作不偷懒，组织不结帮，生活不谋私”的人生格言。在任《人民日报》副总编期间，上夜班达十年之久。如今年已古稀，心脏、肾脏已安了四个支架，仍在中宣部每天工作近十个小时，可谓赤胆忠心……以上提到的这些同学，仅是我个人了解到的我们1960级毕业生的部分杰出代表。其他届的同学，如河南省委书记徐光春，原广电部副部长杨伟光，也都是“人大”新闻系毕业生中的佼佼者。

在校时的1958年秋天，我接到妹妹来信，告知父亲在1957年整风反右中，因“鸣放”和一起医疗事故，被划为右派、现行反革命，判刑十年，到兴山煤矿劳改。继母受牵连，被开除公职，下放农村。妹妹们因此而停学。当时在留苏预备部学习的弟弟因此转入国内学校学习，后来回家目睹一切而精神失常，住进了医院……此时我已参加全国统一分配，不再回原单位，每月仅由学校发二十九元助学金。虽已与老欧结婚，但他此时仍在清华学习，而且还有一个正在北京邮电学院学习的弟弟需要资助。有一年的春节，母亲来信说，她们已将能变卖的东西全卖光后，仍无钱买米。我寄回十元钱，她们过了一个春节。父亲被评为劳模时，我曾为他高兴，也感到过光荣。此时，他们单位认为父亲对党犯下了罪行，我似也有负罪感。当时负责联系我入党的曹道明同学仍鼓励我，要我不要丧失信心。我知道党组织有规定，被杀、关、管人员的子女一般不宜入党，但对家庭出身不好的人，也有重在表现的政策。我便仍希望真诚进行思想改造后，加入党组织，为共产主义理想奉献一切。只要有锻炼的机会，我都积极争取参加。学校曾多次利用寒假组织同学到北京郊区参加冬季社会主义教育运动，或支援郊区冬季水利建设。我们去后，除积极劳动外，还说快板鼓励他们劳动竞赛。家中有困难的，帮助他们解决。我曾为一位妇女照看过有病的孩子，她对我也关怀备至。回校后，也曾被评为“先进个人”。毕业前在沈阳重型机械厂实习、办厂报期间，我们除了完成《北京机械工业周报》交给的报道任务外，还深入生产第一线，参加车间劳动。我拜一位女车工师傅为师，和她一起上夜班，参加三班倒……这些工厂、农村的实践活动，使我们对当时的社会由原来的完全不知，到有了一点儿感知。半年多与工人们朝夕相处的车间生活，使我写出了第一篇短篇小说《划线工小蔡》，在1960年春的《沈阳日报》副刊上发表。

作为新闻系的学生，四年的学生生活，我感到除了要掌握课堂上的理论知识外，社会实践就是我们的实验室。当然，要适度才是。

二

中国人民大学语言文学系于1960年成立。我毕业时正逢她的诞生，便被分配留校到语文系外国文学教研室，分管十九世纪西欧文学。我班和我同时留校的还有劳沫之同学，她分在新闻系写作教研室。

语文系当时的系主任是曾留学日本、后去延安的何洛同志。外国文学教研室主任为留学英国归来的赵礼同志。同去的还有从外系调来的孟伟哉，他分管俄罗斯文学。

我搬进了钟楼二层的一间宿舍，与语文系当时的“文学研究班”为邻。此时全国正处于1959年至1961年的经济困难时期，吃饭定量，物资匮乏，供应紧缺。学校的教职员工及同学中，有不少人因营养不良出现浮肿现象。我的腿当时也有些浮肿。有时备课到深夜，为了充饥，我常在白面中放了糖，和了揉好后，切成一块块薄片放在铁锅中，烤成饼干食用。学校从京郊的农村基地也常弄来些黄豆、胡萝卜之类发给大家。我在外国文学教研室任教三年，为“文学研究班”讲了题为《十九世纪西欧文学的时代背景》辅导课后，由于爱好中国文学，便又申请调到以往的新闻出版界工作。

我带着刚满月不久的女儿，于1963年夏天，离开铁狮子胡同红楼，搬进了人民出版社东直门的宿舍。这里是一个大杂院，临街有一栋筒子楼坐南朝北。筒子楼的对面，一边是一个小院，另一边是一块大约一二百平方米的空地。据说这里以前曾是一个篮球场。空地边盖起了一排简易平房，平房东边是厨房、水房和厕所，西边为住家。我住西边紧靠墙头的两间平房。西头宿舍与东头厨房、厕所间，相距约一百米。厨房内已无空地，我便在我家墙外窗下放了一个煤球炉子，无风无雨天在窗下做饭，有风有雨时将炉子搬进房内。

人民出版社与人民文学出版社在同一办公大楼。人民出版社居左，人民文学出版社居右。人民出版社为政治书籍出版社，为加强对农村出书，出版局责令又挂了一块农村读物出版社的牌子。分管农村读物出版社文艺编辑室的社领导齐速同志，是发现英雄董存瑞、于1937年参加上海左联的老革命。他安排我和郑挚同志立即编辑出版一批适合农村基层演出的演唱材料，包括故事、剧本、戏曲、曲艺、相声、单弦等等。我们很快投入工作，跑图书馆、钻阅览室，翻阅能找到的所有全国各地出版的二百多种图书，从中选出四十三种重新进行封面装帧设计后出版。出版后受到基层文艺团体及社会的欢迎和好评。一天，我们正在工作，出版部一位姓王的同志来告诉我，我家人中煤气了，要我赶快回去。我听后立即到总务处要来一辆吉普车回到家中。此时我家的门已打开，煤球炉上煮尿布盆中的水已经干了，煤火也快灭了。在我家养病患有精神分裂症的弟弟还躺在床上。我的伯妈已被邻居扶起，坐在椅子上不停地呕吐。女儿燕燕在墙角的小床上哇哇大哭。我立即将女儿抱出门外，此时，她身下全是大便。跟去的同事们忙帮我扶起伯妈、弟弟，一同上了车，直奔隆福医院。医生给他们分别做了检查后，打了针，吃了药。认为发现早，去得及时，还没出现大问题。我悬着的心才落了下来。回到家中，忙去向邻居王大妈致谢，是她因为到我家还刷子，推门进去时才发现的。否则，等我下班后回到家，他们恐怕就无救了。

从此，除冬天取暖安装烟筒外，其他时间，我家的窗子都是开着的。到了晚上，才将煤球炉端出，放在门外。

平房坐北朝南，屋前空地又大又开阔。每到好天，明媚的阳光洒满室内。夏天的夜晚，坐在屋前乘凉，一抬头，满天星斗对着我们闪耀。女儿骑在学走路的小车上跑来跑去，她银铃般的笑声，清脆的儿歌，洒向整个院落，常引来邻居们欢快的笑容。

老欧清华大学毕业后，分在远郊的国防科委第六研究院第六研究所工作。平时住所里，只有星期六才回家。儿子于1965年3月出生。此时伯妈早已回武汉，弟弟住进了精神病院，女儿已上幼儿园。老欧出差在外地，我因接送女儿，挤车上班，患了感冒咳嗽不敢吃药，引起早产。同院的邻居将我送进了隆福医院。休产假时，我只得请我年已七旬的三奶奶来照顾。由于上厕所要经过那一百米的露天地带，我又受了风寒，手拿不起一张报纸，吃饭时端不住碗筷，而且长了奶疮，便只能在产后仅十天，将全身捂得严严的，坐了三轮车去东直门医院开刀，做理疗。至今仍落下冬天出门眼睛见风流泪，阴雨天胳膊、腿关节疼痛的毛病。

儿子五个月时，我出差去秦皇岛参加全国故事会会议。回京后，又紧接着去河南安阳参加农村四清工作，直至1966年5月“文化大革命”开始了才回京。这期间，老欧依然住在他的研究所，时回时不回。我只得请了住在筒子楼的一位家属来我家照看儿子，接送女儿。她自己也有一个上小学的孩子，每天忙完自己的家事，再到我家帮忙。一年后我回来时，邻居们对我说，儿子常常一个人被锁在家中，站在小床上哭叫，尿。哭累了，就倒在小床上睡。有次听见儿子哭得十分凄惨，邻居去叫来那家属开门进去抱起儿子时，发现儿子大哭，右臂不能动弹，便立即将他送往医院。经检查，是胳膊脱臼了，医生立即给他接上了才回来。由于常常一个人站在小床上尿惯了，后来进了幼儿园，也不分场合地站着就尿。性格压抑不爱说话，一生气就在地上打滚，给阿姨们的工作带来诸多不便。我听后心中十分酸楚，既抱怨老欧太不关心家事，又感到女同志若是顾了事业，家庭势必会受到影响。

岁月流淌，时光飞逝，转眼儿女都已入托。为便于我独自接送一双儿女，我们搬到了东总布胡同忠厚里居住。人民出版社的机关幼儿园就在东总布胡同东口，与忠厚里只相距二三百米。

东总布胡同忠厚里是北京市的市中心区，位于长安街北京站口以北，是一条与长安街平行的胡同。东头为一片平房，西头经南小街直通东四南大街。忠厚里是一个长条形的独门独院。进门后，里面又并排分成独立的四个小院。每个小院内又分成左右两边，每边各有一大一小两间平房，一间厨房。中间为空地。人口多的一家住一个小院，人口少的两家住一个院，一律的红色木板地面。大院前栽有一排树木花草，四季都有花香。与东总布胡同邻近的，有东城区建国门地区医院。孩子们每受风寒感冒时，幼儿园的老师常让家长接回家。我便牵一个，抱一个，去建国门医院就诊。往返也只一刻钟的路程。

此时，史无前例的“文化大革命”已在全国如火如荼地展开了。社里虽已成立了“文革领导小组”，但不久便被罢了官。人民出版社和人民文学出版社办公大楼的一层，早已住满了来京串联的各地红卫兵造反派。楼道及办公楼到食堂间的广场上贴满了各种大字报。社里的各级领导、党支部负责人及专家、业务骨干，都成了“走资本主义道路的当权派”和“反动学术权威”“修正主义分子”。除政治组的中央文件出版工作和《毛选》的出版工作正在进行外，其他业务已全部停止。全社工作人员也大都组成了各种战斗队参加大批判，或写揭发检举大字报。此时，社委会、党总支的权已被全社最大的造反派组织“遵义”造反兵团夺去。

有天下班时，正碰见当时哲学编辑室主任薛德震跟在造反派后面向客房走去。薛用眼向我作了暗示，随即用手在他身后扔下一个物件。我连忙拾起放进提包，匆匆走向楼梯。经过二楼楼道边一间开着门的小屋时，见韦君宜躺在床上双眼瞪着天花板，忽地坐起，两眼直直地瞪着前方。忽地又躺下，两眼又直直地瞪着天花板……我吓得赶快走出了办公大楼。

一出大门，我便急忙将拾起的东西打开来看，见是折着的一条白色手绢，上面满是血迹。因薛未能说什么，我猜想可能是他被打的物证吧！第二天一上班，我就将手绢交给了杨瑾同志。杨是薛的爱人，当时也在我们社工作。

我在忠厚里的邻居是当时农村读物出版社的另一位副主编谭吐。我们同住一个小院。他家只有他与夫人，住左边。我们住右边。一天社里“遵义”造反兵团召开了批斗“走资派”的大会，谭吐照例被拉去批斗，之后他回到家，坐在家中毛主席像旁的椅子上，望着毛主席像，眼含热泪自言自语地大声说："毛主席呀！我抛弃荣华富贵参加革命，不是为了来反对您老人家的呀……"当时我在院内晒衣服，那颤抖、高昂的声音从玻璃窗户传出，震撼了我的心灵，我忙回到了家中。后来我静思，中国共产党领导中国革命几十年，其中出身不好的人参加革命，确是大有人在。有的人还将自己的财产献出，据说烈士彭湃就领着人去分他自己家的田产。这样的人参加革命，同样是令人尊敬的。

谭吐的话十分清楚，表明他没有反对毛主席，对他的批斗想不通。而"文化大革命"中对一些问题想不通、有看法的岂止是"走资派"？群众中也大有人在。要不然，为何全国到处都在大辩论？为何任何一个问题都有两派？朋友、同事、师生、父子、夫妻间，常常因观点不同而辩论，而导致绝交，导致感情破裂，导致离婚……

此时全国大多数各级党政机关、团体已瘫痪，学校停课，工厂停产，铁路交通受阻……全国到处一片混乱，不少地方还发生了武斗。全党从党中央的刘少奇、邓小平，到绝大多数基层党支部书记，都已被揪出批斗，中国共产党一时间似乎真成了"洪洞县内无好人"，伟大、光荣、正确的中国共产党此时也似乎只能看成是"一句空话"了……

革命理论是指导革命群众行动的指南。自1966年4月中央批转由林彪、江青领导制定的《部队文艺工作座谈会纪要》称：文艺界建国以来“被一条与毛主席思想相对立的反党反社会主义的黑线专了我们的政”，要“坚决进行一场文化战线上的社会主义大革命，彻底搞掉这条黑线”。[①] 随后，1966年5月16日，中共中央政治局扩大会议通过的《五一六通知》也称：要“彻底揭露那批反党反社会主义的所谓学术权威的资产阶级反动立场，彻底批判学术界、教育界、新闻界、文艺界、出版界的资产阶级反动思想，夺取在这些文化领域中的领导权……”[②] 这些当时的中央文件，这些应用在斗争真正阶级敌人的理论，及当时群众随手滥用的其他毛主席对敌斗争的语录，如“造反有理”、革命“不能温良恭俭让”等等，当时都一律用在了被斗争的共产党内自己的党员干部身上，及专家学者、社会公民身上，怎会没有分歧？怎会不造成许多冤假错案？怎会不天下大乱呢？

或许为扭转全国出现的混乱局面，中央发文件派工人、解放军到学校、党政机关、文艺团体“支左”；发文件让厂矿恢复生产；令学生上山下乡接受贫下中农再教育；令干部到“五七”干校参加生产劳动……因是党中央、毛主席的号召，全国人民深信不疑，闻风而动。

人民出版社属文化部“五七”干校，地点在湖北咸宁。1969年秋，我们大队人马离开北京，开赴咸宁。

---

① 见《“文化大革命”简史》中共党史出版社，第73、74页。

② 见《“文化大革命”简史》中共党史出版社，第83页。

临行前的一个下雨天，秋风萧瑟，细雨霏霏。我背了半麻袋书去胡同口卖废品。路面湿滑，一块石头绊了我一下，麻袋滑落，里面的书掉出不少。我只得将还没掉出的书先送了过去，然后再来捡这些掉在地上的书。反正这书当时是不会有人来捡的，因为大家都在处理“废品”，好准备去干校。

文化部是砸烂单位，到干校去是安家落户，分期分批走。要转粮油关系，还要带上必要的生活用品。除少数留下坚持出《毛选》的人员外，该去的全家一起走。老欧的研究所属于空军部队，当时仍有任务。我们便打算以后把孩子们的关系转到离他研究所较近的六一幼儿园。

离京那天，天气晴好。军宣队、留守的职工、暂时不走的人在大门口送行。锣鼓声敲得响彻云霄，人们都提高了嗓音话别。人民出版社幼儿园的阿姨们用三轮车拉了去干校职工的孩子来送行。燕燕和骏骏来到我和老欧身边，我把早已准备的点心和糖果分给他们，一边嘱咐他们要听爸爸的话。燕燕眼泪汪汪地边吃边点头，骏骏嘴里含着糖果，两只大眼东张西望，后来一直盯着敲锣鼓的看……整队上车了，我忙跟着队伍向轿车走去。我的脚刚一踏上车门，就听见骏骏哇哇的哭声。我回头一看，可能骏骏已经想起是怎么回事了，两眼望着轿车，蹲在地上放声大哭。老欧要抱他起来，他哭着左拐右拐地不让抱，硬要往地上坐……我急忙扭头上了轿车。车厢内十分安静，各人在寻找自己的位置坐下。不久车就启动了。车窗外骏骏刺耳的哭声，直到车转弯了，才渐渐消失……

三

1969年9月27日我们到达湖北咸宁，住咸宁高中待命。人民出版社及农村读物出版社被编为湖北咸宁“五七”干校第三大队第十三连。第三大队为工业大队，任务是烧砖瓦、烧石灰和挖煤。我们十三连的任务是在汀泗桥人民公社赤岗大队的凤凰山建窑烧石灰，和在双溪村建煤窑挖煤。国庆节后大队人马开赴凤凰山，先住老乡家开山采石烧石灰，后盖房子。开山采石烧石灰要先在石山上打炮眼、装炸药、点炮、放炮，放炮后炸开的石头要把它破成三四十公分大的小石块，用人工挑了从山上送到山下窑边，再送进窑里烧成石灰。四排（即出版部和行政部）的同志领了这项任务。他们在连部从当地请来的两位师傅指导下，分成若干小组，每组为三人，一人扶四五十斤重的钢钎，两人各抡起八磅重的大铁锤，打成炮眼后装上炸药炸石头。校对科的同志不少为近视眼，要将八磅重的铁锤朝着直径仅有三四公分宽的钢钎上打去，而且还要有力量，稳准狠，才能钻碎石头打成炮眼。开始打不着钢钎打着人的事时有发生，扶钎同志的胳膊上常青一块、紫一块，而进度大都只有三四十公分深。当地有民俗不准女同志上山，否则认为开出的石头烧不成石灰，窑也要塌陷。

但是，干校为炼人学校，女同志下来了，岂有不锻炼的理？于是便安排女同志们上山扶钢钎，男同志打锤。后来女同志提出：时代不同了，男女都一样，男同志能干的事，女同志也能干，便主动争取锻炼机会，成立女班。由朱虹任班长，承担打锤、点炮的任务。男同志们便负责抡十二磅的大铁锤破石头。湖北的夏天，室外常常气温高达摄氏四十多度，光秃秃的石山上，无一遮盖。头顶烈日，每天抡八磅大锤上千下，一天下来，常常衣衫湿透，挥汗如雨。晚上胳膊疼痛得不敢翻身。但第二天哨子一响，女锤手们又都嘻笑着背起铁锤上山。

上窑出灰的劳动同样磨炼着“五七”战士们的意志。每次上窑，除菜班、炊事班的同志外，全连同志一起上。石灰窑有三层楼高，所谓窑，即是在选好的地上，先挖一个2.5米宽，1.5米深的平底坑。在窑坑里先填上木柴，木柴上再填一层煤。点燃木柴引燃煤后，再在煤上加一层石头。石头热了，能见着下面的火苗了，再在石头上加一层煤。如此加一层煤，再加一层石头的循环往上垒加，直加到顶端时再封上。只要开始上窑了，就需昼夜不停，风雨无阻，直至封顶。而上窑时，若是夏天，人挑着三四十斤重的石头或煤块，走在窑上，下面是点燃的木柴烈火和即将点燃的煤烟熏着，头顶上是火辣辣的烈日晒着，脚底还被滚烫的石头、煤块烫着，稍不留心，被煤块或者石头所绊，跌倒在窑上，身上的衣服就有被火点燃的可能。窑烧好了出石灰时，在烈日的曝晒下，常常汗水涔涔。将石灰装进竹筐挑出时，风一吹，石灰飘起，常飘到脸上、手臂上、脖子上。石灰见水是要溶化的，飘撒在身上的石灰见汗水后，便立即溶沾在皮肤上，使皮肤发红、起泡……开始大家没经验，每次出完灰，脖子上常有一圈发红的皮肤，便是被石灰沾上汗水留下的痕迹。后来出灰时，大家便用干毛巾把脖子团团围住，避免石灰烧坏脖颈。而下班回去，则必须马上洗脸、洗澡、洗换衣服。否则，即使是干的石灰沾在身上、衣服上，时间长了，也会腐蚀衣服和皮肤。

装炸药、点炮、排哑炮，更不用说，都是危险工序，稍有不慎，便会造成伤亡事故。而有些同志却往往主动争取这样的锻炼机会。顾文治是排哑炮能手，张嘉瑞是师傅培养出的上窑技术员，他们所经历的风险，比大家要多。

十三连共有四个排，开始是第四排采石，后来一、二排（即编辑部）的部分同志也参加，其余人盖房、上窑、出灰、种菜。我所在的第三排在咸宁镇为全连卸完从北京托运来的行李后，就开往双溪建煤窑挖煤。干校从北京京西煤矿请来两位师傅带领我们劳动。我们集中住在老乡为我们腾出的空房子里。排里留有几位同志从事食堂工作。

建煤窑时，开始是在平地劳动。挖出三十米长的路轨后，再向下挖成斜坡。斜坡向下挖到一定深度时，便要安装木头支架，形成斜井。斜井要直挖到煤窑井底，再转弯向前掘进。从安支架起，师傅便要我们日夜三班，昼夜不停地掘进，以保证支架稳妥地安装。我们排只能抽出两个班的劳力下井，干校便从十连（文化部储运公司）派来一个班。师傅这时也要求我们按煤窑的工序分成不同工种劳动，打炮眼（打锤、扶钢钎）、装炸药、点炮、出渣（从井下挑土方、石块或煤到井上）、砍支架、安装支架等等。若是班长，各项工作都要学会。因要带班，为全班每个班员安排施工任务，和检查总结全班的劳动后，向下一班交接施工内容（施工有连续性）。我们便按师傅的指示分了工。师傅讲得中肯，教得仔细。他说，我们在这里只能待四五个月，以后就全靠你们自己了。于是，大家学得十分认真。我们班的正班长是排长赵子文同志兼，他年老多病。我虽是副班长，也要带班，便跟着师傅学习各项工种。我暗暗嘱咐自己，一定要小心学习，千万不能大意，万一有任何闪失出了事故就麻烦了，人命关天啊。

我们的小煤窑与北京京西煤矿的煤窑完全不同，京西煤矿是正规煤矿，我们是根据钻井的资料，按地形走势修建的土煤窑。没有照明设备，也没有通风设备，更没有升降机，向前掘进挖出的土方和爆破后的石块，均要我们自己背出。师傅先示范了一个向前弯腰蹲着，两手分开扶地的姿势，让我们将要背出的土方或石块装进竹筐内，然后将竹筐放在他背上。他再将两手反转过来扶着竹筐，弯着腰，沿着斜井的通道，一步一步爬到井上，将土倒在井边。我们便像他一样地将井下的土方和石块背在背上，弯腰运到井上。斜井最初只有七八十米长，随着掘进的进度而不断增加。年近六十的副主编谭吐，最初是在我们班，他也和我们一样背竹筐。五十多岁的林悦女士，也和我们一起用八磅铁锤打炮眼。没有照明设备，开始时是点小油灯，灯小光线暗，常常照见地上的炮眼，照不见钢钎头，扶钎的同志虽然手放得很低，但胳膊上仍然常常挨锤。八小时下来，鼻孔周围常常一片黑烟，像长了胡子似的。出窑后，大家你看我，我看你，都捧腹大笑。

煤窑里打炮眼、装炸药、点炮，比在平地上更增加了些艰险。我们向前掘进到五六十米处时，掌子面（即工作面）全是石头，需要打眼爆破。而此时的支架顶棚上常常漏水，地面上也有积水。我们只得头戴安全帽，身披塑料布，或穿雨衣及长筒胶鞋干活。扶钎时，因要坐在有水的石头上，塑料布短，也盖不着腿，我们就另用三块塑料布，一块系在腰里垂下当坐垫，两块分别将两条腿严严裹住，以免顶棚上漏下的水打湿棉裤。所以每次出工，都要乔装打扮许久。炮眼打成后，因掌子面有积水，炮眼里也常常进水，装的炸药也要用一层防水的塑料布包了后放进去，否则爆破不了。即使这样，也常常出现哑炮。排哑炮要先将炮眼口打开，取出炸药、导火线、雷管，然后再重新安装。这是危险工种，师傅开始教时非常仔细、耐心。我和王开基同志学得也十分细心。王开基当时是我班的劳动主力，既打锤，又砍支架、安装支架，还兼装炸药、点炮。有时我便和他同干。开始出现哑炮时，是师傅带着我和他下去。后来师傅走了，我们便自己排除。近两年的下井生活，我们也经历了有生死考验的劳动，所幸并未出现爆破炸伤事故。有时掌子面积水深了，无法打炮眼，师傅便让我们在巷道里挖一个蓄水池，再从掌子面挖一条小排水沟，将水引到蓄水池里，然后再用水桶将水一桶一桶挑上井。巷道路滑，光线昏暗，一不小心，连人带桶摔下来，便会摔伤。大家挑时都非常小心，而且常彼此互相提醒。

大约是掘进到八九十米处时，十连三班的班上见煤了。大家欣喜相告。不久，师傅们传出他们即将回京的消息。此时，师傅在班上常对我们讲别班的进度和优缺点。我们在心里也常暗暗较劲，比着干。但是好景不长，各班只出了几次煤后，又见石头了。师傅此时在班上多看少说，由带班的班长安排活路。

一天，轮着我当班，接班后的任务是打眼放炮。师傅让我选炮眼。我仔细看了看掌子面，认为可以开两盘钎，便选了左边靠前的一个底眼，和右边靠后的一个中眼。师傅看了后，让取消右边的中眼，改选为中间偏右的顶眼。他指着掌子面说："你们下一班该安支架了，这个顶眼若不打，他们就无法安。"

顶眼部位高，要举着扶钎开眼，举高打锤。师傅便让我们勤换工（一人打一人歇）。我找来一块平面石头，站在上面扶钎开眼后，和黄云换工，让男同志们打锤。顶眼打成了，和左边的底眼一同爆破后，交了班。吃饭时，师傅笑着对我说："带班的一定要有全局思想。不仅要想自己这一班该怎么干，还要想到下一班接班时，他们应该干什么。否则就会窝工，或影响进度。"

我笑着点了点头，心想，这就是下井的收获吧！从这以后，若轮到我带班，我就会想起师傅的嘱咐。下一班若是夜班，班上需要安支架时，我除了安排班上要干的劳动外，也会安排人力把支架砍好。因为晚上天黑，砍支架井上看不见。

在师傅走后我们独自开采的近一年多时间里，井下曾出现过一次险情。支架顶上冒水，冲掉了支架上的土方，形成一个一米多宽、七八十公分长、五六十公分厚的空洞。若不马上将空洞填上，将水引下来，土越掉越多，空洞越来越大，就有塌方的危险。险情是在一班下班时才出现的。那次正该我带班，一班下班后，班长柴夫同志主动留下来和我们一起处理险情。我们接班后，和他一起商量，决定用木头填空洞，再在木头上盖一张油毡，将水引下来，通过橡皮管流进蓄水池。我和王开基马上到井上砍了一堆木条下来。此时水流不断，空洞越来越大。支架顶端离地面有两米多高，我们便把水桶倒过来摞高了站在上面，从支架两边向里填木头。水不断从我们头顶上流下来，流进衣袖，钻进衣领，满脸也全是水，眼睛很难睁开。虽穿着雨衣，里面的衣服全湿透了，仍冷得直打哆嗦。直奋战两三个小时，才把空洞填好，把水引进蓄水池，防止了塌方。柴夫同志一直和我们引完水才走，他是农村读物出版社政治编辑室的主任、老党员，那年也已是五十多岁的人了。

于劳动的同时，连里安排一小部分人继续进行“文革”中斗批改的落实政策工作，和深挖“五一六”反革命集团工作。大家劳动之外的时间，学习马列主义理论和毛主席著作。以后1971年发生的林彪反革命事件，连里也向大家作了传达。此时的政治风云已变幻莫测，“文革”中起来造反最早的一些造反派头头，大都成了受审查对象，深挖批斗会日夜不停地开。据军宣队透露，批斗会的阻力很大，有的受审对象不但拒不承认与“五一六”反革命集团有任何联系，而且宣布绝食以示对抗。我对“五一六”反革命集团的认识内心一直模糊。“文革”中这些青年人的过火言行曾引起过大家的不满，但他们是否就是反革命分子，则不敢断言。据说有一个已承认为“五一六”反革命集团分子的人，曾揭发过我也是“五一六”分子。审查人员认为我“文革”中，一直被大家说成是保守派、逍遥派，便断定此人是在搅浑水，也就未来向我查询。我才能在班中继续劳动，直到离开干校。

四

1970年的春节前，我收到宜都家中来信，说在家休养的弟弟又犯病了，要我赶快回家托人送回北京医治。因弟弟是精神病患者，军宣队的刘排长很快就准假了。

我带着请假换来的节日粮票、半斤肉票，乘车到武昌买了肉馅、白面和糕点之类，来到一家旅店，等待第二天上午开往去宜昌的船。晚饭后闲来无事，我走出旅店，顺街漫步到沿江大道。武昌城此时与我十五年前离开时并无多大变化。沿江大道的路灯，稀稀落落，江面上似有几只木船在行驶。那闪烁的船灯，隐隐在江中前移。我沿着大道向前走去，江风吹拂着我的头发，我将围巾打开包住了头，走着，走着……

山那边哟好地方，
一片稻田黄又黄，
大家唱歌来耕地哟，
万担谷子装满仓。
……
山那边哟好地方，
穷人富人都一样，
你要吃饭得做工哟，
没人为你做牛羊。
老百姓呀管村庄，
讲民主呀爱地方，
大家快活喜洋洋……

这首二十多年前我曾在这座城市唱过的歌，突然在我脑海中冒了出来。这是解放前的1948年，我在湖北省医学院附设医士职业学校时常唱的歌。那时，我们学校的一些同学，常参加武汉大学组织的进步活动。

记得武汉解放前夕，大约是1949年4月的一天下午，我和武昌女二中的两个同学，曾坐在这江边的河堤上，秘密学习过毛泽东的《新民主主义论》。武汉一解放，曾和我们一起参加进步活动的一位姓雷的同学，就离开武汉大学到湖北省公安厅工作去了……我们亲手做了小红旗，到大街上欢迎解放军开进武昌城……时值暑假，当时四野政治部文工团的言小鹏、赵慎之等同志来我们学校教我们演出高尔基的《夜店》。言小鹏演小偷小扬，我演小妹。为了追求革命，也由于这次演出有点儿成功吧，我即报考了由老解放区迁来的中原大学文艺学院，很快就被录取了……

我在沿江大道继续向前走着。我抬头看看四周，想找到我们曾坐在这江边学习过《新民主主义论》的那段河堤。周围一片朦胧，道边的房屋景色也看不出究竟。我只记得那天从学校出来，没走多远就到了江边。学校的方位应该是离蛇山较远的那头，即我此时行走的沿江大道的前方。它紧挨省立人民医院，旁边是一个小湖，湖里有小船。中原大学文艺学院与湖北省立医学院仅这一湖之隔，我想去文艺学院学习，但医士职业学校不准我离校。因我这时已是青年团员了，不转团关系，我便无法离校。从1949年6月武汉解放，我考取中原大学文艺学院后，拖到

十一、元旦，直拖过1949年10月1日参加革命的离休期，我决定暂不转团的关系（以后他们主动转了过来）。我请文艺学院的一位老师与学院联系后，在湖那边接应我。一个月明星稀的晚上，我偷偷将准备好的行李装上老师划过来的小船，渡到那边，进了文艺学院。第二天，我就穿上了灰干部服，领到了生活津贴，踏上了以文艺为职业的革命征程……

“呜——呜——”身后传来轮船的鸣笛声。我看了看前方，前方依然黑色朦胧，学校应该是不远了，但我还是转身向轮船码头的方向走去。远远地，我望见码头那边，一片灯火辉煌……

一群穿着红色、蓝色、绿色绸缎衣裤，扎着腰带，身背腰鼓的青年男女从轮渡中走出。他们上了码头，走到大街上，便迅疾排好队伍，“咚巴、咚巴、咚咚巴咚巴”地敲响了腰鼓向前行走。他们先是拉开距离，边走边敲，分成两行，走向马路的左边和右边，形成左右两行向前行。然后领头的两人便边敲边向马路中间走去。在走成十字形的交叉处时，领头的两人两手将鼓槌向外一扬，同时低头向后弯腰一转，变换过身来，又继续边走边敲地向马路边走去。队伍跟着他们变换着队形地向前走，一会儿步行敲打，一会儿跑跳敲打，一会儿抬腿转身敲打……行人们止步观望。商店里的顾客、服务员都跑出来围观。一群小孩随着鼓点拍着手，走着、跳着，跟在队伍后面，直至学院门口，腰鼓队进去了，仍拍着手向里眺望……

这是我们青春的影子，是那年我们到汉口演出归来时的情景。我穿着红绸缎的演出服，腰间系着长长的红绸带，长长的发辫梢上扎着红绸子的蝴蝶结，边走边舞地在腰鼓队后面……“生活是多么美好，生活是多么幸福，我愿意永远这样生活，让蓝色的星儿照耀我……”这《丹娘》的插曲，纪实文学《卓娅和舒拉的故事》，长篇小说《钢铁是怎样炼成的》《青年近卫军》，还有戏剧、电影中的诸如江姐、刘胡兰、赵一曼等艺术形象，都曾在我青春少女时代，激励过我，唤起我对革命理想的追求，对美好人生的憧憬……而这一切，也都是发生在此刻我行走着的这座城市……我的思绪在往事的海洋中游弋。它是那样清晰，宛如昨天……

不知不觉，我已回到了旅店。走进房间，在往事的波涛中躺下，迷迷糊糊睡去，直到起床、上船的时间……

回到宜都的家，已经是大年三十了。弟弟已被禁锢在黑暗窄小的楼上。此时他已从清华大学自动控制系毕业，分配到了北京石油部设计院工作。母亲正在离县城十多里的公社医院上班。父亲也刑满就业，在原煤矿任医生，这次是回家过春节。我们共同商讨了如何送弟弟回北京医治后，我拿出在武汉买回的半斤肉馅、白面，母亲洗了一堆白菜，和两个妹妹包了饺子，一家人团聚在一起吃了年夜饭。这是我从1948年离家后的第一次回家。看着满头白发的父亲狼吞虎咽般地吃着饺子，我心沉沉的。饭后，两个妹妹照顾弟弟去了，父亲把对他的判决书拿给我看，并向我诉说了他的冤屈：原来他们把伯伯的成分错加在了他身上。伯伯在老家是地主成分，而他抗战后一直留在宜都行医。划他右派和现行反革命的干部，轻信医院某人的谎言，将一桩医疗事故错判为陷害事故。这个谎言的制造者，后来被查出是个反动的一贯道分子，被开除党籍，开除公职……他的真相暴露后，父亲又一次提出申诉，上面却没有回音。而此时，父亲已去煤矿劳改了……父亲诉说着，最后泣不成声。我满含热泪，心中翻江倒海，但仍一脸严肃地告诫他要冷静，要相信上级党委，唯恐顺应他，会助长他的含冤情绪，从而节外生枝。而看过他的判决书后，我已心中有底。这是一份证据不足的判决书，其中漏洞不少。

从宜都回干校不久，母亲来干校看我，说及弟弟的病情和婚事。此时弟弟已回北京安定医院。母亲说她已和她妹妹商量好了，她妹妹同意将她大女儿肖一德许配给弟弟。让我去她老家看看那姑娘。我向军宣队作了汇报，获准假后与母亲一起回到她老家孝感，见到了那位姑娘。那是一位不错的姑娘，民办教师。当时她已在和弟弟通信。第二年我回北京探亲时，去安定医院看弟弟。医生说他虽在吃药，病情仍不稳定，也许结婚后会好起来。在医生的建议下，他们于1973年1月结婚。婚后过了一段平静的日子，也有了一个女儿。以后又常犯病，后来就不能再工作了。至今年已七旬，仍住在精神病院……

粉碎“四人帮”后的第三年，父亲来信告知，他已平反，并被调回宜都。1984年他因病去世时，妹妹来信说，由他创建的医院全体职工，在医院门口列队为他送行。他老人家若在天有灵，也可瞑目了。

我们的煤窑出了一阵子煤后，又见石头了。校部又请了钻井队的工程师来勘察。经鉴定为鸡窝煤，即煤层与石头并存，不像北方那种大面积的煤田。虽然已挖出了煤，校部在这里已开过现场会，排里也领来了水泵，井上最后也安装上了一台土提煤机，但校部不久便决定停止掘进，只留人抽水看守。我们大部分人又回到汀泗桥凤凰山。我被派到凤凰山任女班副班长，继续采石、烧灰。

在双溪挖煤时，我们住的村旁有一条小溪。溪流弯弯曲曲，溪水清澈见底。村后是一片山坡和丘陵地带。春天里，山坡上开满杜鹃花，满山遍野，姹紫嫣红，漂亮极了。我们班女同志所住的房子，因年久失修，雨天漏雨，雪天进雪，我便用竹竿扎成一个四方架子，将塑料布系在架子上，再将架子与床腿捆在一起，罩在床上接雨雪。每到晴天，大家都将衣被拿到山坡上的小树枝上晾晒。满山坡一片红红绿绿，很是壮观。我们坐在暖融融的草地上晒太阳、织毛衣。空气清新，鸟语花香，一派田园风光。到了夏天，在井下上完中班出来，我和黄云常常在月色中走到小溪的上游，跳入溪中洗头、洗澡。溪水清澈透凉，晚风吹拂着我们洗净的头发，我们在清凉的溪水中往往洗得不想出水。可惜她十岁的女儿，一次在小溪深水区游泳时，不幸溺水身亡。她和我们大家，都悲痛不已。

由于北京出版工作的需要，及其他省、市对干部的需求，此时干校不断有人调回、调走。从1969年秋到达咸宁高中，到1973年冬干校停办结束，历时四年（最后留守的同志直到1976年才离开）。虽然林彪、“四人帮”一伙对知识分子实行劳动惩罚，而我们能正确对待，因我们大都也是愿意下基层与工农结合，改造自己的。古人云：吾日三省吾身。周恩来总理也曾说过，活到老，学到老，改造到老嘛！虽然有人当时历史问题尚未有结论，有人心中存有委屈想不通，但我们都没有消极怠工，抗拒命令。有的甚至还主动去争取艰苦锻炼的机会，在从没经历过的艰苦环境中终于走过来了。我们真诚地学习毛主席语录，发扬自力更生，艰苦奋斗的精神，从不会到学会了种菜、养猪、盖房子、打炮眼、装炸药、放炮、采石、烧石灰、挖煤等活儿。打炮眼从开始仅能打三四十公分，到后来能打进两米。李淑慧、张式仪还创下一日打进三米的记录。挖煤近三年，烧石灰近四年，没有发生爆破伤亡事故。我们当时亲手盖的房子，至今还为当地老百姓所居住。全干校当时用于修桥、修路、盖房、种地等的石灰、石块，全是我们十三连开采、烧成。伙食由刚来的老四样，到后来因种的菜多，吃不完喂猪。猪养得好，肉也吃不完。在食堂工作的同志，有的在北京时自己在家也不曾做饭，下干校后，每天四点起床，要切一百多斤蔬菜，起初切得手腕、胳膊都抬不起来……中国的知识分子是有可塑性的，他们来自各个阶层，能经得起磨炼，能忍辱负重。而由此，也体察到了国情、民情，知道了务农、烧灰、挖煤的艰辛，从而感知到了广大劳动人民吃苦耐劳的优良品德而值得学习。因为我们毕竟不是常年如此，而他们却是。他们是年年月月，是终身到老。当然，知识阶层也有值得他们学习的地方，如所具有的知识及其他等等。但是，像这样的“五七”干校，今后还是不办的好。它是当时左倾思潮的产物，而且在社会主义初级阶段，不利于社会的正常分工和一些文化科学技术的发展。

五

1972年秋，我从湖北干校调回北京人民文学出版社第三组（《人民文学》复刊筹备组）工作。这是个团结、奋进、忠诚于党的文艺事业，充满革命友情，朝气蓬勃的集体。著名诗人李季作为被解放的领导干部，也刚从干校调回不久。他既是人民文学出版社领导小组的成员，也兼管我们第三组的工作。他一身工作服，披件棉军大衣，每天挤公共汽车早早来到办公室，和我们抢着扫地、擦桌子、打开水。他经常工作到深夜，和我们一起研究办刊方针和组稿计划。他指示我们：要充分调动所有文艺工作者的积极性。刊物要以三七开的原则来安排版面。十分之三登老作家、专业作者的作品。十分之七登工农兵业余作者的作品。除让我们在北京拜访各方人士外，还让我们到北京郊区的工矿企业召开座谈会，组织创作。此外，又指示我们兵分几路到全国各地去调查研究，组织稿件。我和《文艺报》原编辑部主任陈默同志被分派去云南。临行前，李季同志还让我去拜访冯牧同志（他当时尚未恢复工作），请他给时任昆明军区政治部文化部主任的徐怀中同志写信，请徐关照我们的工作。徐怀中同志见信后，十分热情地接待了我们，为我们沿途安排了汽车。我们从昆明出发，一直沿着军分区所在部队的路线，经思茅、西双版纳、保山、瑞丽、大理、丽江……在各地召开各种座谈会，约稿、看稿，历时一个多月。我们拜访了军区和云南地区所有知名作家和业余作者，也组织了不少稿件。其他几路也有不少收获。崔道怡同志看到蒋子龙发表在《天津文学》的《三个起重工》后，立即向第三组的负责人葛洛推荐。葛洛即派他前往天津，请蒋子龙同志来北京住在人民文学出版社招待所为我们写稿。后来严文井也向葛洛推荐谌容，说她是位值得注意的业余作者。葛洛便派我前往北京五中，与她建立了联系。

此后，全国“文化大革命”的形势又出现了新的转折。在 1972、1973 年周恩来总理主持中央日常工作期间，在揭发批判林彪反革命集团罪行的过程中，及在一些全国性的会议及场合，提出批判极左思潮和无政府主义以来，全国的社会秩序、国民经济遭受严重破坏的局面本已有了好转。但是，江青、张春桥等人对周恩来总理提出的批判极左思潮和无政府主义的主张深为不满，蓄意使当时的批林整风变为批林批孔运动，并影射周总理为“现在的儒”，在1973年11月中央政治局的会议上批评周总理为“右倾投降主义[1]”。经“四人帮”煽动，社会上又掀起一股反右风。受此股风影响，我们《人民文学》复刊筹备小组被称为“黑班子”“文艺黑线回潮的产物”，没被批准而解散。李季同志含冤主动要求到石油部生产第一线深入生活，与工农相结合。有的同志被调往体委工作。葛洛、刘剑青、陈默、杨子敏、李曙光、崔道怡、孟伟哉及我们其他同志留人民文学出版社另行安排工作。直至1975年7月根据毛泽东主席的批示，《人民文学》《诗刊》才得以复刊。我留人民文学出版社现代文学部工作近四年后，才又回到了《人民文学》编辑部。

自1966年4月中共中央批转《部队文艺工作座谈会纪要》以来，文艺界一直被认为是“黑线专政”。人员大都下了干校。此时文艺创作百花凋零，一片萧条。刚从干校返京的人民文学出版社领导小组，根据上级精神布置再版一批文艺图书。我此时在现代部小说南组工作，受命负责再版欧阳山的长篇小说《高干大》和李准“文化大革命”前的短篇小说集。同时与小说南组新来的一位负责人A君，去河南鄢陵县组织一部三结合创作的长篇。当时的所谓三结合创作组，是要有当地党委负责同志参加，由专业

① 见《“文化大革命”简史》中共党史出版社，第246页。

作者、业余作者和出版单位共同组成的创作小组。

我们到达鄠陵县后，当地县委十分热情地接待了我们，为我们引见刚被解放的专业和业余作者，介绍了有关创作生活的情况。我们很快有了眉目。但在拟定三结合创作小组成员名单时，A君不同意让一位当地的专业作者参加进来。他认为该专业作者是黑线人物，资产阶级文艺思想肯定严重，不能参加。而提出要一个从未写过小说的业余作者担任主笔。而这位专业作者确是当地县委提名，而且是本地贫下中农出身，旧社会时曾在村里要过饭，对当地生活十分熟悉。究竟要不要让这位专业作者参加，我们在县委招待所的房间内为此一直争论到深夜。最后A君指着我的脸说："你就是为你们资产阶级的文艺路线说话，你本身就是资产阶级的代表……"说完，离开了我的房间。

A君走后，我在内心气愤地为自己辩解：我为什么要为资产阶级文艺路线说话呢？一个从未写过小说的人，能马上写出一部够出版水平的长篇小说来吗？那位专业作者是当地县委提出来的，称得上是资产阶级黑线人物吗？

回到出版社不久，又一件令我吃惊的事出现了。组里决定不再出版李准的短篇小说集。我问A君，为什么不出版？他说，×××同志对他说，李准是写中间人物论的代表作家，写过《锻炼锻炼》，不能出版。我听了，十分焦急。李准是我上大学前在中南文艺出版社工作时，就已有过联系的老作家。此前，我已去拜访过他，他当时正在北影写电影剧本。我请他抽出时间将过去出版的几本短篇小说集编选为一本出版，他也正在进行这项工作。我只好将情况去向部里反映，我对现代部一位领导人说：《锻炼锻炼》是赵树理的作品，不能算在李准头上……部里知情后，仍按原计划执行，《李双双小传》才得于1977年出版。

此时正值粉碎“四人帮”的前夕。自1973年11月“四人帮”无理批判周总理后，1974年6月总理病情加重住进医院。10月，毛泽东主席提议邓小平任国务院第一副总理。1975年初，邓小平又被选为中共中央副主席，中央政治局常务委员，并被任命为国务院副总理。小平同志上任后，便开始了全面整顿。但是好景不长，在“四人帮”处心积虑的策划下，1975年11月全国又掀起了“批邓、反击右倾翻案风”的运动，全国上下一片惶悚。1976年1月8日，周恩来总理逝世。4月5日，爆发北京天安门事件。7月6日，朱德委员长逝世。9月9日，毛泽东主席逝世。全国人民都为一年中一连失去中国共产党的三位主要领导人而沉浸在极度悲痛之中……然而不久，春回大地，喜讯传来，1976年的10月14日，中共中央向全国人民公布了一举粉碎“四人帮”的消息。全国人民奔走相告，举国上下一片欢腾。至此，“四人帮”横行中国政治舞台的历史结束。1978年，中共中央召开了十一届三中全会。此后，1979年5月3日，中共中央又批转了总政治部《关于建议撤销1966年2月部队文艺工作座谈会纪要的请示》的通知。从此，长期笼罩在文艺界上空的文艺黑线专政论才终于被摈弃。像《锻炼锻炼》等所谓写中间人物的一大批作品也才得以重新面世。全国范围大规模的揭批林彪、“四人帮”的群众运动此时在全国逐步展开，举国上下一片新气象，评论家们称谓的“伤痕文学”“反思文学”开始陆续在文坛涌现……

六

从干校返京时，由于去了干校，我原忠厚里的住房已分给了别人，我只能住在老欧位于远郊研究所的宿舍里。有时坐研究所的班车，有时只能每天五点起床，从太舟坞乘公共汽车到颐和园下，再从颐和园乘331路汽车到平安里。再从平安里转乘111路电车到达东四，然后从东四步行到社里。到社时，经常已是九点多了（当时上班时间为上午八点）。而从颐和园开往远郊太舟坞的末班车，是晚上八点，车少人多，挤车困难。有时下班后从社里出发，往往两个小时到不了颐和园。李季同志便照顾我可以上午九点上班，下午五点下班。时间长了，怕影响工作，我便将行李搬到办公室住下。当时在办公室住的还有外文部的叶明珍、文洁若（萧乾夫人）。下班后，我们到食堂吃过晚饭回办公室，或学习或工作到十点。然后将办公桌上的东西收拾干净，用三张桌子并在一起，就成了一张床。早起将桌子还原后再打扫卫生。孩子们放了暑假，也来和我同住。住了一段时间后，社里将东四十二条白米仓七号的一间平房给了我。于是我便搬到那里去住，并将孩子接到城里上学，星期六再回研究所。

一个星期六的下午，天阴沉沉的，我下班后急忙赶回白米仓，收拾好东西，领着孩子赶到汽车站，准备回研究所。车站前已围满了等车的人，秩序十分混乱。我们一连等了三辆车都未能挤上去。最后又来车时，我站在第一个，等车上的人一下来，我就立即将右手提的包袱放在踏板上，转身拉过身边的儿子，将他塞进车门内。车上有人叫喊起来："哎哎哎！你的包袱和孩子压着我的脚了。"

这时车门已关了，卡在我抱着儿子的手臂上。车下有人说："就下了一个人，你们娘儿仨肯定上不去！"

我忙对车上的人说："帮帮忙，往上挤一挤，我下边还有个孩子。"

"这都挤得没地儿放脚了，哪还挤得动？"

售票员也在车上大声说："下去等下一辆吧！门都关不上了。"

我只得把儿子又抱出来。等我将他放在地上，转身去拿包袱时，车门早咔嚓一声关上了。我连忙大叫："我的包袱还在上面哩！"

车已启动。售票员将头伸出窗外说："门不能再开了。你坐下辆车到总站来取吧。"

我又急又气恼，满头大汗，只得领着孩子乘下辆车到终点站去取包袱。那里面包着我们三人的换洗衣服，是准备回研究所洗澡后穿的。

到达终点站时，已经快九点了，根本无法再回研究所。我们只得又回到了白米仓。类似这样挤不上车的情况发生过几次，后来我们就决定还是把家安在城里，由老欧一人跑。

白米仓的房子只有十一平方米多，好在离公用厨房较近，我们就在公用厨房和我家住房之间盖了个小厨房做饭。长条形的十一平方米多的住房，只能放下一张双人床和一张单人床板。两张床之间可以横着插进去一个书架。两个孩子睡双人床。我请当时在人民文学出版社总务科工作的王泽伦同志，帮我弄来一块约三十公分宽的木板。他巧妙地将木板与单人床之间装上三个合页，晚上将合页打开，木板便能支起。白天合上合页，木板就可放下。木板两头，也用合页安了两个床腿。木板伸开时，床腿就支撑在地上。这样，单人床对面的墙边可放一张三屉桌，便于两个孩子做作业。中间部位冬天可以放取暖的炉子。三十公分宽的木板白天放下时，可以走人。晚上支起时，老欧星期六回来，才有了栖身之地。

史无前例的“文化大革命”中，全国人民大都卷入了各种派别之争，辩论之风盛行，人与人间似有一种火药味儿。经过了上山下乡，经过了“五七”干校的锻炼，重返远离多年的工作岗位后，大家彼此间的距离似乎都近了，似感友谊无处不在。我的住房困难经王泽伦同志智慧地解决了。不久，我生病住院切除肌瘤后，医生临时通知我可以出院（当时有一急诊病人需马上住院）。我捧着腹部的伤口打电话到老欧研究所，研究所的人说老欧已回城里。

我又打传呼电话到白米仓，传电话的人说老欧正发高烧不能起床。孩子们都在小学上课。正当我焦急踌躇之际，当时与我同在小说南组工作的谢永旺同志不久来到了病房。他说医院已给社里打了电话，他带来了记账单，还要来一部汽车停在医院门口。我喜出望外，忙随他办完手续，上车回到家里。他放下我的东西就匆匆走了，好像是急着还要到别处去办什么事情。我内心十分感激。

人民文学出版社白米仓的宿舍，与《人民日报》东四十条的宿舍相去不远。作家谌容时住十条《人民日报》宿舍。她当时在五中教书，请了创作假正在为小说北组写一部长篇。在那年唐山大地震波及北京，大家都忙着搭地震棚睡在室外时，她仍独自一人夜以继日地关在楼内潜心创作。我为她的精神所动，对她有过关心。她也同情我的住房困境。我要出差去外地，老欧不能回城照顾孩子，我就将孩子们托付在她家里。她给了他们母亲般的关爱。我那十一平方米多的住房，我和老欧困苦的生活，像她当时所了解的其他许多知识分子的生活一样，都曾触动过她的创作灵感，也成了她后来创作《人到中年》的部分素材。

在那十一平方米多的住房里，我也曾接待过我们中南的老领导胡青坡和著名作家峻青。峻青同志的爱人于康，是我们中南文艺出版社的人事科长。那时他们的家就在我们办公室的旁边。她是位白皮肤、大眼睛，长得十分俊美的年轻女干部，为人热情开朗，群众关系好。当时我们几个年轻姑娘，都把她看成大姐姐似的。有时我们外出工作回来晚了，她会为我们买了饭菜留着。有时她买了好菜，我没买着，她会将好菜的一多半拨到我碗里。星期天峻青同志有时回家来，她织着毛衣，我们抱着他们的女儿小珞珈，峻青同志给我们讲述当年他在武工队及当战地记者时打鬼子的英雄故事，我们都瞪大眼睛听得十分入迷……粉碎“四人帮”后的一天，我正在办公室看稿，忽见一个穿着一件长长的灰棉大衣，头发胡子邋遢，拄着一根木棍子的人，来到我们办公室。他用睿智的眼扫视一个个办公桌后，又拄着木棍慢慢离开了。

我问身边的同事：“这是谁呀!”

他回答说：“是峻青。”

我怔了下，忙从办公室跑出，在走廊里追上他。我向他作了自我介绍。这是我们自湖北分别二十二年后的第一次相遇。他也怔了片刻后才想起。他笑着告诉我，他刚从秦城监狱出来，是来找×××的。我们互留了地址。不久，我请他和胡青坡到白米仓做客。老欧五十年代在上清华大学前，是在中联部的前身国际活动指导委员会工作，曾与胡青坡在一起。大家多年不见，一见面备感亲切。当时购物凭票证，我用了当月所有的副食票证请他们来吃饺子，也只有几碟小菜。我们在单人床前支起一张折叠小饭桌，大家边吃边聊。峻青同志当时已担任出版局和人民文学出版社的顾问，依然那样健谈。吃完，他笑着对我说：“有饺子汤吗？喝点饺子汤，可以原汤化原食。”

我便笑着为大家一人盛了一碗。

生活安定了，但还是有不如意的事出现。不久以后，老欧的乙型肝炎犯了，因一人住研究所不便，于是回到了白米仓。乙肝指标升高后是有传染性的，医生说需隔离，十一平方米多的住房，哪有条件完全隔离？我只能设法保住孩子们不受传染。自孩子们进城上学后，我上班之余要买菜做饭，一日三餐。早上五点多起床生炉子做早餐，他们七点多要动身到学校上早自习。上午工间操时间我到朝内菜市场买点儿菜，中午大家去食堂吃饭时我赶回家做午饭。晚上洗衣、辅导、检查他们的作业。一天下来，感到筋疲力尽。老欧生病回来后，一张单人床板，加上只有三十来公分宽的木板，两个大人裹着两床被子，挤得翻身都翻不动，稍不留心我就掉在地上，晚上时常惊醒，常常一晚上只能睡三四个小时的觉。当时我正在看一部长篇校样，有时看着看着，眼睛就闭上了；有时一个地方一连看两三遍，都不知说的是什么……我已往经历过不少困苦，也都挺过来了，唯有这些日子最难熬。

七

1978年夏天，我重又回到了《人民文学》编辑部。此时《人民文学》的主编已是诗人李季同志了。

《人民文学》正式复刊是1975年秋天。那时“四人帮”尚未粉碎，由于业务需要，1972年筹备复刊的葛洛、刘剑青、崔道怡等同志即被从人民文学出版社调来。崔道怡同志当即受命筹备“创刊”号小说稿件。源于1972年第一次筹备复刊时对蒋子龙所写《三个起重工》创作水平的了解，他即到天津向蒋子龙约稿。此时蒋正为《天津文艺》创作了中篇《机电局长》。“这是一部气势恢弘的篇章。描述工业战线的领导人落实邓小平整顿方针的感人故事[①]”，崔便建议蒋将作品主人翁霍大道的主要事迹和性格特征，聚拢为一天的“战斗历程”，“突出表现其为促生产奋不顾身的精神……蒋认为这个主意不错，写来容易，欣然答应”。[②]于是，蒋子龙的《机电局长的一天》，便成为《人民文学》“创刊”号的头条。刊出后，立即引起广大读者的热烈反响。然而在1975年11月全国开始的“批邓、反击右倾翻案风”中，有关方面竟把《机电局长的一天》诬为“右倾翻案风的黑样板”，要将它“在全国范围内批倒批臭”。还责令蒋子龙“检讨”，《人民文学》编辑部公开“检查”。蒋子龙同志和编辑部都承受了巨大的压力。

1976年10月中央一举粉碎“四人帮”后，诗人、评论家张光年出任《人民文学》主编。此时“四人帮”炮制的“文艺黑线专政论”尚未取消，整个文艺界十分消沉。当时本刊分管北京地区的崔道怡同志，“在1977年9月21

① 见崔道怡文《惟一的“一天”》，载《生机——新时期著名人文期刊素描》，中国文联出版社，2003年1月版。

② 同上。

日从一摞作者主动投来的稿件中，发现了刘心武写的《班主任》”[①]，他立即抽出阅读。因刘心武随稿附有给崔的来信，此前崔与刘有过稿件往来，崔便立即给刘心武复信，告知“他对作品的肯定意见，及还不尽满意的地方”。并“告知稿件已送交领导阅处，有待终审裁决[②]”。刘心武也随即于9月25日给崔复信，“表示感谢他对《班主任》的扶植”，认为“只要内容上肯定下来了，改掉这样一些毛病并不困难[③]”。稿件经复审到负责终审的副主编、再到主编张光年，最后由张光年定夺。张光年充分肯定了作品的现实性与积极意义，也指出不足处与修改意见。由崔道怡请刘心武来编辑部传达主编意见，请他作了修改后，经编辑部加工定稿。1977年11月号《人民文学》以头条地位推出了《班主任》。《班主任》一问世，立即引起了巨大的反响，“当月，张光年主持了‘四人帮’垮台后的第一次短篇小说创作座谈会。紧接着，12月，他又主持了有一百多位文学界人士参加的全国性会议，批判‘四人帮’炮制的‘文艺黑线专政论[④]’”。不久，诗歌散文组于《人民文学》1978年1月号，推出徐迟的报告文学《哥德巴赫猜想》。这是又一轰动文坛乃至全国的佳

① 见崔道怡文《第一朵报春花——张光年和〈班主任〉》，载《生机——新时期著名人文期刊素描》，中国文联出版社，2003年1月版。

② 同上。

③ 同上。

④ 同上。

作，全国许多报刊立即转载。报告文学《哥德巴赫猜想》所写主人翁乃数学家陈景润，在“四人帮”极左路线统治下，他是一个受到批判的有争议的人物。而“《班主任》是粉碎‘四人帮’不久，我国当代文学史上第一篇直接揭批‘四人帮’危害青年的作品。两篇作品的问世，均为当时的主编张光年所拍板定夺。他的胆识与魄力，对文学在拨乱反正、思想解放运动中，起了关键性的促进作用①”。

1978年6月，中国作家协会正式恢复工作，张光年调作协工作，诗人李季接任《人民文学》主编。和1972年第一次筹备复刊时一样，李季同志把八路军的工作作风带到了编辑部，他想把编辑部培养成为一支符合党和人民要求的像样的队伍。他常向大家传达有关中央的精神，也常对我们说：“《人民文学》是党的重要宣传阵地。我们不要辜负党和人民的重托，应经常想想党在想什么，人民在想什么，引导作家想党之所想，想人民之所想，把刊物办成代表人民心声的刊物……”他鼓励我们要热爱编辑工作，要和作者交朋友，不断发现新人、培养新人，要为各类作者建立起档案，分析研究他们的艺术风格……甚至开玩笑地说：“漏了好稿子，要提头来见！”大家在他的言传身教下，精诚团结，意气风发，个个都充满热情和干劲。

① 见崔道怡文《第一朵报春花——张光年和〈班主任〉》，载《生机——新时期著名人文期刊素描》，中国文联出版社，2003年1月版。

1978年秋，粉碎“四人帮”两年多来，文坛出现了不少好的短篇小说，传播了新的文艺信息，受到了广大读者的欢迎。李季同志有感于短篇小说创作在拨乱反正和思想解放运动中所起的重要作用，提出了对短篇佳作进行评奖的举措。经有关方面批准，评奖活动决定由《人民文学》主办，从1978年10月起，在《人民文学》连续刊登“评选启事”和印发读者“评选意见表”。评选启事说明评选范围：自1976年10月至1978年12月止，在全国各地发表的作品，均在评选之列。评选方法是专家与群众相结合。这项活动得到了诸多专家和广大读者的热情支持。一批全国著名的作家、评论家欣然应邀担任评委。首届评委会主任为茅盾，副主任为周扬、巴金、刘白羽，委员由孔罗荪、冯牧、刘剑青、孙犁、严文井、沙汀、李季、陈荒煤、张天翼、周立波、张光年、林默涵、草明、唐弢、袁鹰、曹靖华、谢冰心、葛洛、魏巍等共二十三人组成。第二届评委会成立时又增加了丁玲、贺敬之、王蒙。此时，“选票”如雪片般源源不断寄到编辑部。收发室用大麻袋装了，不断运到总编办公室登记“选票”的办公桌上，“选票”堆积如山，最多的一次是四十万零三百五十三张，各地推荐的小说有两千篇。那时全是手工拆登，为便于工作，总编办公室的郭雪艳、金燕馨等同志只得把桌子拼起来，把纸张接起来，一人唱票，一人在篇名下画“正”字。每天从早忙到晚，仍应接不暇。王欣、苏巧勤、何义才等同志，忙完自己的本职工作外，也参与这项工作。大家白天统计不完，便带回家连夜统计。甄玉荣同志有次带“选票”回家，与爱人一起拆票、唱票、记票，直到午夜两点才统计完毕。小说组的同志边坚持正常出刊，边看推荐作品。经反复讨论筛选定出初选篇目，交领导和评委评议。评委结合群众投票多少，再投票选定。当时小说组的负责人先是许以、涂光群，后为崔道怡、王朝垠，组员有王扶、杨筠、向前、刘翠林、赵国青、赵则训、周祥、王青风、王勇军和我。评选期间，编辑部抽出许以、崔道怡、杨筠和我，集中时间参与评选事宜。许以领导作风柔中有刚，抓工作雷厉风行。我们常常很晚才能下班。我家的晚饭有时要到晚上九点才能吃上。而小说组的同志带稿件回去开夜车看稿是常事。领导们则更忙。1979年的评选篇目，李季同志是在他为“作协”的事出差到上海，在飞机上、在宾馆里看的……发奖大会期间，编辑部的大多数同志都要驻会参与工作。比如到车站接送作者，安排会议、食宿，陪作者游览北京的名胜古迹，为作者购买返回的车、船票等等。编辑部的年轻同志最为忙碌。如杨学光、王青风、王勇军、佟玉坤……只要一接到来电，他们马上放下碗筷，拿个馒头就走，或立即穿衣起床，去车站接站。杨学光有次为了争取时间为作者购票又退票，给售票员提意见时发生争执，火车站不予处理，反将他扣留。当时驻会负责对外联络的诗歌散文组组长周明前去交涉后，才将他领回。记得是1979年发奖大会驻会的一天拂晓，值班守电话的司机杨学仪急拍我的房门，在门外大声喊叫说："吴芝兰快起来，你女儿来电话了。"我从睡梦中惊醒，忙起床来到电话机旁，一拿起听筒，就听见燕燕在电话中哭着说："妈妈你快回来呀！爸爸昨晚哼叫了一夜，说他肚子疼得厉害……"未等我挂上电话，杨学仪已急去请示李季同志回来说："快，我送你回去……"回到家中，我们载了老欧直奔人民医院急诊室后，他才匆匆开车回宾馆。医生诊断为急性阑尾炎，即送手术室手术。术后医生说："再晚来一会儿就肠穿孔了。"杨学仪同志守电话，也解救了我家的危难。颁奖大会期间，为了能使电影局多批几部内部电影举行电影晚会，杨筠和王青风特地去电影局局长家，那天正巧碰上停电，他们爬了二十二层楼梯上去，才找到陈荒煤家，终于批了下来。授奖大会开得风光红火，热烈非凡。一时间，全国各地的文艺工作者都把每年召开的短篇评选颁奖大会，看成是文艺界的一次盛会。

1978年开创的优秀短篇小说评奖活动，大大推动了短篇小说创作，及整个社会主义文学创作。当时的文坛，可谓百花盛开，繁荣空前。新老作家在党的十一届三中全会精神鼓舞下，解放思想，敢闯禁区，深入开掘各类社会生活，各具特色的短篇小说如雨后春笋般竞放。此后的几年里，《人民文学》编辑部的来稿，每天都有几大麻袋。发行量高达一百四十多万份，超过"文革"前的数倍。每年评选，《人民文学》的获奖作品也遥遥领先。《班主任》为首届评选获选票最多的一篇。以后每年评选获奖作品的首篇，也大都发表在《人民文学》上，如《乔厂长上任记》等。小说组的编辑，每人经手的作品均有获奖的。不少人还不止一两篇。大家对评选工作辛劳参与，尽职尽责，对所经手的获奖作品，也都曾付出过心血。这心血体现为组稿时冒着大雨前行（如《乔厂长上任记》）；体现为作者来编辑部共同修改时，为其寻找所需的核对资料，为她到食堂排队买饭（如《夏》）；体现为注重从政策上把关，外调后请作者来京重新改写（如《彩云归》）；体现为注意从基层业余作者中发现新人（如《办婚事的年轻人》）；体现为讨论获奖篇目时，尽量选择能代表作者水平的篇目（如《这是一片神奇的土地》）……可以说，每一篇获奖作品，乃至每一篇问世的作品，都有着该编辑部三级审稿人员的辛劳和功绩。《班主任》的问世与获奖，就是最具代表性的一篇。它的责任编辑是崔道怡同志。正是他，从来稿中发现了《班主任》。他也为《乔厂长上任记》进行过文字润色和加工。1979年秋，他骑车摔断了腿，在医院住院治疗。许以同志去他病房汇集、商谈获奖篇目时，从下午两点，一直谈到天黑。医院晚饭的饭菜都凉了。他夫人纪元琪说，她拿着准备给他换的衣服，一直坐等在一旁看着许以一边与他交谈，一边作记录，直等到天黑许以才离开……小纪眼里闪着泪光，还对我说起他们的儿子在小学时写的一篇作文，题名《我的父亲》。她清脆的声音，就像她以往上课时朗读课文似的对我念道："他弯着背坐在桌前，左手拿着烟，右手握着有红墨水的毛笔在改稿。夜已深了，我听见他仍在不停地咳嗽。后来我睡着了。我起来小便时，看见他左手拿的烟已成了烟灰，右手的毛笔正拄在桌前的窗帘布上，印成了红红的一片……他的头扑在桌上睡着了……”小纪没有说改的是哪一篇稿子，也不必问是哪一篇。这是一个忠于职守、勤奋忘我的老编辑默默奉献的写照，功不可没。编辑工作是平凡的、琐碎的、繁忙的，也是高尚的、不平凡的。试想，如果没有所有编辑部的存在，如果没有一批批埋头奋战在编辑岗位上的编辑们，文学的繁荣景象能出现吗？评选工作推动了文学创作，也推出了不少文学新人。看到一批批佳作不断涌现，看到一批批业余作者中不断有人走向专业，不少人后来成了省、市作协的负责人，有的甚至走向全国作协的领导岗位，我们这些文坛的幕后者，有时也曾感到过欣慰。

1981年，作协决定《人民文学》与《文艺报》共同举办报告文学评奖。以后诗歌、散文、中篇小说、长篇小说也陆续开展评奖活动。承担1981年报告文学评奖的《人民文学》散文、报告文学组的周明、高远、王南宁等同志，也如同小说组一样忙碌起来。

《人民文学》举办短篇小说评奖五届后，于1983年第六届开始，移交《小说选刊》主办。作协领导为了繁荣创作，也从1983年开始，规定获奖作品的责任编辑代表同时出席授奖大会。我作为《人民文学》获奖作品的责任编辑代表，也曾于1983年应邀出席大会。

随着解放思想、拨乱反正、改革开放政策的不断深入，随着百花齐放、百家争鸣政策的贯彻，随着西方图书、影片的不断引进，加上十年“文革”带来的思想混乱，此时社会上出现了一些过激言行；表现为揭批林彪、“四人帮”罪行的同时，有人对解放前后各个历史时期文化战线的工作，作出了不实事求是的评价。以往的学雷锋的口号，当时被一些人看成为傻子言行。史诗般的二万五千里长征精神，也被认为过时了；社会上流传着“八十年代各人顾各人”的顺口溜；信仰危机、无政府主义思想、为艺术而艺术等思潮开始泛滥……有次去看望峻青、于康同志时曾谈起这些（当时峻青在北京写长篇）。“文革”中，峻青同志也曾遭“四人帮”迫害被关进秦城监狱。但他抛开个人恩怨，站在革命的立场，以一个具有坚强党性和斗争经验的老文艺家的认识分析当时的形势后说：“这些人是在给孩子洗澡倒水时，连孩子也一起倒出去了……”这是十分精辟、形象的评语。凡事均应有分寸，否则，真理向前迈进一步，就成了谬误。

社会上的思潮不可能不影响到编辑部。这时我与小说组的一位负责同志B君，因对《火红的云霞》评价不同，在编辑部大会上曾发生过论争。此后不久，新疆军区部队的唐栋同志投来一篇稿子名叫《兵车行》。这也是一篇十分优秀的作品。作者写了一位跟随父亲发配到新疆放羊、赶马车的青年，父亲落实政策回苏州时，他却选择了留下参军守边防，在一次执行任务时不幸英勇牺牲的故事。不论思想性、艺术性、现实性，均可称为上乘之作。但我推荐给B君后，长达半年之久未见回音。这期间作者曾来信催问，我也曾催问B君，但他始终没有答复。我便婉言请作者耐心等待。最后作者又来信称，如刊用有困难，请即将稿寄他……为避免与B君发生《火红的云霞》似的争论，我只得将信和情况向当时的副主编李清泉做了汇报。大约是汇报后的第三天上午吧，我一上班，就见我桌上放着这篇稿件，是当时小说组的另一位负责人崔道怡签署的复审意见。意见充分肯定了这篇作品，决定马上加工刊用。我欣喜地立即加工后，又将稿件呈送给他。稿件于当月发排，刊出后受到好评。我写了一篇题为《一颗灿烂的星》的推荐文章，请曾在《解放军文艺》工作过的、现任《人民文学》主编的韩作荣同志转给《解放军报》。军报于1983年10月2日刊登。在1983年的全国优秀短篇小说评选中，《兵车行》被评为优秀作品。想起那次在许以召开的全编辑部大会上，我独自与B君关于《火红的云霞》是否具有反动思想的论争，对崔道怡同志的秉公裁决，至今仍有一份敬意和感激。

八

在李季等领导的关怀下，1980年我搬到了“作协”团结湖的新居。这里虽称为一居室半，仅二十几平方米，但厨房和厕所均有。儿子、女儿占了一大间外，我和老欧也有了一间六平方米的居室。在团结湖住了近五年后，1985年5月，我迁到了东城离长安街约三百米的小羊宜宾胡同5号，作协新盖的十六层塔楼中。初来时，楼的四周均为一片平房，举目四望，视野开阔。站在十一层居室南面的阳台上，向前能见北京站的钟楼，向西可见天安门城楼。站在北面的后阳台上，晚上有时可直观工人体育馆比赛的灯光。国庆节，天安门广场上的烟火也清晰可见，绚丽灿烂。北面工人体育场上空的烟花朵朵盛开，百般娇艳。孩子们看了南边天安门的，又看北边工人体育场的。若同时放，喜欢看近景，就看天安门；喜欢观远景，便看工人体育场……儿女这时都已有了自己单独的房间，回到家，喜笑颜开。我和老欧占了全居室最大的一间，既是卧室，又能当书房、客厅和餐厅。困扰我们十多年的住房问题此时解决了，老欧的身体也逐渐恢复了。这是在党组织和大家的关心下，我们优先享受到了改革开放的成果。

改革开放后的北京城市建设速度之快，可谓日新月异。我们搬来不久，当时长安街上北京最高的建筑国际饭店，在我们楼南建起。北京站的钟楼从此在我们视线中消失。很快，二环路在我家东边建成通车，马路两边盖起了北京国际邮电局、中国银行大楼、交通银行大楼、华声国际大厦、亚太大厦……我们楼前的平房和东总布胡同、贡院西街一带的平房紧接着被拆迁，盖起一栋栋六层高的宿舍群。宿舍群前有一排排树木花草，休闲靠背长椅，楼群中间有小花园、石条长凳、松柏杨柳……贡院西街右边，紧挨国际饭店的地方盖起了长安大戏院，左边修建了北京市档案馆、贡院六号公寓。我们楼内和位于国际饭店后的中国旅游局边的街道上，安装了各种居民健身器材。东总布胡同东边的人民出版社幼儿园旧址，已改建成为占地上千平方米的建国门健身乐园，里面设有滑梯、秋千、乒乓球台等各种儿童、成人健身器材。每天从早到晚，锻炼健身的人们络绎不绝。理发店、发廊、洗衣店、私人医院、各种超市、餐馆，在附近胡同里比比皆是。

小羊宜宾胡同与我们原来住过的东总布胡同忠厚里毗邻。忠厚里先是改建成为一栋栋小楼，它的对面盖起了拥有众多世界跨国公司办事机构的华润大厦。去年小楼也被拆迁，又盖成了北京市检察院办公大楼。这幢楼房又高又大，遮盖了它后面的一大批建筑物。我们站在塔楼北面的阳台上，十多年前就看不见工人体育馆晚上比赛的灯光了。去年北边的大雅宝胡同又扩建成了金宝街，成了与长安街平行能行驶各种汽车的主要街道了，街道两旁林立起各类银行、储蓄所、宾馆、餐厅……

1956年我来到北京时，曾住在东直门海运仓人大宿舍。那时从宿舍到张自忠路铁狮子胡同1号要经过南小街，这条街为南北走向，现在正位于我们塔楼的西边。五十年代这条街就因狭窄不能并排行驶来往汽车而传出要扩建的消息，后因工程太大，搬迁户太多，经费紧缺而迟迟未能动工。如今，几十年过去了，在改革开放的浪潮中，也于前年终于扩建了。扩建后，它不仅能同时行驶来往的汽车，而且有自行车道、人行道。马路两旁还种有许多树木、花卉和草坪。二十多年前我们的塔楼是这一带的楼群之首，如今，它也成了淹没在众多高楼群中的矮楼了。

孩子们均已大学毕业走向社会。几年前的一天，我接到建国门医院保健科的电话，要我通知女儿带外孙女来打预防针。现在的孩子一出生就要打六七种预防针。那天女婿开车载着女儿、外孙女来打了乙肝疫苗走后，我无限感慨。这建国门医院是我们祖孙三代人就医的地方，二十多年前我带女儿、儿子来看病，是牵着他们步行来的。如今，小外孙女是乘坐汽车而来。我庆幸女儿这一代人不会再有我们上辈人防乙肝传染的苦恼了。我走出建国门医院，来到北总布胡同，沿路径直走进社会科学院旁的绿化地带。秋阳暖融融的，洒满树丛，碧绿草坪中的月季、玫瑰盛开，秋风送来一阵阵清香。我沿着绿化带栽有一行行冬青的小路漫步到建国门健身乐园，脑海中忽然忆起这里曾是人民出版社幼儿园每天领孩子们出游的地带……

那是三十多年前了。一天，我外出工作回来路经这里，给孩子送了衣被到幼儿园后，听食堂的阿姨说小孩们正在外面晒太阳，我便按她指引的路线一路寻来。那也是个秋高气爽的日子，和煦的阳光金灿灿。我拐弯进了南牌坊胡同，一直向前走，直走到胡同尽头向东拐后，才见到他们。这里是一片树林，一直向东延伸。树林外是一片庄稼地。从胡同拐弯过来向前不远，是旧城根的矮墙。矮墙前有一条小路，阿姨们正在招呼玩耍的孩子列队向小路走去。远远地，我看见燕燕和骏骏也在里面……

“嗖”的一声，一个滑旱冰的少年从我身边飞过。他沿着冬青小路直奔向绿化带中的石板广场。广场上传来阵阵轻音乐，有几对男女青年正随音乐翩翩起舞……

这绿化地带和石板广场所在地，正是当年的那片树林；社会科学院大楼矗立的地方，是以前的南牌坊胡同……我想。树林边的庄稼地已变成了现在通向大北窑的东长安街、建国门立交桥……

几年后，外孙女会走路了，她妈妈也曾带她来这里滑滑梯，只是，她已记不起自己在这里的童年时代了……

九

中国人民大学在1966年开始的“文革”中，因校长孙泱、郭影秋受林彪、“四人帮”迫害，学校遭破坏，曾一度停办。“四人帮”粉碎后，邓小平复出，于教育战线拨乱反正中，指示人民大学复校。1978年9月，中国人民大学校委会成立。成仿吾、郭影秋分别任第一书记和第二书记，正式开始复校。复校后的办学方针上级指示为：

培养经济管理人才、社会科学研究人才、高等学校政治课师资……如今，不少系已改为学院，如成立了经济学院、法学院、新闻学院等，新闻学院中已增添了广播系、电视系、广告系……校舍早已全部集中到了海淀区，据说已扩大了一倍多。我们曾经学习过的地方，即“人大”旧址铁狮子胡同1号，一部分现在已成为社科院亚非拉研究所的办公地址了。

1980年3月李季同志逝世，张光年同志重又出任《人民文学》主编。1983年王蒙同志任主编后，于1985年创办函授部。我于1985年调离小说组到函授部工作。在小说组工作七年，所编作品有八篇获奖：五篇获全国优秀短篇奖；两篇获《人民文学》“我最喜爱的作品”奖；一篇改写为电视剧，获全国优秀电视剧奖。1980年，我曾与肖德生、傅活二同志创办《小说选刊》。出刊两期后，又重回小说组（当时“选刊”编制在《人民文学》）。1986年王蒙同志调文化部任部长，刘心武同志接任《人民文学》主编后，调我到第三编辑室负责评论稿件，直到1988年底退休，时年五十五岁。据悉，当时全国妇联有文件上报中央，中央已批示，有高级职称的女同志60岁退休。当时我已具有高级职称副编审，于是便向当时的主编说明此事。他回答说，×××单位未执行，我们也可不执行。无奈，我只得于五十五岁时退休了。1988年“七一”前夕，《人民文学》党支部通过了我的入党申请，我终于在退休前成了一名共产党员，实现了我为共产主义理想奋斗终身的追求。退休后的第十六年，儿子贷款在海淀区博雅西园20号楼购了一套155平方米的居室，女儿主持装修后，节假日全家人在那里团聚。我从小羊宜宾来到博雅西园，总要经过清华大学的西门。2006年“五一”节，我和老欧从博雅西园进清华西门，到清华园故地重游。清华大学已将清华西门常年开放，让全国各地游人自由出入，参观近春园等风景区。据介绍，清华大学自1978年以来，逐步恢复理、文、经等学科，目前又已成为一所设有理、工、文、法、医、经济、管理、艺术等学科的综合性大学了。我们进西门后，沿着校河、校园小路直达近春园。校河、校园小路两旁栽满花草树木，有樱花、桃花、海棠、银杏、刺槐、柏树、杨柳……品种之多，长势之喜人，可与公园媲美。近春园乃朱自清先生所写《荷塘月色》的实景区。这一带河塘旁的土山上，为纪念先生的文学功绩，现建有荷塘月色亭。据说朱自清先生当年就住在西门的西院内，每天从西院启程，由小路经过这一带的河塘，走到大礼堂前的教学楼去上课。五十年代初的那个傍晚，我们曾来此一游的那个荒凉塘面，就是这一带的景区。只是那时未经修缮罢了。现在的近春园经过修建，有山、有水、有桥、有亭，山上松柏苍翠，塘内荷叶茂盛。此时荷花虽未开放，但塘边两岸的牵牛花、紫丁香、碧桃、喇叭花……竞相怒放。荷塘月色亭边的假山、草坪及草坪后的竹林中，草坪旁的石桌、石凳边，到处都是三三两两的游人。今天是“五一”节，临漪榭亭前的石板广场上，《蓝色的多瑙河》《溜冰圆舞曲》《彩云追月》……正一曲曲地播放着，戴眼镜的男女老教授、中青年教师、附近的居民、来参观的游人，均在里面翩翩起舞。舞曲停止后，放起了东北二人转的音乐，我身边一位中年妇女递给我一块红绸手绢，邀我和她一起跳二人转，我忙说不会，她说可随着音乐走。我便笑着接过红绸手绢，随她踩着音乐节奏跳起了秧歌舞。不少人也进来随音乐跳着快四步、慢四步。

离开近春园，我们沿小路来到景点“水木清华”。它是清华园最有名的景点。有文章称清华园曾是皇家园林，乃咸丰皇帝登基前的私人花园，“水木清华”正门所悬匾额四字，为康熙皇帝所书……这里四周为小山坡，中间是飘满荷叶的水塘，山上松柏、刺槐、珍珠梅丛生，岸边假山、杨柳、华山松、紫叶桃、长椅密布。风景秀丽典雅。右边的小山前，立有朱自清先生面朝荷塘的汉白玉雕像。“水木清华”屋边，深圳校友所修石碑上，镌有谢浑诗：“景昃鸣禽集，水木湛清华”，此即“水木清华”得名的由来。我们沿着塘边的小路走了一圈后，经工字厅，径直来到大礼堂、清华学堂景点。又沿校园小路经新、老图书馆到学生食堂、宿舍转了一圈。这里曾是当年我们住过的男女学生宿舍区，风景依旧，只是校园小路两旁的槐树、毛白杨、法国梧桐，更显高大粗壮，挺拔参天。不知是当年老树，还是后来所栽。毕竟已过去五十多年了。

清华学堂是清华大学的前身，为美国退回中国的庚子赔款所建。堂前有1934届毕业生立的石碑，上书“自强不息，厚德载物”的清华校训。据介绍，大礼堂、老图书馆、清华学堂等，都是当年美国大学的建筑风格。这些西洋风格的建筑与中式的皇家建筑风格融会无间，体现了清华尚新又传统的风貌。校园小路边，“水木清华”土山的背后，学校修有“祖国儿女清华英烈永垂不朽”的大幅石碑。石碑上刻有闻一多等四十多位为民族独立、解放而牺牲的清华英烈的名字，他们有的是在冀中、胶东、南京雨花台、重庆中美合作所、上饶集中营、缅甸仰光等地牺牲的英烈，也有的是在解放战争中牺牲的英烈。

清华大学改革开放后校舍扩大了一倍多，成立了研究生院和各种研究所，修建了紫荆学生公寓……因时间有限未去。老欧一路行来，沉浸于往事，少语。临近中午，我们由来路出西门而归。

十

我们住的博雅西园有楼房二十栋，分布在园内中央地带的假山、小溪两边。小溪为机动流水，节假日开放。溪两岸为绿化地带，宽约50米，长近600米。溪边有小亭、小桥、风车、石桌、石凳、石板广场、斜坡草坪。两边的小山坡上有竹林、华山松、垂柳和各种花草。造型美观，典雅大方。每栋楼前也有草坪以及各种花卉树木，如玉兰、樱花、桃树、李树、月季、梅花、冬青……走进园来，多面环树，鸟语花香，常常伴着蝉鸣和蛙声，颇有几分田园风光。据说管理园林的就有十多位专职的工人，园林队的队长是北京林业大学林学院园林系毕业的高材生。

我们在博雅西园的新居有两厅、两卫、三室、一厨、一储。居室为南北走向，朝阳的一面，从上到下为厚厚的玻璃墙壁，阳光充足。我们全家第一次能在单独的餐厅中就餐。儿子为我们买了42英寸平板数字大彩电，一米三的观赏鱼缸。客厅除放了门厅柜、大沙发外，还能放下我退休后购置的钢琴，而且宽松有余。据说北京市城市规划局为了让人们观赏到颐和园的万寿山、西山等名景，在农大南路以南、以西，不批准盖七层以上的高楼。博雅西园的19号楼、20号楼便成了这一带的高楼。我们的居室为20号楼第九层。比小羊宜宾的十一层还低了两层。但2006年春节燃放烟花爆竹时，我们坐在厅中，这方圆数十米内居民燃放的烟花爆竹竟一览无余。过去北京市只在几个景点燃放，现在是划为一片片区域放，燃放区域面积之大，烟花品种之多，层次之高，都大大超过了从前。除夕之夜的钟声尚未敲响，我们就从玻璃阳台上看到东西南北，前后左右，那姹紫嫣红，橙黄碧绿，银白闪亮，金光灿烂的一朵朵、一束束烟花，在天空怒放。整个天空霎时成了一片烟花的海洋。比城里看烟花，比电视中看到的港澳的焰火晚会要壮观多了。旧社会，过年吃饺子显示改善生活，如今可天天吃饺子。而燃放烟花爆竹才反映出我国人民的生活水平确是大幅度提高了。

2002年我们去欧洲旅游时，导游曾向我们介绍说欧洲各国的街道停车为一景。当时我们也确实感到惊诧。谁料想，仅仅四年，我国的汽车制造业迅猛发展，国人购买力越来越强。如今，北京的小胡同内，也随处可见停放的私家汽车了。但是由于车多交通拥堵，即便有汽车的人家，平时上班不常开自家车，反而又改乘公共汽车了。最近，北京市交通委员会已告示北京居民：降低公交车票价；二环、三环主路将设公交专用车道。为缓解北京交通拥堵，优先发展公共交通……

二十八年的改革开放经济建设成果显著。二十八年啊，是一代新人出生、成长的年轮。发票证的年代一去不复返了。经济增长速度已名列世界前茅。改革了工资制度，长年定期增长。过去梦寐以求的载人航天飞船已上天。奥运会、世博会已获得举办权。香港、澳门已回归。几代人盼望的三峡水电站已建成。不少农村盖起别墅、工厂，出现了农民企业家……虽然改革中也出现了些问题和难点，但政府每年均有新增加的农村脱贫人口、城市就业人员的数字公布。政府和社会的扶贫机构也不少。近年来，为农村经济建设和文化建设的投资，年年有所增加。城乡人民的生活确有很大改善。祖国的综合国力增强了，国威提高了。作为中国人，确是感到无比自豪……

然而在经济迅速增长的同时，贫富的差距也逐渐拉大。国企改革中，国营资产不合理流进私人腰包的现象时有发生。2006年的国庆前后，博雅西园接连两次发生撬锁被盗，失主损失不少。博雅物业处设有监控系统，日夜均有保安巡逻，不知何以能被盗。目前，《北京晚报》常有全国各地的偷盗、抢劫、杀人行凶、绑票等等案件的报道，现在的社会治安状况令人忧虑。经济高速发展了可喜，但仅仅高速发展了经济，公民道德水平、思想觉悟未能相应提高，具有中国特色社会主义的建设便会受影响。只有物质文明与精神文明的建设速度同步并举，我们的理想社会才能逐步实现啊！

2006年12月25日于小羊宜宾

往事一瞥

1993年春，一个明媚春天的清晨，我来到日坛公园。

公园的古树下、林荫道上、小桥边、假山前……到处是晃动的人群。

人们三三两两，一群群，一圈圈，或做操，或舞剑，或跑步，或打太极拳……跳交谊舞的轻音乐此起彼伏，萨克斯的吹奏声让人心醉……金色的阳光洒满参天古树的树巅，透过树杈，又洒向各种花树和穿着各色运动服的男女，满园金光闪闪，一片春色，真是绚丽多彩，春意盎然。

我走进跳健身舞的人群中，随着音乐节奏慢慢起舞。领舞的是A君，我的邻居。她高高的个儿，穿一套红色运动服，飘着一头烫了的白发。虽说已是七旬开外的人了，仍然舞姿优美，体态婀娜。初来这里晨练的人，都以为她是文工团员出身，其实退休前，她只是某中学的一位数学老师。她不仅舞跳得好，在这公园里，人缘儿也极佳。就连“文化大革命”中她的对立面B君，在她多次主动交往后，现在也成了她的好友。跳完舞，她有时会拿出点药来，推荐给患同类病的舞友。有时又会给大家带来点从外地旅游捎回的土特产品。天长日久，在她的熏陶下，不少来跳舞的舞友们，也以不同方式表现她们各自的爱心。于是，这公园便无形中成了大家互通有无、互表关怀的场所。来这里跳健身舞的人，大多是退休干部、职员、医生、工程师和工人,而且是清一色的女同志。只有少数中青年，她们锻炼完，便急匆匆上班去了。留下来的人，便三三两两地聚在一起叙谈。人们退休后，离开了原来的工作岗位，没有了往日的忙碌，一旦空闲下来，确有一种失落感。这里的晨练，逐渐使大家走到一起，形成了新的群体。在这里，大家相互进行些力所能及的互助。比如，谁的家人有了新的病痛，便会得到大家的关爱，或有益的指点。谁在购物中买了伪劣商品，或受了点什么小委屈，大家知道了，也都会报以愤愤不平，或提出点友好的建议。生活的烦恼，心中的苦闷、喜乐、忧愁，都会有人愿意向这里的朋友倾诉，也都会有朋友乐意倾听。物质生活的交流，精神领域的沟通，像两股温暖的清泉，滋润着退休老人们的心田。此刻，音乐已经停止，A君便笑盈盈地走到公园的长椅边，从她带来的提包中拿出四个衣架，走来对我说："老吴，这种竹衣架晾被子，只需折叠三折，就晾下了。"

我接过衣架端详，这种衣架比一般衣架宽了一倍多，晾被子真是好极了，连连说："谢谢！谢谢！"

A君又笑着递了两个衣架给B君、C君。她们也是爱不释手。

随后，A君便回到长椅边坐下，又从提包里拿出一本红色相册，笑盈盈地对身边的B君说：“你看，这是我这次去桂林探亲时，和儿子一家照的。这是我的老二，这是儿媳，这是孙子……”

“哎哟，你的老二长得可真帅！啊，儿媳妇也漂亮！”B君高兴地指着照片说。

大家一听，便蜂拥似的挤到长椅边，争相围观。

忽然，一个长得浓眉大眼的小男孩从人群中挤了进去，他边用小手猛拍着照片，边哈哈地傻笑着。

A君忙拉开他的小手说：“别闹，别闹……”同时，两眼向四处张望着说：“你妈呢，怎么就你一个人？”

小男孩不理她，仍是哈哈地笑着，一面强行要去拍打照片……

A君忙将相册高高举起。

“哪儿来的野小子，走开！”B君推着小男孩说。

小男孩依旧哈哈地傻笑着，依旧伸手要去抢A君手中的红相册……

A君叹了口气，又忙从提包中拿出一张白纸递给他，说：“叠飞机……叠飞机……”

小男孩傻乎乎地抢过白纸，一旁低头叠了起来。

这时，一个中年妇女慌慌张张走来拉过小男孩说：“对不起，陈老师，又给你们添乱了……”

“没关系……他还是不见好啊……”A君说。

“哪儿好得了啊！都两三年了，他们赔的那点医药费都花光了，孩子还是这样……”那中年妇女深深叹口气，领着孩子走了。

“这孩子怎么回事?”B君好奇地问。

大家关切的目光也一齐投向A君。

A君收起相册，也叹了口气说：“这孩子真是太可怜了。上小学二年级时，他是班长，学习好，工作也积极，就是好说好管那些调皮捣蛋的同学。一天，有两个调皮的孩子又在恶作剧，他又说了他们，他们不听，反而怀恨在心，乘他不备，拿起地上的石头去猛砸他的脑袋，砸得头破血流。老师发现后，马上送他上医院。外伤倒是治好了，可脑子却被砸坏了。从此，就变成了这样……现在，他不能上学，整天傻乎乎地到处乱跑……”

“这真是教育界的悲剧！”沉默片刻，C君先开口道。

“唉，怎么会是这样?”B君也同情地说。

“应该去告那两个孩子……”D君说。

“这孩子的母亲倒是去告了。因为是未成年人，法院只判他们的家长赔了两万块钱医药费。可这孩子的一生就此毁了……”A君也沉痛地说。

我一旁看着远去了的母子二人。那男孩仍在叠着手中的白纸，一只胳膊被他母亲拉着，高一脚，低一脚，踉踉跄跄地向前迈着步子……我心中一阵酸楚，孩子啊，你是多么的不幸，你因此失弃了学业，四处漫游，你的未来充满荆棘。当你到了失去母亲的时候，我无法想象你将怎样面对生活……孩子啊，你的一生是被毁了，毁在你想去帮助的小伙伴们手中。你是无辜的啊，也许你的态度不够和蔼，触怒了那两个小伙伴。但是，你毕竟是班长，在你小小的心灵里，也许你以为这是你应尽的职责……然而，悲剧却发生了。这悲剧的发生，多么不幸，多么沉痛……它警示我们：对青少年的德育教育何等重要，又是何等的迫切啊……

1994年春于小羊宜宾

在医院里

1993年秋，我因脚趾长一肿块住进了协和医院。

这是一间有四张床位的女病房。靠窗的15、16两张病床上，住着一位满头白发的老干部和一位女工。她们都是膝关节病变，已做了手术，正打着石膏绷带。靠左边的17号床上没有人，只见床边的柜子上堆满了书籍。

我向老干部和女工点头致意后，走到18号床边，放下用具，收拾了下床铺，就听见走廊里传来餐车的响声。

这时进来一个十七八岁的女孩，她走到17号床柜子前，拿了肥皂去盥洗间洗手回来，笑着问老干部："您订的什么菜?"

"烧丸子和小白菜。"老干部笑着回答。

"您呢?"女孩又转身问女工。

"烧豆腐。"女工回答说："你别管了，就让开饭的同志给我送吧!"

女孩有些腼腆地笑了笑，还是分别拿了她们的饭碗去打来饭菜后，才去打自己的。

吃完饭，17床的女孩又一一为她们洗了碗筷，才走出病房。她像个没有病的人似的。白白的圆脸上，有一双大大的圆眼睛，只是戴了一副近视眼镜，显得有些心事重重。

“呜……呜……我的命好苦哇……你这个兔崽子不给我翻身，你就要走……”对面病房传来一个老妇人的哭叫声。

“翻什么翻，今天上午不是翻过了吗？哪有老翻的？”一个青年恶狠狠的声音。

“我难受嘛，我要再翻一翻嘛……哎哟……哎哟……”老妇人又哭又叫。

“我还没吃饭呢！”一个青年男子边说边走了出来，径直向病房外走去。

“你这个天打五雷轰的，你不管我呀……”老妇人又大声哭叫。

我走到病房门口，看见17床的那位姑娘正从对面房间出来，她脸色黯然，目光忧郁。她找来一位护士，和她一起帮老妇人翻身，老妇人左边身子不能动弹，胸部缠着绷带。姑娘把左手放在老人身下，咬着牙，和护士一道把老人翻坐起来。看样子，她的左臂使不上劲。护士忙把床摇高了，让老人靠在床上，才不致倒下。

“啊，翻起来了，翻起来了……”老人对面病床上一个患脊柱侧弯的小男孩拍着手欢叫着。

“别闹，小顺子！”17床的姑娘帮护士把老人安顿好后，又去盥洗间洗手后，才走到小男孩身边，继续喂他吃饭。

这姑娘到底是干什么的？是病人，还是陪床的？我不解地回到了我的病床上。

第二天是探视日。家里人给我送来些吃的，坐了一会儿就走了。因为还没做手术，一切都和好人一样。

老干部的两个女儿来了，女工的丈夫也来了，他们在病床前谈笑风生，又吃又喝。女工的丈夫带来一大饭盒芹菜馅饺子。女工吃饺子，女工的丈夫吃她订的饭菜。吃完饭，女工要小解，她丈夫给她拿来便盆为她接尿，还替她用纸擦身，引得老干部的两个女儿忙耷拉下眼皮。女工却笑着说："老夫老妻的，我就不背你们啦！"

"有病嘛，背什么。"老干部也笑着说。

午休以后，一个男青年来看17床的姑娘，带来大包小包的东西，直往她柜子里装。

"叫你不要再买东西来了。你怎么不听啦！"姑娘也不起身，仍然躺着看她的书，似乎有点儿不高兴。

"你过两天就要手术了，这些东西都是用得着的。"男青年笑着说。

姑娘也不再说什么，仍然躺着看她的书。男青年便坐在她床边的椅子上，也拿起一本书来翻看着。直到要开晚饭了，护士催着家属离开病房，他才起身走了出去。姑娘不说什么，也不去送他，两只眼睛依然死死地盯着书本。直到他走后，她才背过身去，突然拿出毛巾，紧紧按着自己的眼睛，好一会儿才低头起身，去对面病房里照顾小男孩吃饭……

从老干部的闲谈中，我知道了17床姑娘的左胳膊上长了一个肿块。对面房间那个小男孩是外地来京的小病人，因住院费不够，他母亲回去筹钱去了，临走把小孩托付给了她。她像待亲弟弟那样照顾着他。

小男孩很快就和她亲热起来。老干部很赞赏这个姑娘，说现在像她这样的青年很少。我听了也点头称赞。的确，现在社会上还流传着“傻子才学雷锋”的论调。只是她为什么对来看她的男青年如此冷漠呢?

晚上，小男孩的母亲回来了。因为光线不亮，姑娘也没再看书，大家便你一言我一语地又闲聊起来。

“大姐，您老伴今日没来看您吧!”女工问老干部。

“他年岁太大了，来这里不方便。”老干部说。

“够七十多了吧?”女工问。

“都八十多了。他整整比我大十岁。”老干部笑着说。

“是噢，都说男人比自己大，能疼人。他一定顶疼您的。”

老干部笑了笑说：“他工作忙，顾不上疼我，总是我去关心他的生活！哪里像你的爱人这样体贴你。”

“是，不瞒您说，我们老黄打结婚起，就这么疼我。其实，他也不比我大，我们俩同岁。他在厂里是劳模，对谁都不赖。回家来也什么都干，总怕我累着。他说我身子骨不如他，在厂子里辛苦。”女工说。

“是啊，你们挡车女工确实辛苦，每天要走许多路。

不过，女同志能找着一个好爱人，是一辈子的幸福。”老干部又笑了笑说。

“是，我是感到很有福的。当年我们老黄跟我提这事时，厂里宣传科有个干事也对我不错。那可是个有花花肠子的男人，头发上的油整天抹得光光的。我们老黄那时总是一身蓝制服，老实巴交，那会儿还不是劳模呢，我看他实在，就跟了他。”女工满脸是笑，充满了幸福感。

我抬眼看了看女工，见她现在也不算老。

在暗淡的灯光下，她看去大约四十多岁吧！长长的脸盘，齐齐的眉毛，也是一双大眼睛。皮肤虽不很白，但却很有光泽。五官匀称，显得端庄秀丽。

“我们那会儿的婚姻大多是组织上安排的。”老干部说：“都是先结婚，后培养感情。大家也都处得很好。不像现在的青年，自己找的对象，离婚的还是这么多。我们那一代人思想都比较单纯，只要对方工作好，思想好就行，没那么多弯弯肠子。我和我老伴结婚一个月后就分开了。再见面时，我们的孩子都会说话了。我生孩子没满月，就躲鬼子兵。敌人在后面追，我们在前面跑。我是靠大家轮流帮我抱着孩子才躲过鬼子的。那时候的同志关系比现在亲近多了。”

17床的姑娘虽看上去与她们很熟，却未参与她们的谈话，这时她翻身向里，把背对着大家。我想，她大概是要入睡了吧，便起身关了灯。老干部和女工便也渐渐缄默不语了。

我有个毛病，初到一个地方，总有一两天睡不好觉，辗转难眠。我发现17床的姑娘也在不停地翻身，偶尔还伴有轻轻的叹息。

第三天天气晴朗，满病房充溢着阳光。上午查房时，医生告诉我，我的化验结果出来了，明天就可以做手术了。17床也定在明天做，给我们做手术的是两个不同的大夫。查完房，照例是15床、16床的大便时间，我和17床便不约而同地来到小花园。这小花园说它是花园，只是因为它有绿地、树木、花草。其实，它只是几幢楼房中间的一小块空地。医院在这里栽了些树木、花草，又安放了几排长椅、石桌，病人们便可以来这里休闲散步，换换空气。有几个即将出院的病人正在打扑克。我和17床走到长椅边坐下。

“明天要手术了，下午要家里来人替我们签字。”我说。

“我家没人来，我自己签。”她说。

“你父母呢?”我问。

“都去世了，母亲死在北大荒。父亲带我返城后，前不久又因车祸去世了。家里只有一个九十多岁的老奶奶，她来不了。”她低着头，一只手卷着自己的衣襟，低声慢慢说。

我的心顿时沉了下来。好可怜的孩子!

“那你靠什么生活?”稍停片刻，我问她。

“我已经职高毕业了，刚刚参加了工作。”她丢开衣襟，抬起头来说。

“来看你的那个青年是你的什么人?”我有些冒失地问。

“同事。”她说。

“不能让他代签吗?”我说。

她摇摇头：“他是想替我签，可我不想将来连累他……”

我心中的疑团解开了。善良的姑娘呵，你大概担心肿块是恶性，你想把一切困苦都留给自己吧……

……

手术后，医生说我们的手术都是成功的。常言道：十指连心，术后我着实疼痛了几天。不过，毕竟手术小，一个星期后我就出院了。

在手术后的那些日子里，17床姑娘单位的领导、同事都来看过她。她很坚强，从未叫过疼痛，小小的年纪，仍每天都要看书，说出院后要去参加公司的业务会议。她依然不时地吊着左胳膊去叫来护士为那老妇人翻身，还把那个同事带来的东西大把大把拿去给了那个小孩。她的那个同事也依然常来看她，她也依然对他冷若冰霜。我出院时，不知为什么，她的切片结果还没出来。不知她的肿块到底是良性还是恶性?

八年过去了，她的身影有时依然会在我的记忆里出现。八年来，我曾希望我们能在医院里相遇，但是没有。走时仓促，也未留下她的住址。我想打探她的病情，但连她的名字也不曾记住。

善良的姑娘，难得的好姑娘啊！但愿你的切片是良性的，但愿好人有好报。如果有一天，我们能偶然相遇，我多么希望那时能看到你欢快的笑脸，看到陪伴你的，是那位曾受你冷漠的同事……

2001年7月于小羊宜宾深夜

银星海棠

人进入老年，喜欢养花，添点生活情趣，以静观自赏。

多年来，家中养过不少花儿。有出差从海南带回的米兰、夜来香；有友人送的文竹、水仙；有女儿带来的黄菊、红礼花；也有老伴儿买的金橘、月季、梅花……也许因阳光、水分的不足，或是虫害后侍弄得不周，它们大都先后谢世了，只留得兰花、银星海棠、君子兰。

我喜爱兰花的清香素雅，喜爱君子兰的叶绿花艳，也赏识银星海棠常年盛开的花群。它花瓣儿红里透白，形成一束束花球，悬挂枝头，别具一番景观。只是那开过的花球枯黄后，仍常挂在枝间，迟迟不肯掉离，与新开的花球混杂一起，常常有些煞风景。于是，每每便要用手摘下，才显出海棠整体的丽姿。日子久了，感到有些絮烦，便也就随它去了。

时光慢慢流逝。一天，我独坐窗前，静观花丛，才发现海棠的花盆内，竟不知不觉已长成六根粗壮的花枝，最长的已爬过阳台窗框，又低垂下来。那满枝带有银星的茂叶，那挂在枝上累累的花球，其面积已大大超过所有花卉的总和。屈指一算，才记起它算是这花丛中的元老了。那年闹虫害，它独自安然无恙。有次外出，几日未浇水，别的花全死了，唯它留着一线生机。它不像君子兰那样需要换土，也不像月季需要打开窗子，吸收带紫外线的阳光。它只需要一些水分，每次浇灌所需的水量，也和其他花草不相上下，而生长得竟如此茂盛，一年四季花儿常开。啊！银星海棠，你需要的这样少，奉献的却如此多啊！

我起身慢慢走近它，用手轻轻摘掉它枝上的枯花，心中蓦然升起一阵崇敬……一阵爱怜……

1996年11月于小羊宜宾

（原载《北京晚报》1996年11月4日）

君子兰与金橘

老伴儿离休了，从研究所运回几盆花草。一时间我家阳台上，红、黄、紫、绿，色彩斑斓，明媚如春。特别是那盆金橘，枝大叶茂，黄灿灿的橘子挂满枝头，可爱极了。也算是这小小花坛之冠吧！唯有那君子兰，黄叶萎萎，怏怏地立在盆中，无精打采。

老伴儿说：“扔了算了，它总也不开花！”

“养得好的君子兰，一盆上百块哩！扔了多可惜，还是想想办法吧！”我说。

老伴儿还真去走访了邻居、花匠，想了法儿。他剪掉黄叶，买来新的君子兰土，重新栽进一个大花盆内。几个月后，君子兰叶茂葱绿。到了春节，竟开出两束黄里透红、又大又艳丽的花朵，给节日平添了许多光彩。

那盆金橘呢，入冬时，老伴儿喜洋洋地摘下橘子，剪了枝，培了土，让它安安稳稳地过冬。转眼又到花开季节，老伴儿像以往在研究所那样，又精心为金橘松土、浇水、施肥，盼着它又有个好收成。然而，夏天过去，秋天来临，金橘虽然枝叶茂盛，却不见一个果实。

老伴儿纳闷了："真怪，搬回家来，君子兰开了花，金橘却不结果。"

这年春天，"作协"行政处给全楼封了阳台。"或许是缺少阳光吧！"老伴儿想。于是，他把金橘搬到阳台窗前，每到晴天，便打开窗子，让阳光直接照射。可是，到了第二年秋天，金橘依然是满盆绿叶，不见一个橘子。

老伴儿又去走访花匠，这次却没找来灵丹妙药。不久，他便真的将金橘扔进了垃圾箱。

君子兰和金橘在我家改变了彼此的现状，我想是因为养花的地点和外部条件变了，而我们未能找到新的适合它的方法。由此可见：客观变了，主观若跟不上，便会出现异常。凡事应从实际出发，应随着事物发生的时间、地点、条件的变化而变化，这是马列主义的精髓之一。为人处世需要这样，养花儿也不例外啊！

1995年11月于小羊宜宾

（原载《北京晚报》1995年11月24日）

为了永恒的纪念

1995年的“八一五”过去了。

全世界反法西斯战争胜利五十周年纪念日过去了。

深夜，当电视屏幕专题片上横七竖八的尸体，和那坐在尸体群中哭叫的小孩赫然入目时，我久久难以入眠。我想起战时儿童保育院，我童年生活过的地方。

1938年初，日本法西斯疯狂侵略我国，大片国土沦陷，大批难民、儿童流离失所，中国战时儿童保育会在武汉成立了。它是我国抗日民族统一战线的产物，从敌人的屠刀和炮火中抢救出来三万多名无家可归的难童，建立了五十三所儿童保育院。许多共产党人在中共南方局的领导下，和其他爱国民主人士、爱国青年一起，为抚育这些难童，历尽千辛万苦，直到迎来抗战的胜利。

他们远离亲人，舍弃亲情，在偏远的山沟，克服了难以想象的物质困难。他们以无私的母爱，温暖着每个儿童的心；以爱国主义、艰苦奋斗、自力更生等崇高思想浇灌幼苗，培育他们健康成长。他们中有的人牺牲了，牺牲在抢救难童时的炮火下，牺牲在抚育儿童们的日子里。燕辉同志的母亲张修华医生，为保育院儿童积劳成疾，献出了她的生命，当时年仅三十三岁。“八一五”前夕，我向她致意，并相约去看望当时保育会的发起人之一、战时儿童保育会经济委员会副主任郭秀仪。天阴沉沉的，好似也在为死难的烈士、同胞致哀。我们迎着小雨到达她的家。

“郭妈妈，我们看望您来啦!”燕辉同志首先道出了她的问候。

郭妈妈，这是保育生们对她的爱称。抗战时她为保育会的成立组织献金台，到处奔走，募集了三万余元。自己还出钱抚养四百多个难童达八年之久。现在她已八旬开外，是全国政协常委、农工民主党中央名誉副主席、中国和平统一促进会常务理事、中华海外联谊会名誉副会长。

郭妈妈高兴地接待了我们。她思想敏捷、行动轻快，完全不像年事已过八旬的老人。当我们互相回忆起那段往事，感谢她对难童的营救，我崇敬地说：“当时抗战的口号是有钱出钱，有力出力。您为了营救难童，既出钱，又出力!”

她笑了笑说：“没有中国共产党，没有共产党倡导的统一战线，中国抗战不可能胜利，战时儿童保育会这个国共合作的结晶，也就不会出现。当时国家灾难深重，不少儿童被残杀，不少儿童被日本帝国主义劫走。儿童是祖国的未来，不抢救就有亡国灭种的危险，只要能救国，当时什么都愿意做。因为宁死也不愿当亡国奴。所以，有次我们坐卡车去前线慰问战士时，日本骑兵在河对岸跑来跑去，日本飞机在我们头上盘旋，我们一点也不害怕。战士们浴血奋战不怕牺牲，我们妇女既要爱国，也应准备牺牲……后来，蒋介石在1941年将叶挺将军软禁在湖北恩施时，我和我先生黄琪翔常去看他，还为他带去我做的家乡菜。这是我们对蒋介石破坏统一战线的无声抗议。”

“您，已故的罗叔章妈妈、赵君陶妈妈，和所有保育院的院长、老师们的爱国精神，是中国妇女的骄傲。没有你们，就没有三万多儿童的今天。我们将教育下一代永远不忘这段历史。”燕辉同志深情地说。

告别郭妈妈出来，心潮依然澎湃。我也想起我们的赵君陶院长，她在兄长赵世炎、爱人李硕勋烈士先后被国民党反动派杀害后，坚贞不屈，在贫瘠的山沟里，为儿童保育事业奋斗了近七年。我多么想在她灵前献上一束鲜花……

蒙蒙细雨，还在飘飘洒洒……前辈们为了国家的生存、发展，已做出表率，为了永恒的纪念，我们该如何沿着他们的足迹走向未来呢?

1995年9月于小羊宜宾

（原载1995年9月22日《北京晚报》）

西柏坡之行

瞻仰西柏坡是我多年的愿望，今年秋天，《人民文学》编辑部组织参观，我便和大家一同前往。

金色的秋天，万里无云，天空高远湛蓝。我们乘坐大轿车一路行驶在宽广的高速公路上，司机小王车开得既快又稳。年轻同志们一路高歌笑语，不知不觉中，我们到达了目的地。

汽车径直向西柏坡展览馆驶去，下了车，我们便直奔展览馆。展览馆馆址宽大壮观，绿荫环抱，花卉、草坪茂盛。馆前竖立着毛泽东、刘少奇、周恩来、朱德等领导人的塑像，大家争先在塑像前合影留念。

自 1948 年 5 月 27 日，毛泽东和党中央迁到西柏坡后，这里便成了中国革命最后一个农村指挥部。毛泽东和他的战友们在这里指挥了著名的“辽沈”“平津”“淮海”三大战役。展览馆详细地介绍了各大战役的准备、进行和战果。陈列着英烈的名单、实物。这是多么长的名单排列啊，整整一大墙。在一排排、一串串名单面前，我似乎听到了隆隆的炮声，看到了火光中英烈们和敌人的拼杀……我眼含热泪，肃然起敬。正是因为他们的英勇牺牲，才换来了新中国的诞生。我们的胜利来之不易啊！

接下来是参观党中央所在地，和毛泽东及他的战友们的故居。我们沿着故居管理人员指定的路线前行。参观到“战役指挥室”时，我十分感慨。就是在这间十来平方米大小的平房里，毛泽东和他的战友们指挥千军万马，打败了蒋家王朝。加上一张军用地图，和一部电话机，真是世界上最小的指挥部，指挥了世界上最伟大的战役！

著名的党的七届二中全会会址陈列简朴、肃穆。会场的中央悬挂着领袖像和党旗。主席台是仅有的一张长桌。主席台前整齐地排列着延伸至大门的两排木桌和长凳。我走到木桌前，在长凳上坐下，心中升起无限庄严和神圣……我忆起党史上所讲过的七届二中全会……会议决定中国党的工作重心从此将从农村转到城市，并以生产建设为中心……毛泽东在会上告诫全党：“务必使同志们继续地保持谦虚、谨慎、不骄、不躁的作风，务必使同志们继续地保持艰苦奋斗的作风……”“我们必须用极大的努力去学会管理城市和建设城市……”这些英明的指示多么具有远见，对当今的“四化”建设又是多么具有指导性。

据展览馆的同志介绍，1949年3月23日，毛泽东和中央机关离开西柏坡前往北京。临行前，毛泽东笑着说：“我们进京赶考去了。”周恩来也笑着说：“我们都应该考试及格，不要被退回来。”毛主席进北京乘坐的军用吉普车完好地陈列在展览馆里。

参观了其他中央首长的故居后，我们沿着小山，从山下的防空洞里走了出来，转过几个弯儿，来到毛主席的故居。这里是一个独立的小院，院中有一石磨，和其他中央首长故居一样的简朴、洁净。我们一行人在石磨边合影留念。

晚饭后，党支部书记通知我们到招待所楼前平台边的小亭里开会，讨论W君的转正。我为党支部安排这个有意义的活动感到高兴。这是一个别开生面的会议，在革命圣地被讨论通过转正，这将是一辈子值得纪念的。会议结束后，我这样向W君祝贺。

会后，大家回楼去，我慢慢走在最后，来到楼旁的平台前。平台下是广袤的平原。秋粮已经收割，一望无际。月光下，见平原上有条弯弯的小渠，流水潺潺。偶尔传来阵阵秋虫的鸣叫声。秋风吹拂着我的头发、衣襟，我感到秋天的宜人，心潮澎湃。啊，西柏坡，半个世纪前，你这个不夜的山村啊！我今天终于站在你的坡前。你的革命圣火仍在熊熊燃烧，它将净化人们的心灵，照耀着我们的新长征，一代一代，相传永远……

1999年9月于小羊宜宾

十大姐的故事

一

这已是四十年前的事了。

那天，礼堂里静悄悄的，一扫以往开会时的喧哗。没人交谈，无人嘻笑，偶听一两声咳嗽，咳嗽的人也是手捂嘴唇，声音低垂。不一会儿，主席宣布开会，礼堂中央的电视里立即播出了清晰的画面。威严的审判大厅，四周站立着持枪的解放军。几位审判官肃穆端坐在审判台前。被告席上坐着大家熟知的江青，她身后也肃立着两位解放军战士。一位女审判官开始审问了，她声音清脆，语调庄重沉稳，提问内容清晰，对江青偶有的狡黠，三言两语即能镇住。礼堂内鸦雀无声，大家，不，是全国人民都在聚精会神地旁听着这场庄严的审讯……忽然，我感到这声音竟有点儿熟悉，再仔细一看，呵，这女审判官不就是我们十大姐中的八妹王耀青吗？

所谓十大姐，是大学时期同学对我们班上十个女同学的爱称。学校有什么演出啦，系里开展什么活动啦，班上男同学们就说，你们十大姐去吧！或，派一个十大姐吧！王耀青就是我们十大姐中的行八，她还是学校女排队的中锋，不仅排球打得好，英语发音尤其出众。短短的剪发，圆圆的脸，一双明亮好看的大眼睛，念起外语课文来，发音准确，语调清晰，优美，就像电台外语播音员那样地吸引我们。这也许与她高中时就读于教会学校有关。入校前，她就在公安部工作，毕业后，又分配到公安部新闻单位。年龄虽小，但在我们十大姐中，她却是最早当妈妈的。入校时，她就已有了一个六岁的小男孩。

八姐耀青与我们的大姐走得最近。大姐韦宗帼，是四川重庆人。重庆解放前，她就是重庆女子学院的学生，曾秘密散发过当时的进步报刊《挺进报》。重庆一解放，她便报考了当地的军政大学，学报务，后分配到第四野战军部队。以后又兼任过著名女将军李贞的文化教员。十大姐中，她入学前的学历最高，入学后为人却很低调、谦和。毕业时分到河北日报，后因与爱人长期两地分居，北京的新闻单位难进，她便调往北京东城区妇联任宣传部长，直到退休。

十大姐当时是一色的党团员，七名党员，三名团员。参加工作后全是党员，也都获有知识分子的正副高级职称。而今，已有四位姐妹离开了人世。她们是五姐张赫玲，生前任湖北《宣昌日报》副总编；六姐沈智，上海《社会科学报》副主编；七姐肖泽贤，世界知识出版社副编审；十妹黄鸿文，《煤炭报社》副主编。

二

当时的班党支部书记是我们的二姐关涛。她是三国时期的关羽，历史上人称关云长、关公的第六十四代后裔。秉承关公忠义仁爱的基因，她对党、对祖国、对人民的事业忠心耿耿，学生时代就品学兼优，人也长得漂亮潇洒。入校前，她就已是团中央的十七级干部，月薪99元。当时上大学的干部助学金仅29元。而当党向全国人民发出向科学进军的号召后，她竟毅然报名参考。多人劝她，别上大学了，她却心想，不上大学深造，怎么能建设好新中国！由于她的带领，十大姐是一支活跃在校的积极力量。大家除了全身心地投入课堂学习外，校内外的社会活动，都会有我们的身影。我们有三个姐妹是校合唱团的队员，两个是校排球队的主力。我们到昌平参加修建十三陵水库，去丰台南苑参加农村社会主义教育。东城新华字模制造厂区的夏夜，曾飘出过我们慰问的女声小合唱。京郊冬季农闲兴修水利工地上，我们曾手拿快板，站在寒风凛冽的路边，说唱劳动者的先进事迹。课余的操场上，也充满了我们欢快的笑声。大家相互关心，努力进取。谁生病了，会有人给她打病号饭，有人帮她补课堂笔记。班上有位男同学住院开刀，关涛将党员排了名单，轮流去医院看护。当时比我们低一年级的高玉宝，入学不久要在大会发言有困难，她就让我去帮他修整发言稿。不论课堂学习，或是社会实践，在她的带领下，大家都充满活力，显现了高昂的学习热情。

当时我们十大姐住在学校东楼二层，是一间有近三十平方米大的房间，十张床铺紧挨墙壁而放，十张课桌在宿舍中间面对面排成两行。每天晚饭后到晚自习前，这时便是我们集体吃水果的时间，苹果啦、梨啦，或是心里美萝卜啦，由值日的同学洗好、切好后，大家一人拿一两块，边吃边说笑边整理内务。而关涛常常利用这时办理班上的事情。记得有一次我和她正在洗漱间洗衣服，一同学进来说，系里王秘书捎信来让你去一下。她便立即将洗衣盆放回宿舍后，匆匆去了。事隔多日，有次我值班打扫宿舍时，见那盆衣服依然放在她的床铺底下，不知过了多久，她才洗掉。除了热心社会工作，她对同学也十分关心。我们十大姐的婚姻，有四人她出过主意，另有一人是经她介绍。在同学中发扬集体主义精神，是她一贯的主张。她自己更是身先士卒，我们班在安徽合肥工作的毕求自同学，2004年来北京与同学聚会时，带来了1959年关涛写给他的一封信。摘要如下：

小毕：

写信给妈妈，告诉她，你暑假回家。

我知道，妈妈多么疼你，也知道你多么想她。早在重庆实习时，你就作了暑假回家的计划，还特意为妈妈买了她最喜欢吃的调味的香料……

我也曾同意你暑假不回家，把节约的钱寄给她。但后来我想：你对于她比钱更可贵。去年大跃进没有回去，明年要毕业，也不一定有机会。以后工作了，也许会到边疆——西藏、新疆……没有暑假，更难见她。

我将承担你往返的路费，现在先给你十元，下月再给你十元，不够的话，我还可以帮忙。我不希望你拒绝。因此，我不是面交，而是以信代之。我们都是党员，应该有难同当，不分彼此。

勤俭节约是好事，但你身体不好，要注意健康，不要老吃咸菜和五分钱的菜。

握你的手

你的同志、朋友和姐姐　关涛

59年6月30日

你敢有任何不诚恳的表现，我就和你绝交。

这是一封感人至深的信。毕求自深藏于箱底四十五年，如今年已古稀才将它从箱底拿出，可见他的珍惜。这也反映了那个年代同学间的亲密关系。

关涛毕业后分配到《人民日报》农村部当编辑，同李庄、田流、金凤等大记者在一个部里工作。她觉得自己受益不浅。1962年，因丈夫在河南工作，她调往《河南日报》。在《河南日报》二十多年，她做过编辑、记者、组长、处长，直到副总编辑。消息、通讯、评论，什么都写。十年浩劫中，她因海外关系也受到过冲击。党的十一届三中全会后，伴随着我国步入改革开放和现代化建设的新时期，她的新闻生涯，已达鼎盛。中央党校出版社出版的《当代中国政坛女杰》一书中，以《春天过后不是秋》为篇名，介绍了她的事迹。书中描述她在《河南日报》工作时这样写道："她不辞劳苦，深入基层，写出了许多有影响的佳作，如《拓才篇》《祖国的儿子》《知识与权力》《神奇的演示》等等。她笔下的主人公多是历经磨难仍执着追求的知识分子。作为一个知识女性，她对'文化大革命'对知识和人才的摧残有切身之痛，对新时期现代化建设对知识和人才的需求有深刻的洞察，对社会上曾出现过的轻视知识分子的现象有极大的担忧，因而她怀着强烈的历史责任感呼唤人们尊重知识和人才。在《拓才篇》的开头，她这样写道：'人们常常感叹没有人才，事实果真是这样吗？一次接一次的政治运动曾经使多少真才实学的人遭到尘封土埋，报国无门；一个又一个的官僚主义者，又把多少有才之士视若粪土，弃之草泽；上上下下那些妒才忌能、任人唯亲者，又压抑、戕害了多少人才，熄灭着他们生命的火花！人才匮乏与大批人才被埋没，这就是多年动乱造成的矛盾着的现实。'关涛在这篇报道里记述了一位农村中学校长，顶着压力，费尽心血把二十多位学有专长而蒙冤受屈、被社会遗弃的英才请到中学任教，使二十多名毕业生考上大学，结束了这个山区学校的学生考不上大学的历史。这篇感人肺腑的长篇通讯获全国好新闻奖。被她发掘出来的这位校长，当选为中共第十二次全国代表大会的代表。”

“青年发明家王永民发明的‘五笔字型’中文电脑技术，现在已被公认为是当今世界上汉字输入方案中最早、最佳的方案，而在国内外被广泛应用。但在三十二年前的1983年，这项成果在河南刚刚诞生时，人们对它的价值并不了解。关涛观看了五笔字型汉字编码方案的表演，她慧眼识珠，满怀激情地写了《神奇的演示》，对这一发明给予了很高的评价。她写道：‘国外曾有人断言，汉字不能进入电脑，但王永民的方案可以向计算机输入七千个不同的汉字和两千一百条词汇，输入速度比英文还要快。’关涛把它同我国古代四大发明的贡献相比。她写道：站在这小小的计算机前，我忽然感到是站在一个伟大的转折口：活字印刷，这项曾预兆一个伟大历史时代到来的伟大发明的历史即将结束，而另一页伟大历史即将翻开。’1992年，关涛同王永民一同坐在人民大会堂的主席台上，向北京市王码五笔字型电脑比赛获奖的小学生授奖，她的预言得到了证实。”

她不仅是不辞辛劳，深入基层写出了许多有影响力的作品，在这些作品中，她倾注了自己全部的爱和憎，忧与思。她笔锋犀利，无私无畏，一方面热情讴歌了一代知识分子历经磨难，仍热爱祖国，献身科学的高尚情怀，另一方面无情鞭笞了压抑、轻视知识和知识分子的丑恶现象。这些作品在社会上产生了很大反响，有关部门从她的作品中发现了这些人才，有的当选为全军标兵，有的当选为全国劳模，有的受到国家科委表彰，大部分都已成了她终身的好朋友。这些作品也曾多次获河南的新闻奖、河南省优秀报告文学奖、全国的好新闻奖。她本人也先后当选为河南省党代会代表、人代会代表。1983年被选为全国优秀新闻工作者，获一等奖。

1985年，关涛被调往全国妇联，任政策研究室主任。1986年当选全国妇联常委、书记处书记。1988年起兼任第七届全国政协委员、妇女青年委员会副主任。1993年任第八届全国政协常委、妇女青年委员会主任、社会法制委员会副主任。干了一辈子新闻工作的她，五十多岁了，又转到妇联，老姐妹聊起天来，她感到既有遗憾，也有欣慰。她说："作为一个老新闻工作者，丢掉专业是很可惜的，但作为一个女性，不到妇联来上妇女运动这一课，就不可能对中国妇女的过去、现在和未来有这么深刻的认识和思考，有这样的紧迫感和责任感。能为妇女姐妹们的进步和发展尽一点绵薄之力，我感到很值得，也终生无悔，并以此自慰、自豪！"的确，一辈子自强不息，关心他人，以革命的需要、党和人民的利益为首任的她，到妇联后，十分认真研读马克思主义的妇女理论，自觉地致力于中国妇女的解放事业，为维护妇女权益而奔走呼号。

她在妇联主管宣传工作，曾多次在全国政协大会上为妇女呼吁发言，参与并直接领导了《中华人民共和国妇女权益保障法》《中国妇女状况》白皮书的起草工作。她常常感慨万端地说："中国是一个有过几千年封建宗法制度统治的国家，如果不是中国共产党领导的中国人民革命运动，和伴随这场革命兴起的中国妇女解放运动，我们，包括在中央和各省市区任要职的女领导干部，大概也都会像我们的母辈、祖辈那样，缠着小脚，目不识丁，过着愚昧无知、奴隶般的屈辱生活。比起先祖们，我们真是太幸福了！但是妇女解放是一个漫长的、艰难的历史过程，要消除男尊女卑的陈腐观念，做到事实上的完全平等，绝不是一朝一夕，一次法律、一道命令所能奏效的。它既有赖于整个社会经济文化的发展和文明程度的提高、妇女权益保障体系的不断完善，又有赖于妇女自身的进步与发展。"她一直致力于提高妇女素质、保护妇女权益的工作。二十世纪末叶，国内一些地方学习西方悄然兴起"选美"热潮，有的地区在大学、中学，甚至小学都盛行开来。她认为选美会对青少年女性进步误导，使她们过分追求外在形象而忽视自己的内在修养和真才实学。具有中国特色的社会主义应该引导妇女自主自强，为改革和建设做贡献，而不是单纯追求形体美。她曾代表全国妇联向媒体发表谈话，表示全国妇联对选美"不赞成、不支持、不组织、不参与"的鲜明态度，使风靡一时的"选美"热潮，顿时热度锐减。

离休后，她总也不闲着，仍然参加一些协会、学会、研究会的工作，力所能及地做一些有利于妇女进步与发展的事。如今已是“80后”耄耋老人的她，每天仍然密切关注国家大事，读报纸、看电视、听广播、打微信，闲暇时间就参加合唱团，学绘画，有滋有味快乐健康地生活。在亲友们为她做八十大寿的宴会上，她说：“我很庆幸自己生长在这样一个伟大变革的时代，亲历了我们伟大祖国由贫瘠落后、备受欺凌，走上繁荣富强，令全球仰慕；亲历了中国妇女从被压迫、受屈辱的小脚女人，成为和男子一样具有同等人格和尊严的社会和国家的主人。正是在这个历史性变革的大熔炉里，我才有机会从一个贫苦家庭的女孩，成长为一个受到良好教育的党和国家的干部。我感恩这个时代，感恩我们伟大的中国共产党，感恩亲爱的祖国，感恩爹娘和亲朋好友对我的培育、关爱。如果有来生，我将仍然选择做中华女儿，只是要比这一生更懂得珍爱生命的每一分钟，活得更努力，更勤奋，更有价值，能为党和人民的事业、为社会、为祖国做更多贡献，也给亲人好友更多关爱和帮助……”

三

九妹曹道明和她的爱人叶志雄是一对终生奋战在我国国际新闻战线，为我国国际新闻事业做过不少奉献的新闻伉俪。他们的婚姻，二姐关涛也算半个红娘。入校前，关涛和叶志雄就同在团中央工作，到人大新闻系后，又是同班，她从多方促成了他们的结合。

叶志雄中学时代便是中共上海地下党领导的上海学运积极分子。解放初期曾参加党领导的“上海人民纠察队”，扛着步枪护厂。后调团中央任速记组组长，直接为团中央书记胡耀邦等服务。1955年12月，毛泽东主席指示新华社要“把地球管起来”，也就是要发展成世界性通讯社。中组部、中宣部随即从全国选调人才，我们国际新闻班叶志雄等几位同学被选调新华社。叶志雄童年受在上海商务印书馆编译室工作的父亲的熏陶，自幼中、英文都较有基础，对速记又有所长，调新华社后，便被派往瑞士日内瓦大学留学深造，是新中国成立后第一批派入西方大学的留学生。留学时，在1961—1962年瞩目的日内瓦会议期间，他曾协助我国记者团，参与了国际新闻战线的工作。

道明1936年出生在山东省临沂市，抗战期间随父流亡到四川、陕西一带。父亲曹香谷，出身贫寒，幼年随伯父半耕半读求学成才后，为使农民子弟上学，他倾力在山东创办发展乡村教育，是当时著名教育家、乡村教育的先驱，被誉为“山东的陶行知”。他曾在学校内秘密宣传马列主义、支持和保护共产党员学生。抗战开始后，支持学生奔赴延安。他们流亡到四川时，为掩护地下党员活动，小道明五、六岁便和大人一道参与站岗放哨。1951年，十五岁的她响应国家抗美援朝号召，参了军，后在西北军政委员会办公厅机要处工作。在党向全国人民发出向科学进军时，她又响应号召，报考大学，为能更好地参与祖国的社会主义建设。她买来高中课本，和当时的同事张文潾相约，同住办公室，艰苦攻读，不逛商场，不谈恋爱，终于于1956年，二人双双考取了人民大学新闻系。道明于1960年毕业后分配到新华社。自1962年起，他们夫妇先后被派往新华社伦敦分社、纽约联合国分社、非洲肯尼亚内罗毕分社工作，叶志雄后又受命创建新华社非洲总分社，并出任社长。从事国际新闻工作四十余年来，他们参与了国际上许多重大事件的公开与内参报道。就职于伦敦分社期间，他们及时发回了有关中印边界战争、赫鲁晓夫下台、中国原子弹爆炸等美英西方国家的官方和舆论反应，供中央决策层参考。1971年10月25日这天，联合国第26届大会通过决议驱蒋，并恢复了我国在联合国的合法席位。这是中国以及主持正义的国家和人民与美国强权斗争二十二年的胜利成果。全国人民欢欣鼓舞，毛主席、周总理当机立断，即时派出了极为精干的中国赴联合国代表团。而承担新闻文字报道的仅叶志雄一人。当时联合国安理会和六个委员会，会场有八处之多，他独自一人，会内会外，争分夺秒地报道，午间还不得不额外接待来访的当地百姓，每天睡眠只有三四小时，一直坚持五十多天，到大会结束。11月15日，中国代表团正式出席联合国大会时，预定的简单欢迎仪式，竟发展成了五十七国代表争相发言的场面，变成了各国对华态度及对世界形势看法和立场的大展示。叶志雄日夜奋战，将有关新闻和发言发回国内。毛主席指示：发言全部全文照登。这在新闻史上，也是空前的。由于工作量大，三个月后，新华社即增派工作人员到纽约，道明也从“五七”干校奉调来到纽约。她每天黎明即起，直到夜深人静，都在伏案阅读当天的美国各类报刊，从中选出对国内有参考价值的文章，通过电传发往国内，经翻译后，刊登于内部刊物及《参考消息》，供中央和有关部门参考。每到周末、假日，工作量不是减少，而是大增，以致她几乎没有休息日和节假日。每天眼一睁伏案是报纸，晚上躺下前，仍然是报纸。

在国际风云变化的大舞台上，他们身在国外勤奋耕耘，同时也伴随着各种危险和艰辛。当时前往联合国的中国代表团和新华社的工作人员，全住在纽约罗斯福旅馆第十四层。此时，美国仍维持和台湾国民党政权的外交关系。国民党右翼势力，和一些反动华人的破坏活动十分猖狂，一次曾集合近千人在代表团驻地示威，扔石头呼口号。叶志雄曾只身不顾安危，走到现场了解情况，及时向国内报告。

1972年初的一天，更令人不安的事情发生了。代表团的公务员王锡昌，清晨迟迟没有上班，后经破门入室，才发现他早已僵死在床。起初美方一直不立案侦破，在我方极力追究下，美方终于承认死者是饮水中毒而亡。不久，代表团买下一座楼房，在入住前国内派专家检查，发现室内墙体中有二百多个用太阳能供电的高科技窃听窃照装置。可见当时斗争形势的严峻。

当他们在国外为祖国的国际新闻事业拼搏时，国内的孩子们正处在发育成长的关键时期，却未能得到父母的直接关爱和照顾。1985年，在外地上大学的儿子，假期回京忽患肝炎，因住院治疗延误了回校时间，被学校误以为无故旷课除名，后经新华社出面交涉才免于除名。1974年他们回国，竟发现四岁的小女儿身上长满了虱子……常言忠孝不能两全。对于现代职业女性来说，是忠、孝、爱不能三全。母爱是人类的伟大天性，割舍母爱，也是付出、牺牲，为祖国，他们默默承受了这一切。

1989年叶志雄回到祖国后，任《经济参考导报》副总编辑。邓小平南巡后，他在报上开了“看世界话中国”专栏，以国外见闻宣传坚持改革开放的必要性。他还应邀去广州、深圳、兰州、南昌、杭州、青岛等省市作国际形势报告，把自己多年在国外的见闻，联系国内实际，阐述为什么要坚持改革开放和坚持四项基本原则，受到当地厅局级干部的热烈欢迎。六十三岁超期退休后，他受聘出任厦门大学和中山大学传媒专业的客座教授多年，参与培养了大批祖国新一代的新闻生力军。

道明回国后，在新华社参编部任主任级编辑。作为党和国家的耳目，参编部的工作人员，每天从全世界各通讯社、报刊中搜选最新国际动态、和对我国有参考价值的政治、经济、科技、环保等各方面的材料，编辑各类刊物供中央领导、各部委及广大读者参考研究。他们出版的《参考消息》发行量达三百多万份，一直是全国发行量最大的报刊。八十年代她在国外写的内参曾受到国务院总理的批示；回国后，在《参考消息》上登载的一些国际热点特写，也曾受到读者热烈赞扬，有的还曾获新华社“一等好稿奖”。业余时间，她还参加翻译外文图书，被全国译协评为资深翻译家。同学们聚会时，她却谦虚地说：“我一生没有什么非凡的业绩，但我尽力了。”的确，从儿时的站岗放哨，到参军、入党、上大学，她都满怀为党、为祖国做奉献的高昂热情，她是十分尽力地、优秀地为国家工作了四十五年。六十岁退休后，又应邀到菲律宾首都《世界日报》工作了三年。

四

十大姐中，我排行老四。为了能上大学，更好地参与祖国的社会主义建设，我也有和九妹道明相同的婚姻打算。不同的是，入校前我却有了“艳遇”。那时我年轻，阅历浅，为了能上大学，未能处理好。有人说它算初恋，也不能算初恋，初恋应有美好的色彩，它却带来我人生的初次逆境。他姓朱，四川人。后来才知他是解放前复旦大学新闻系毕业，当时是中南文艺学院文学研究室的主任。

记得大约是1951年的秋天，那年我十八，正在中南文艺学院戏剧系学习。著名导演、演员崔嵬当时是我们的院长。他的夫人何延，是我们的系主任。那天，我正在学院大礼堂后台收拾大会用过的电线、麦克风。我当时是中南文艺学院校学生会的宣传部长，在校办公室领导下，分管电台宣传工作，每天播放会议通知，开大会、有政治活动时，负责安装、管理讲话、作报告时用的麦克风。那天大会刚结束，他就微笑走到后台，看我忙这忙那，并不说话。我当时也并不认识他，只在开会时，给他和崔院长调整过麦克风声音的大小。直到我拆完电线，把麦克风装进木箱，准备离开时，他才微笑地走来问：你在哪里学的无线电技术？我告诉他，是校办公室齐克同志教的。他又问，是什么地方人，父母做什么工作，生活费够不够花……学院当时是供给制，管吃住，每月有几块钱的生活费。我走出后台，边走边回答。走到分岔路口，他也只是笑了笑，就朝着教工宿舍走去了。看着他的背影，我感到这位领导今天有点儿特别。

转眼到了1952年的春天，学院宣布执行中央有关大专院校调整的决议，中南文艺学院改为中南音乐学院，其他系停办，人员调离。学校开始忙乱起来了，停办系的学生、员工，都开始考虑今后的去向。一天系辅导员告诉我，中南局宣传部要在汉口筹办一个文艺出版社，已把我要去了。同去的还有文学研究室的几位老师。说到最后，他笑了笑。我觉得他的笑，那天也有点儿特别。

离开学院那天，天阴阴的，我正在收拾行李，他突然来到我身边说，下午可能有雨，要把雨伞、雨鞋打到行李外面，同时递给我一个信封说，到汉口后，用它买饭票。说完就走了。我接过信封一看，是一沓人民币。要走的头天晚上，已有人告诉我，是他指名要的我，他当时已被任命为中南文艺出版社的中层领导了。

在初到汉口的那些日子里，我一直都被别人看作是他的恋爱对象。可我当时脑子里却是一汪雾水。建国初期，战争结束了，新中国成立了，一大批老干部早过了结婚年龄，组织上就为他们牵线搭桥。我当时却未能意识到，我已卷进了这个浪潮。而在老干部中，他确是被众人称之为得天独厚的优秀。高高的个儿，大学毕业，五官端正，有着一双睿智的大眼睛，言行举止文质彬彬，堪称一表人才。可我当时就是矛盾重重。著名作家峻青的夫人于康，当时是我们的人事科长，她对我讲了许多他的优点，我依然觉得他年龄太大，不适合我。当时他已年近三十，谈成了，要马上结婚，要孩子，我就不能考大学了。

那时的谈恋爱，是实实在在的谈，谈工作、谈家庭、谈自己的优缺点、谈兴趣爱好。每到周末的晚上，他也曾邀我到他房间谈心。他天南海北地谈见闻，谈他的革命阅历，谈他的家庭、爱好，谈到最后时笑着说：一个革命者，为了革命能成功，为了他心爱的姑娘能过好日子去战斗，革命成功了，这姑娘却嫌他年纪太大，不要他了……他见我依然低着头不说话，就微笑着拉开抽屉，拿出点心或水果，让我吃了回去休息。而我常常是不知所措地听他讲，听他问，直到最后，谈完了，他拿出点心，有时我不吃，有时尴尬地接过点心吃了，尴尬地离开。但是，他谈的那些革命道理，他的表白，当时对我都有过触动和教益。比如，他说，有的男同志不希望自己的爱人比自己强，我就不这样，我若发现我的爱人有地方比我强，我会为她、也为我而高兴。再比如，他说，我们这些人，是应该把批评当饭吃的……他知道我当时有上大学的思想，又看到我对他的多次开导没起多大作用，才这样说的。而我对当时不能上大学这个坎，就是迈不过去。知道我不太愿意，依然对我关心、爱护。我心情也十分复杂，想拒绝，又怕对他会有影响，常常夜不能眠，不知如何是好。这事就这样拖着。

不久后的一个晚上，同宿舍的一位女同事突然痛哭流涕地告诉我，她那姓蔡的男朋友要和她断绝关系。我听后十分惊讶，因她曾多次告诉我，他们马上就要结婚了。此人我认识，在以后的一次交谈中，我问他为什么要和她分手，有没有可能挽回？他摇着头，说了许多对她不满意的地方。我听后，曾问他，若有可能，以后我们可否交往？他笑着说可以。这是一次极其幼稚的、错误的谈话。也许是为了摆脱当时的困境吧！谈后，我即去医院做治疗鼻炎的手术。手术回来，就听说朱君与另一个女同志确定了恋爱关系。很快，他们就结婚了。那位同宿舍的女同志也告诉我，那姓蔡的是个骗子，他在农村早已结婚，有了孩子，所以才不能和她结婚。姓蔡的后来被开除党籍，因他和那位女同事早已长期发生过性关系。不久，团支部开会批判我的个人主义。据说是那姓蔡的在我住院期间，坦白了我和他的那次谈话。开始我很委屈，认为自己并没有错，因为他们已正式宣布分手了。大家也知道，我还不愿意和朱君建立正式的恋爱关系。我认为，我只是幼稚地、好奇地劝劝他，不该试探性地、随便轻易就说了那几句话。但最后，我还是认真反思、检查了自己。舆论认为我个人主义太强，不知天高地厚，像朱君这样优秀的老干部都不珍惜。我自己最后也认为自己是犯了大错误，常常在忏悔、奋发学习中过日子。每逢星期天，社内人少时，我常独自在洗澡间哼着当时流行的一首电影歌曲。那歌词写道："……在旧时的神话里，传说妖魔鬼怪，但是幻想比不上现实，现实比幻想美得多……我害怕我真害怕，我害怕我不成功，我要前进我要努力，向着我那光明之路。"电影写一个欧洲社会主义国家的农村姑娘，进城当女佣，后来成才的故事。同宿舍的那位女同事听了，常嘲笑我，我也不理会，依然用歌声抒发情怀，用歌声激励自己。不久，巴金老的朋友、我们的副社长郭安仁，指导我订了业务学习计划，我便投入到学习中，1956年，考上了中国人民大学新闻系。朱君也于1954年全国大行政区撤销时，调北京文化部工作。

大约是1961年的夏天吧！一个闷热的下午，学校传达室传来我的电话。我当时已毕业，留校任语文系外国文学教研室助教，住在学校铁狮子胡同1号的钟楼宿舍。我刚走到传达室门口，就见是他迎了出来，微笑着说：我们到外面去走走吧。一见是他，我的心就不自在起来，什么话也未说，跟他向大门外走去。他也没再说什么，领着我，坐上公交车，直到北海公园下车。这是从1953年我受到批判后，我们第一次单独会面。八年的岁月过去了，我们都更清晰地看清了对方。而此时，他早已有了两个孩子，我也与老欧结婚。我不知他为什么要来找我。他领我走进公园，在公园路边一棵大树旁的长椅坐下说，他夫人去郊区演出去了，他到附近办事，顺便来看看我。他见我一直低头不语，停了一会儿才慢慢说，那年他也一直下不了决心，后来是听了别人的劝说，才那样决定的。那是个桑拿天的下午，我不停地用手绢当扇子，为自己扇着风，低着头，心中翻江倒海，不知该对他说些什么。我知道他一直并未真正放下这段感情，那年我考上大学进京后，曾礼节性地去看望过社里的老领导。那天他夫人演出去了，只有保姆在家，他的孩子醒了，他去抱他，孩子竟哭个不停。保姆正在炒菜，我起身接过孩子，慢慢摇着他，孩子竟慢慢地不哭了。他一旁长长地叹了一口气，自言自语地说，这小家伙也知道他爸爸多年来未了的心愿……此时，他见我仍一言不发地坐在那里，又长叹一声说，那年我给你讲了那么多道理，你怎么就是听不进去呢？我心情复杂，仍然不知对他说什么，眼泪却不由自主地掉了下来，是委屈、懊恼，或也有点悔悟吧……这时，他也似乎不知所措，忽然，他急切地说，我们都离婚，都离婚吧！我连连摇头说，不！他说为什么不，你是我给他的。我理解他此话的意思，他是把我们分手的责任全放在了他身上，他的境界一直都是那样高，那样善待我。这时，天空一道闪电，刮来阵阵大风，紧接着落下豆大的雨点，我们都被淋得睁不开眼，立即从大树下的长椅上站起，没顾上和他打招呼，我径直向公园大门外跑去，不久，过来一辆公交车，我即奔上了车。在车上，我看见他也淋得浑身湿透，从头向下滴着水珠地站在公园门口……从这以后，他没再来找过我。“文化大革命”中，我们同在一个干校，有时校部开大会，我们都排队坐在队伍的小马扎上，我们只是远远地微笑着看对方一眼。

也许是1983年的一天，我正在《人民文学》东四八条的办公室上班。原中南文艺出版社的另一位人事处长来看我，她把我约了出来，一路寒暄着沿八条胡同向前走去，走到南小街，又一直向东四方向走，她说着、走着，走着、说着，好像有说不完的话，说的尽是原中南文艺出版社的人和事。许久了，她才将他的讣告给我，慢慢告诉我，他去世的消息……六十多年过去了，我对他一直怀着感激和内疚。为了缅怀这段对我一生有过重要影响的往事，我在我的文集中，曾选用了包括他在内的一张照片。他就在文集的第251页中，在照片的中排，郭安仁社长的身旁，那位中排左二者，便是他。当时，他已去世多年，我未在照片中标出他的姓名，今天在这里写下我们这段故事，以此来告慰他的在天之灵……

五

三姐劳沫之与我是同乡，都是湖北人，毕业后同时留校任教。我分在语文系外国文学教研室，教十九世纪西方文学，因酷爱中国文学，后来申请调离了学校。她分在新闻系，先后任助教、讲师、副教授、教授等职。教过《新闻概论》《写作基础》《新闻采访》和《新闻写作》等课程，从教三十五年，发表新闻、采访写作论文60余篇，先后获中国人民大学、中国高等教育学会新闻学与传媒学业专业委员会、中华全国新闻工作者协会，从事新闻教育工作三十年以上的纪念章、荣誉证书和奖牌。

人民教师是光荣的，也是辛苦的。她教的新闻采访和新闻写作课，常有大量作业要批改。每次上课，除了要写好讲稿，还要花大量时间批改作业，对每个学生的作业写评语。当时学校分城内区与西城区，她家住城内朝阳区，每次上课，需当天早六时乘坐15路无轨电车赶到东城铁狮子胡同1号，再乘坐校车开往西城校本部。在她同时任班主任和班党支部书记期间，除教学外，还要深入到学生宿舍，了解学生思想状况和需求，常常不能按时乘校车返回，就需辗转三次乘公共汽车回家，到家时常常已晚九点多了。常年的熬夜批改作业，使她的睡眠极不正常，离休至今，依然是每天凌晨两、三点才能入睡，上午十点以后才能起床。我们在北京的姐妹们与她交往时，也都自觉遵守她的这个作息时间。

她常以韩愈的《师说》自勉。《师说》中说："古之学者必有师。师者，所以传道、授业、解惑也。"她自称要牢记教师的神圣职责：传道、授业、解惑，学为人师，甘当净化心灵的工程师。要求自己与时俱进，随时代的变化不断更新知识结构，增长教学才干。要教学相长，从学生的成功经验中汲取营养，不断丰富、提高教学质量。要爱才、荐才、惜才。她曾向新闻学院有关领导推荐她教过的优秀学生留系任专业课教师，将优秀学生推荐招收为硕士研究生。直到现在，被推荐者并不知道她曾推荐过他们。她认为爱才、荐才就是教师的本分。有的优秀学生毕业后，在前进的征途上偶有闪失，她从内心里感到惋惜。她要求自己做学生可依赖的知心朋友，对他们出现的问题，耐心施教，循循善诱。因此她教授的学生，有的可以和她谈对中国共产党的认识，当申请入党未被吸收时，向她敞开心扉说出不想入党的看法，可以和她谈家庭关系，谈个人的恋爱。有一次她带学生在《北京日报》实习时，由于开会误了末班车，班干部骑着平板三轮车，将她送回了家。

徐泓是人大新闻系1970届毕业生。毕业后在任中国新闻社北京分社社长期间，写了一篇《北京人争赏香山红叶》的消息，获1984年全国好新闻一等奖。此文是他们社星期天组织职工去香山观红叶时，她见游人如织，并得知当天约有100328人登山观赏红叶的盛况后，即兴采访公园管理处而写成。这篇新闻立意深刻，文笔清新简练，反映了当时社会的安定，人民群众积极享受大自然生活情趣的精神面貌。她选为社会新闻的范例，在课堂上作了详细的讲评，向学生阐明新闻采写敏锐性的重要。在讲授通讯写作时，她还具体地介绍了孟晓云（1970届毕业生）任《人民日报》高级记者、《人民日报 · 海外版》记者部主任期间的获奖作品《温州风情画（六则）》。以她们的实践经验充实讲授内容，增强教学效果。无论学生在校学习，或毕业后工作，她对他们都倾注了无限热情，默默关心他们的成长，关注他们的业绩，对他们所取得的任何一点成绩都感到骄傲、荣光。保育钧、陈锡添为1966届毕业生，她给他们讲授过《写作基础》课，并批改过他们的作业。保育钧现任中国民营经济研究会会长，全国政协委员，1984年任《人民日报》副总编辑期间，批发了建国三十五周年庆典大会时，游行队伍中出现的“小平，您好！”的标语。此标语是北京大学学生自发用床单制成的，真实表达了人民群众对小平同志的深厚感情。在中国改革开放史上，留下了光辉的一页。陈锡添现任香港商报副社长兼总编辑、中国人民大学新闻学院和武汉大学兼职教授。1992年在他任深圳报业集团总编辑期间，曾跟随小平同志在深圳巡视五天，认真记录了邓小平在巡视中的一言一行。在没有上级布置报道任务，而社会上还有经济发展姓“社”姓“资”的论争阶段，他主动写出了《东方风来满眼春——邓小平同志在深圳纪实》这篇长篇通讯，对中国改革开放和思想解放起了巨大的推动作用。他们在工作取得巨大成绩后，没有忘怀曾教授过他们的老师。2006年，保育钧、陈锡添和同届同学数十人在人大新闻学院聚会，邀请当年教过他们的老师相聚、座谈。会后，陈锡添出资、主编了同学们的回忆录《与共和国共命运》在香港出版。他亲自将聚会光盘和回忆录从香港寄给了她和有关的教师。保育钧也于1978年初，在他任《人民日报》副总编辑期间，邀请她和余致浚等多位教师参加全国科学大会的报道工作。接任务后，她和余致浚老师一起采访了中国科学院数学所的党支部书记，李书记详细向他们介绍了陈景润、张广厚、杨乐等数学家的情况，并介绍数学所还提倡一种“人梯精神”，即老一代数学家为年轻数学家提供人梯，让他们通过自己成就的肩膀，向上攀登。当晚，她即通过公用电话，将采访素材告知保育钧（保正值夜班）。保育钧即写了一篇赞人梯精神的短评，于第二天见报。

人们赞扬烛光精神。也许三姐也受数学所人梯精神的感召，愿学人梯，甘当烛光。人民教师、全国妇联的领导、组织工作、中央和省市报纸的总编辑、公安新闻工作、新闻翻译工作、文学编辑工作，是我们十大姐为之奉献终身的职场。它们既是党的重要部门，也具有幕后为人做嫁衣的一面。正如战争既需将军，也需士兵一样，祖国的伟大成就中，也包含了功臣和他所有平凡儿女的奋斗。从这个意义上讲，平凡也是伟大的。安于平凡，努力在平凡的岗位上奋斗、追求闪光也可称之为伟大。只有无数个英雄、功臣和平凡者的伟大，才汇就祖国辉煌的伟大。我们十大姐年轻时，也都怀有各自的梦想、追求，都听从党的召唤，为了能更好地为党工作而争取接受大学教育。现在我们都老了，一生就要过去了。回首往事，我们都未虚度年华。十大姐也可称之为十枝花，十枝无名花，她们在各自的一生中，也都散发过无名花的独特芳香……

2015年8月于博雅西园

大爪子、小爪子

你也许会奇怪，这算是什么标题呀！

是啊，这标题是有点儿特别，然而，它却曾那样感动过我。

这是一位临终人，临终前，对她亲人们的称呼！

她是那样善良、美丽，那样贤淑。

大大、明亮的眼睛，圆而白皙的脸，亲切平易近人的大姐风范……

以往，我不曾听人说起过她，也未曾和她在一起工作，短短十来天，在医院里，她的端庄和言表，竟使我难忘。

说起来，都四十多年了。

那年，我从“五七”干校回京后，曾在严文井领导的人民文学出版社小说南组工作。严文井，著名作家、评论家、编辑出版家，曾任中国作协党组副书记、作协书记处书记。参加过1945年延安文艺座谈会。湖北人，文艺界的领导，我的同乡。

她是严文井的夫人。

工作后不久，妇产医院以卵巢肿瘤病让我住院开刀。住院后的一天，我走出病房，到医院走廊里闲坐，她也正在那里晒太阳。见我走来，她微笑地动了动身，让我也能坐在阳光中。

不知她从哪儿得知，当时我正在人民文学出版社工作，十分关切地问到我的病，宽慰我，告诉我术前该注意些什么。也许，她是把对严文井同志的关怀，也倾注到了他的下属。从她的言谈中，我感受到了她对严文井同志深深的关爱。

术后的第二天下午，护士叫醒我，为我量体温。我睡眼惺忪地看见床前小桌上放着一瓶打开了的橘子罐头，旁边有一个小碗，碗中有一把小勺。那年月，这是难买到的珍贵食品。当时老欧正在远郊的国防“621”研究所工作，两个孩子都在上小学。同房病友看出我的疑容，忙说是她拿来的，因怕吵醒我，放在桌上。

麻醉术后的呕吐、疼痛，护士不在，她为我端过盆子；我捧着剖腹后的肚子去卫生间，她见了，陪我说笑，走到卫生间，悄悄站在门外，又陪我回到病房。当我问到她的病时，她总是笑着说，术后有炎症，正进行治疗。她平静、隐忍的神态，我竟毫无疑心。直到我出院后再去看她，护士才告诉我，她已被送进病危病房。

我惊呆了，坐在走廊的椅上，不知所措……

片刻后，我来到病危病房的门外。门开着，里面十分安静，她和衣、闭眼躺在一张较大的病床上，身上盖着薄薄的白被。严文井同志和他们的孩子站在床的两边。孩子正用双手在她的腹部慢慢进行按摩。不一会儿，她低低地、轻声说："大爪子、大爪子……"

孩子移开双手，严文井同志接替上去……

不一会儿，她闭着双眼，又慢慢低声说："小爪子、小爪子……"

孩子又替下他的爸爸……

癌症晚期，虽有止疼剂，剧烈的疼痛仍难忍。住院时，我就曾听见病友惨痛的叫声。

也许，为了减轻她的痛苦，他们正在为她按摩；她为了减轻他们的劳累，轻声在指挥……

看着她闭着双眼、苍白清瘦的脸，听着她微弱的、不停的指挥声音，我眼含热泪想进去叫几声大姐，向她倾诉我的懊悔和感激，但她虽虚弱却镇定的声音，使我难打破这亲和的宁静。我只站在门外，暗自难过。护士走来，将我拉走……

在她的追悼会上，我脑海里始终出现她平静、微笑的面容。想着她，关怀他人，闲置自己痛楚的大气秉然。淑华大姐啊，你的崇高，如此显现！我含着热泪，向她的遗体三鞠躬，低着头，向门外走去。一只伸着手的胳膊出现在我面前，啊，是严文井同志站在大门边向我伸出的手，我握住这只手，想着病危病房那感人的一幕，我愤愤地想，万恶的死神，你为何要拆散这幸福、美满的姻缘……

于是，我记住了这大爪子、小爪子的微弱声音……

2015年10月19日，是严文井同志诞辰一百周年纪念。我记下了这病房圣洁感人的瞬间……

2016年9月11日于博雅西园

悲痛的时刻

天，阴沉沉的，不时下着小雨，编辑部的涂光群同志来告诉我，李季同志心脏病突发，不幸逝世了。他悲切的声音，惊呆了我，我不知自己是怎样踏上汽车，来到小为同志身边的。小为抱病已一年多了，石油部焦立人副部长的爱人马瑞莲和陕西省何承华副省长的爱人罗枫，正坐在她床前。一见到她，我的泪就止不住往下掉……走廊里、书房内，挤满了前来致哀的人群。电话铃不停地响着，传来一声声叹息、抽泣……有人压抑着声音，在喃喃低语；不少人悄悄用手巾擦着殷红的双眼。大家看着书橱内他当八路军时的放大照片，都不由自主地想起了他那短暂的一生……

我好似做梦一般，茫然地坐在书橱前的凳子上，仿佛以往来时等着他送走客人回来……可是，一分钟、两分钟……他那常坐的藤椅上，是带着泪眼的陌生人。满屋子里，男的、女的、老的、少的，工农业战线的、文艺团体的，都默默坐着、站着、沉思着、克制着，久久不愿离去。我不得不相信，他终究是不会再回来了。忽然，“呜……呜……”长声的女人悲切地号啕，男人急促地啜泣，从门外传来，有如汹涌的波涛，冲击着我的胸膛，我再也抵挡不住了，来到甜甜（李季同志的女儿）房内，任那堵塞胸口的哀伤，随着这巨大的音浪，倾泻而出……“作协”的公务员老赵，食堂的炊事员张阿姨，手拿黑纱，跺着脚，哭号着。桌上放着他们带来的石油工人服，这是石油部遵照李季同志的遗言送来的。看着这崭新的石油工人服啊，我的心在崇敬中，也不禁为之颤抖……

我认识李季同志已近三十年了。但真正在他领导下工作，还是1972年从湖北干校回来以后。那时，他也刚从湖北咸宁干校回京，担任人民文学出版社领导小组的工作。一身工作服，披件军大衣，依然那样朴素、豪爽、平易近人。就像解放初期，我在中原大学政治学院学习时的那些老政委一样，对人严厉，又和蔼可亲。这期间，他除遵照周总理的指示，再版一批图书外，也着手筹建《人民文学》的恢复工作。他早在1949年就患有心脏病，这时仍每天挤着公共汽车上班，经常第一个来到办公室，为大家打开水、扫地。晚上、星期天，在爽朗的笑声中，带领我们一同加班。当时文艺界四分五裂，“文艺黑线论”笼罩着全中国。老作家们大都背着各种罪名，在各处服罪，文化工作危险论还在起作用。他常常紧锁双眉，凝视窗外，焦虑文坛的萧条，指示我们要调查研究，摸清情况，充分调动所有文艺工作者的积极性。他告诉我们，刊物要以三七开的原则来安排版面。十分之三登老作家、专业作者的作品，十分之七登工农兵业余作者的作品。还令我们分成几路，到全国各地调查研究，开辟稿源。1974年的春天，批林批孔时，他的这些主张被看成是“资本主义复辟”“黑线回潮”。他也被当成“反对工农兵占领文艺阵地”“推行资产阶级专家路线的急先锋”，被剥夺了恢复《人民文学》的权利。铺天盖地的大字报如潮水般涌来，有多少是黑白颠倒，不符合事实的啊！我们这些了解真情的同志，纷纷为他鸣不平，他却笑着说：“群众运动嘛！不怪他们，根子在上面。”用手向上一指，坦然笑笑。大字报中批判的事情，不管是领导布置下来的，还是群众提出来的，他不解释，也不说明，全部承担下来，唯恐别人再受批判。

那时节，为了真正执行党的政策，他为老作家，也为起用我们这群被称为“黑班底”“有严重历史问题的”“资产阶级知识分子”们，经受了多少责难啊！而我们从他那里感受到的，却是党的温暖。记得是一个夏天的夜晚，他召集我们全体开会，讨论复刊后的办刊方针。我因去干校回来后未分到住房，暂睡在办公室里。我的两个孩子那天也在社里，会议进行得很热烈，他们无处去，便在李季同志办公室内看画报。九点、十点……夜渐深了，讨论还在热烈地进行，我去看孩子，大的还在看画报，小的却躺在沙发上睡着了，头下枕着一摞新书，身上盖着一件上衣。我责怪大孩子，不该擅自从书柜拿书，孩子委屈地说：“是李伯伯见他睡着了才拿的，衣服也是他盖的……”一股暖流涌进我的心田。在那动辄揪斗的年代里，我仿佛看见那战争年代的行军路上，老八路给行军战士补鞋、背枪的情景，心间升起无穷的力量……他是著名诗人，是我们的好指挥员，又像我们的父辈、兄长。无产阶级先锋战士的胸怀是宽广的，唯其无私、宽广，他才希望革命队伍汇成滚滚洪流，去冲刷那旧社会的残渣、污泥，建设起社会主义的高楼大厦。然而，他却受到了那样多的责难……

窗外的雪花纷纷扬扬地飘起来了，夜幕已降。小为如泣如诉地对我们讲起了李季同志十几岁当八路军连长的故事……我不禁又想起期刊筹备组解散后，李季同志被迫离开文艺界前对我的一次谈话。

那是1975年的一天，期刊筹备组解散了，我被调到出版社现代部工作。晚饭后，他把我叫到他办公室，告诉我，他就要走了，到石油战线去和工农相结合，临走，找同志们谈谈心，听听意见。看到他那诚挚的态度，我半天说不出一句话来。我想说，在这动荡年代，文艺界是多么需要像他这样的革命前辈领航、掌舵啊！可说这些有什么用？我想起一年多来，他呕心沥血，为复刊的奔走，为繁荣文艺的畅想。为了培养工人业余作者，他带领我们头顶骄阳、脚踏霜雪去工厂。心中无限愤懑，想发泄，又恐引起他的烦恼，不敢向他表露……看着他那消瘦了的面容，我的眼圈红了，好半天才开口道："跟您在一起，我学到了不少东西！可是我们以后该怎么工作啊？……"他见我拿出了手绢，站起身，诙谐地笑道："我请你来，是听你的意见的，你倒先给我出了题目！”他给自己倒了一杯水，也端给我一杯，目光深邃地看着窗外，严肃地说：“逆境是能够炼人的，关键在于要随时不忘马列主义，不丧失共产主义信仰。对人、对己、对事都要常用马列主义的尺子量一量，不要人云亦云，才不致在前进中迷失方向……”接着，他开导我不要背家庭包袱，工作要大胆、泼辣些……在那成天喊打倒、批判，没有革命友情，缺乏同志式帮助和温暖的年月，我仿佛又回到解放初期，中原大学那静静的校园内，晚饭后，和政委亲切地聊天……他的话，像在大雾迷漫的深山，拨开我眼前的迷障，鞭策我，指引我前进的方向！

粉碎“四人帮”后，他回来了，高兴地回来了！他又担任了《人民文学》的主编。我们原来参加筹备工作的几个同志也陆续回到了《人民文学》编辑部。经过十年浩劫的几度折磨，他的心脏病大大加重了。然而，他却比过去更加坚强、乐观、生气勃勃。只是在他身边，却从此多了一个小药瓶，在他那爽朗的笑声中，慷慨激昂的谈吐中，我们却不时听到了过去不曾有过的颤音、喘息……开会时，他的声音虽依然那样洪亮、有力，但我们却常常见他打开药瓶，取出药片放进嘴里，然后才能继续把话讲完，坚持把会开完。这时，他还担任着全国“作协”的筹备工作和领导工作，“作协”的组织工作是那么繁重，他不能像过去那样和我们朝夕相处，但他却仍然时刻记挂着编辑部的工作。有时从外面开会回来，哪怕是临下班前的十分钟，他也要到编辑部转转，给大家吹吹风，讲讲中央的一些精神，和大家亲切地说上几句。或者把自己想到的选题告诉同志们，让大家去进行工作……

记得是在他上任后不久的一次会议上，他对我们说："《人民文学》是党的重要宣传阵地，我们要不辜负党和人民的重托，应经常想想党在想什么，人民在想什么，引导作家想党之所想，想人民之所想。把刊物办成代表人民心声的刊物。"三中全会公报发表后，他又语重心长地教育我们："党中央老一辈的革命家们，小平同志，他们深受'四人帮'的迫害，却以无产阶级革命家的伟大胸怀，指示我们向前看，我们有什么理由不去引导人民顾全大局，齐心协力向'四化'进军呢?"听到他这肝胆相照的话，想到他那被摧残了的身体，我深深感到他那颗一心为革命的赤诚的心！在他多次及时地指引下，《人民文学》始能沿着党的正确路线，稳步前进！

他也曾说：我们要向大庆人学习，要培养自己成为一支符合党和人民要求的像样的队伍。他教育我们要热爱编辑工作，要和作者交朋友，要不断发现新人、培养新人。要为各类作者建立起档案，分析研究他们的艺术风格……甚至开玩笑说："漏了好稿子，要提头来见！"有同志的爱人在外地，生活上遇到困难，他教育他要以工作为重，对个人的事不要过于着急。但在另外的场合，他则三番五次，责成专人积极办理这件事。后来这个同志的爱人终于调来了北京。我因住房困难闹纠纷，他在电话中批评我。

以后我却听说，为了帮助我和其他同志解决住房，他曾多次找过管房的同志。只有对干部的真正关心，才有对他们的严格要求。这是我们党的优良传统啊！他是多么希望把我们带成一支像样的队伍！而今，我们还未能实现他的愿望，他却过早地离开我们走了……

“这房子很冷……”小为的话打断了我的回忆。她说：“每天早上五点钟，他就起床，披着那件军大衣写作，直到上班时停止……”是啊！他是作家，诗人！桌上还放着他那未写完的散文《三边在哪里?》，而他却把自己绝大部分的时间、精力都献给了繁荣祖国的文学事业，有时忙得只能在深夜赶看编辑部要发的稿件、清样。曹禺同志的剧本《王昭君》，他是在发稿前凌晨三点才看完的。凌晨三点啊！他是有严重心脏病的人！1979年的优秀短篇小说篇目，是当他为“作协”工作去上海时在飞机上、宾馆中赶看的。星期六、星期天，他也把同志们请到他家里去商谈工作。就是在1979年秋天，医生要他再度住院治疗时，他也召集编辑部的同志到医院的病床前开会。医生称他是“特殊的病人”，只得同意他用病房的电话联系、指导工作。他知道自己的病随时有发生危险的可能，在家里的电话机旁贴着急救站的号码。但他却从不把自己的病放在心上，总像骏马般地疾驰，像老黄牛似的不断负重、耕耘。抛开一切个人恩怨，恨不得在一天中把“四人帮”造成的损失夺回来……八年来，我们从他身上感受到了多少革命前辈的优良传统啊！向“四化”进军的号角吹响了，我们是多么需要像他这样的优秀指挥员带领我们前进啊！而他，却永远地离开我们走了……

第三天傍晚，我回到办公室，看到了无数封从外地寄给编辑部的唁电、唁函。这些来自祖国各地，来自油田、陕北、边疆的工农兵战士和文艺界朋友们的电信啊！那上面的诗句、泪痕，深深打动了我的心，我坐在桌前，久久地翻阅着、凝思着：他的逝世，为什么给这样多人带来如此巨大的惋惜、悲恸……渐渐地，我明白了，因为，因为啊，他心中装着人民！人民的诗人，爱人民！人民的诗人，人民爱！李季同志啊！他将和他的诗作一样，永远激励人民前进。也将和他的诗作一样，永远为人民所颂扬！

1980年5月于白米仓

（原载《朔方》1980年第8期）

忆胡青坡社长

1998年秋，胡青坡社长离我们去了。我因故未能向他作最后的告别而深感遗憾。他的音容笑貌，他那长辈似的言谈，他对青年干部的关心、培养，至今都深深留在我的记忆里。

1952年夏天，我从中南文艺学院肄业，调到中南文艺出版社工作。那年我刚满十九岁，由于所学专业不同，对出版工作一无所知。胡青坡同志当时是我们的社长兼总编辑，他十分注重对青年干部的培养、教育。他组织我们到中南局办的出版训练班学习业务。结业后，又让我们参加当时中南局组织的统购统销工作队，深入湖南农村，经受实际锻炼。在出版训练班，我们学习到当时建国的主要方针政策及出版知识。在湖南农村，我们通过执行统购统销政策，了解了农村，增加了实际工作经验。在青坡同志和丽尼同志（当时的副主编）的培养、帮助下，我由通联工作开始，一点一滴地学习，逐步走上了编辑工作岗位。

青年时代是人一生奠定基础的时期。当我们刚刚进入社会，踏上征程时，是青坡同志和丽尼同志领导的中南文艺出版社这个社会主义大家庭，使我学会了怎样对待工作、怎样对待学习、怎样对待集体……

那时候，新中国刚刚建立，物质条件缺乏，工作环境简陋，一幢二层小楼，既有我们的办公室，也有我们的宿舍、食堂、资料室……同志们白天在办公室办公，晚上或加班、或学习。夜深了，才回宿舍休息。青坡同志当时和夫人叶颖同志、儿子卫平也住在社内。他白天领导大家工作，到了晚上，除外出开会或工作外，总要楼上楼下地巡视一遍后才回家休息。巡视中，他或找大家谈心，或帮助大家解决些工作、生活中的问题。每逢转到我办公室时，不是问问情况，就是谈一些对我们青年人有教益的话，有时是一些勉励，有时是语重心长的批评……那时候，大家都习惯于批评、自我批评。他为人严肃，待人却很平易、诚恳。不论勉励，不论批评，当时都能使我们增长知识，从中吸取到前进的力量。在他们的带领下，大家工作热情高昂，同志间相处和谐，互相关心。一旦谁有了困难，大家都热情去帮助，都感受到了一种大家庭的温暖。

记得出版社成立不久，进行工资制度改革。领导上决定先将我们几个青年人的“包干制”改成工薪制。而当时从老区来的同志们都还是“供给制”。我们几个青年人听了，既感谢组织上的关心，却又感到似乎有一种要与革命“分家”了的滋味……

1954 年全国大行政区撤销，中南文艺出版社与中南人民出版社合并，组建湖北人民出版社，青坡社长调北京工作。后来，我考入了中国人民大学新闻系学习，从此，也离开了湖北人民出版社。

“文化大革命”后，我们在北京重逢。虽然这时已不在一个单位工作，但原来在中南文艺出版社工作的同志们，却常去他家中看望他。大家都怀念那段相处的岁月。闲谈中，我依然感到了他那富有革命优良传统的气质，对祖国“四化”建设的深切关心，对不正之风的痛恨……

1998年9月，我得知他患急性肺炎住进协和医院抢救室的消息，便去看望他。当我与叶颖同志走进他的病房时，他已脑昏迷不省人事，苍白的脸上，两眼微睁，医生用呼吸机帮助他呼吸，正在输液输氧气……叶颖同志沉静地守护在他身旁，我安慰了她片刻，含着热泪告别出来。我盼望得到他病愈出院的消息，传来的却是他已病逝的噩耗……

胡青坡社长啊，你已长眠于卢沟桥畔，但你却活在我们大家的心里……

1999年12月于小羊宜宾

（原载《胡青坡纪念集》）

缅怀启蒙老师丽尼

丽尼原名郭安仁，著名翻译家、散文家。屠格涅夫长篇小说《前夜》《贵族之家》，契诃夫剧本《万尼亚舅舅》等名著的译者，散文《黄昏之献》《鹰之歌》的作者。巴金老的朋友，他的小说《春天里的秋天》的原型之一，也是我们原中南文艺出版社的副总编辑兼副社长。

1952年秋，原中南文艺出版社在湖北汉口成立，社址在汉口卢沟桥路的一幢二层小楼内。编辑部的办公室、食堂、集体宿舍和家属宿舍也均设在这里。当时的编辑人员大多来自刚离校不久的青年学生，他们没学过编辑专业，更没有实际工作经验，然而很快就面临编辑出版文艺图书的任务。丽尼同志和当时的社长胡青坡发扬战争年代的优良传统，让大家在工作中边干边学，锻炼成长。那时全国解放不久，百废待兴，中央有指示号召青年报考大学深造。我年方十九，刚从中南文艺学院肄业，想报考大学继续学习。我借来高中课本，准备业余学习后报考工学院，将来当一名女工程师，建设新中国。但又缺乏信心，喜欢文学，仍想报考文科。正在我举棋不定时，一天晚饭后，丽尼同志把我叫进他的房间。

“不要把自己搞得焦头烂额了！”我坐定后，他和蔼又严肃地说。

我当时确实已把自己搞得焦头烂额，忽而这样想，忽而那样想。他说：“要结合工作学习，干什么，学什么，学以致用，不要脱离实际地空想……”那时我是在编辑部做通联工作，他鼓励我要向编辑方面努力，订出一个业务学习计划，定下心来踏踏实实地学习。并给我推荐了一批图书，指着书目中前苏联教授季摩菲耶夫的文学原理第二部《怎样分析文学作品》说：“要重点阅读这本书……”

他的夫人那天正好从武昌回来，一边织着毛衣，一边对我微笑。我当时还不曾看到巴金老的文章，不知她也是巴金老小说中的原型。她父亲要她嫁给大学校长的兄弟，反对她与丽尼同志恋爱，把她关在一间小屋子里，扔给她一根绳子、一把剪刀。她没有屈服，后来逃到南京，在南京与丽尼同志举行了婚礼。这时，他们早已有了一个女儿。她的微笑，似乎是赞同她丈夫对我的批评，鼓励我认真听取他的教诲……而我在这个温馨的家庭中，在这个晚饭后的黄昏，也确实认真聆听了丽尼同志的教诲，从混乱的思绪中解脱出来，选定了今后的奋斗目标。

我到书店买回他给我指定的书籍，利用业余时间认真学习起来。由于方向明，书选得精，经过近两年的努力，我终于走上了编辑岗位。在1955年，适应工作的需要，编辑出版了一本短篇小说集，并在本社的出版通讯上发表了向读者推荐的评介文章……几十年过去了，我辗转南北，后来上大学，去干校，也曾购买过上千册图书，而“文革”中大都变卖或丢失，只有这本《怎样分析文学作品》的小册子，至今依然完好地保存在我的书架上。它的封面虽已发黄，书页上的红蓝铅笔画道却依然清晰。看到它，我心中充满怀念，无限感激。怀念五十年代那火红的革命年代，怀念那上下级间，同志间真挚的革命情谊。这情谊熔铸、熏陶了一代又一代人，使革命之花开放得更加浓郁芬芳。

郭社长，我们全社同志都这样亲昵地称呼他。他不仅热情关心下属，平易近人，和蔼可亲，而且对工作极其负责任。他的关心，来自于他对社会主义祖国文学事业的热爱，对党的工作的忠心耿耿。为使干部们尽快适应工作需要，他主持全社的理论学习和业务学习，每周一次，雷打不动。布置一批批文艺理论经典著作让大家阅读。武汉的酷暑天，气温常常高达四十多度，其热难忍，他却经常亲自挥汗讲授，参加讨论。至今，他讲授列宁《党的组织与党的文学》时的音容，仍清晰地留在我的脑海里。五十多年过去了，不论我沧海沉浮，不论我走到哪里，我都记住我从事的文学工作是党的事业的一部分。有了它的指引，在几十年的文学生涯中，我才不至于迷失方向。而丽尼同志当时并不是一个共产党员，直到逝世时也不是。但他却真诚地带领我们学习《党的组织与党的文学》，真诚地带领大家致力于党的文学事业。在他身体力行的教导下，白天大家勤奋工作，晚上不是加班就是学习，办公室里经常都是灯火通明，直到午夜大家才回宿舍休息。而他自己则更是热忱地工作，不分节假日、休息日，和胡青坡社长一起，常常审阅书稿到夜深人静。一次，为了突击出版一部重点书稿，他一连工作了几个通宵。为坚持工作，他多次用冷水冲澡，直到稿子发排了才去睡觉，一觉睡了二十多个小时。在他们的带领下，短短两年，全社就出版了一大批优秀文艺作品，如熊复、李尔重、李季、于黑丁、峻青、李准、陈残云、柯原、公刘、韩笑、洪洋、未央、吉学沛等人的作品，在全国广有影响，开创了中南地区文艺出版事业的新局面。

1954年全国大行政区撤销，他奉命调往北京，在电影艺术编译社、电影出版社、《世界文学》等单位任职。我也于1956年考上中国人民大学新闻系，到北京学习。

少年时代的丽尼同志，就是一位爱国者。十六岁读中学时，正逢1925年“五卅”运动。他组织学生参加反帝大游行被校方开除学籍后，于1927年到上海劳动大学旁听，在图书馆自学，立志从事新文学事业。二十世纪三十年代参加“左联”“剧联”，组织进步演出活动。与巴金一起创办文化生活出版社，与夏芝圃一起主编过《汉心》。还编辑进步副刊《煤坑》，抨击国民党反动统治。在上海白色恐怖时期，他们夫妇住在亭子间，以卖文为生，常常掩护陈荒煤、司马文森、叶紫、张庚、吕骥等知名文艺界人士从事进步活动，并以微薄的经济收入接济贫困的左翼作家。当时陈荒煤就曾寄居在他家。他们有时连一包香烟也买不起，只能吃三分钱一斤的雪里蕻。他们夫妇的亭子间，成了党领导进步作家活动的场所。

1938年上海“八一三”事变后，全国抗日形势紧迫。由于家庭生活的拖累，丽尼同志未能和陈荒煤、张庚、吕骥等一起奔赴革命圣地延安。许多刊物停办了，他经朋友介绍到国民党军事机构当了一名翻译。而他的爱国之心依旧，只是变得更加深沉罢了。这期间，他对蒋介石及美驻华军事顾问的所作所为依然愤懑，并以职务之便保护过在秘书室工作的勤务兵，还利用他的地位营救过被捕的地下党员。解放战争时期，他将获得的国民党军队的一份重要作战计划，冒着生命危险，托人转交给地下党，由上海局密电报给中央军委。军委收到后，曾去电奖励。然而，他所做的这一切，却从来都不曾向任何人透露，包括他的夫人许严。1956年全国开展肃反运动，当组织上宣布在国民党机关工作时虽没有任何罪行，但按政策规定仍应把他划为“反动党团骨干”，撤销其行政职务时，他也不曾向组织上做任何申诉，只是默默地承受下来。直到1981年，曾任上海局策反工作委员会书记、原中央统战部副部长张执一的回忆录中，才将这些公之于众。而此时，丽尼同志已去世十八年了……他不居功，也许他认为这是他为人应该做的吧！他也不向组织上做任何解释，宁愿严格要求自己，甘受委屈，只是以更加默默的忘我工作来倾注他对祖国、对新社会更加深沉的爱……这是何等的崇高！何等的忠贞！是为常人所难以做到，也是为常人所难以理解的……他去世于“文革”中的1969年，那时正是南方盛夏的三伏天，他因超负荷劳动晕倒在烈日下的稻田里……人们对他的死，并不难理解，因为他惯于严格要求自己。纵然是年事已高，身患重病；纵然是南方盛夏的三伏天，烈日下的重负荷，他都径直前往，默默忍受，直到晕倒在地，从此永远也不再起来……写到此，我的泪水终于禁不住地落了下来。这是悔恨的泪水，悔恨我到北京后，曾打电话要去看他，他外出不在，而我竟没有再打，直到他去了南方暨南大学，直到他“文革”中永远地倒在了稻田里……他像老舍等一批优秀作家一样，未能活到改革开放的年代。巴金老曾著文称他是个善良的人，“他的才能没有得到很好的发展”，他“喜欢他的散文”，“准备着编辑他的第四本散文集子”，“白白地等了许多年”[①]……而我作为他的下属，当我在聆听他充满革命激情地讲述列宁的《党的组织与党的文学》时，我曾经是那样地被他的革命激情所鼓舞……如果他能活到改革开放的年代，巴老所期待的他的第四本散文集一定能等到，祖国社会主义的文艺春天里，也将会因为他的奉献而更加灿烂……

历史是公正的。他终于平反昭雪了。他的平反昭雪首先归功于一位澳大利亚籍的英文译者白杰明先生，是他在翻译巴金《关于丽尼同志》一文时，想起曾在香港看过的

① 见巴金文《关于丽尼同志》。

全国政协《文史哲资料选辑》里有张执一的回忆录。他便立即写了一篇短文在《大公报》上发表。丽尼同志的上述事迹才因此公开。一位不知姓名的人将报纸寄给了丽尼同志的夫人许严，许严见报后，才向中央写信，要求为丽尼同志平反。

1986年暨南大学在《关于郭安仁同志政治历史问题复查的意见》中写道：

> 纵观郭安仁（丽尼）同志的历史，是渴望光明，要求进步，追踪革命的一生。他在解放前为革命事业做了有益的工作，解放后热爱党、热爱社会主义祖国，为新中国的文化建设付出辛勤的劳动。郭安仁同志一生笔耕舌耘，他在文化事业上的成就是显著的，他在政治上为人民解放事业做出的贡献是不可磨灭的。

祖国、人民不会忘记您！
祖国、人民永远感激您！
敬爱的老师，郭社长，您安息吧！

2005年3月于小羊宜宾　深夜

一切为了爱

我曾几次走进北京灵通观五号楼郭秀仪妈妈的家，去看望她老人家。每次出来，我都无限感动。

“郭妈妈”，我们抗战时期曾无家可归的难童们这样亲昵地称呼她。虽然我们这些当年的难童，如今也已年过花甲，但内心的感激，促使我们由衷地这样称呼她。她是一位拥有深挚爱心，创立过许多光辉业绩的九旬老人，曾任农工民主党中央名誉副主席，政协第五、九届委员及第六、七、八届常委，中国和平统一促进会常务理事，中华海外联谊会名誉副会长……

她的住所是一套只有近百建筑平方米的单元房。用来当客厅的房间约十二平方米，带有三个房门开口处，放着两个书柜、一张三屉桌、一个电视柜、一张长沙发、一把藤椅，挤得满满当当。因为有着三个房门开口处，三屉桌、沙发、藤椅只能放在靠墙没有门的同一边。每当客人来时，郭妈妈坐藤椅，客人们坐沙发。我们要和郭妈妈交谈时，都需要侧着身子才能面对她老人家。其余两间房面积也不大，一是她的卧室，一是她亲戚的卧室。保姆晚上只能在厅里搭铺睡。房间内仅有的一两件家具也是“文革”前的旧家具。卧室内有的东西甚至放在凳子上，用包袱皮包了，用白布罩着，以防灰尘。还有一个连农村现在都不再用了的铁脸盆架子，架子上搭着毛巾，脸盆内盛着半盆水。只有衣橱和走廊里的电冰箱透着现代化气息。但与北京刚搬进新房的居民家的摆设相比，仍显得简朴多了。

郭妈妈现享受政府副部级待遇。政协有关方面按规定曾几次想为她配备专车，给她换大一些的房子，她都婉言谢绝了。她说：“国家建设需要很多钱，能节约点就节约点吧！不必浪费了。”

这房子是“文革”中，她和黄将军挤住在集体宿舍时，周总理专门给他们安排的。而刚搬来不久，黄将军就溘然长逝了。为缅怀周总理的关怀，寄托对黄将军的情思，老人家不愿离去。

郭妈妈和北伐名将黄琪翔将军相识于上世纪1931年的秋天，“九一八”事变之后，那时蒋介石杀害了坚持“反蒋独裁，团结抗日”的革命先驱邓演达，黄将军临危受命，接过烈士重担，带领第二党（农工党前身）同志继续革命。她不为家人极力反对她与黄将军交往所动，不顾黄将军为革命东躲西藏生活充满艰险，不顾与他交往可能将祸及自己全家，于他被蒋介石追捕流亡国外时，毅然做出了爱的抉择。她掩护他从事革命活动，婚后学骑马、开车，随军上前线，辗转沙场……直到如今，虽已九旬高龄，仍表示要继承将军的遗志，为祖国的统一事业竭智尽力，生命不息，奋斗不止。爱情的坚贞、伟大、无私，非一般人所能比拟。

黄将军出身贫苦农民家庭，自幼立志报效祖国。郭妈妈出身名门，自小接受良好教育，有正义感。1931 年“九一八”事变后，蒋介石政府推行不抵抗主义，实施要攘外必先安内的政策，引起她的无比愤慨。抗战爆发后，她担任第十一集团军妇女工作队队长，组织随军家属，不惧敌机轰炸，去前线慰问。她个人还募捐出资设立医务所，救治伤员及当地群众……皖南事变后，1941 年，当蒋介石将叶挺将军软禁在湖北恩施时，她以同乡的名义和黄将军常去看他。她为他带去她亲手做的家乡菜，以表示她对蒋介石破坏统一战线的无声抗议。

她常说，儿童是祖国的未来。她对儿童，对祖国充满着爱。看到战时失去家乡，失去父母的儿童流落街头，她无比忧虑愤懑，由此激起她的无限热情，投身参与创建“战时儿童保育会”的工作。她不顾疲劳地以各种方式动员各界人士捐款达三万元之多（这在当时是相当大的数目），并带头认捐四百四十二名儿童的生活费，使儿童保育院得以成立。保育院先后抢救、收容了近三万名儿童送住大后方抚养、培育，我们这些当时无家可归的孩子也因此才有了栖身之地。由于八年抗战中，黄将军和郭妈妈一直在前线转战各个战场，抗击日军、救助伤员、保护儿童，战功卓著，他们双双获得了抗战胜利勋章。

半个多世纪的风雨历程使她感受到只有中国共产党才能救中国，只有拥护共产党的领导，与中国共产党并肩战斗，亲密合作，才能建设社会主义的新中国，使祖国富强，人民安居乐业。对祖国、对人民的爱，始终是她老人家一切行动的初衷。1948年，黄琪翔将军在香港宣布与国民党决裂后，为了支持香港爱国民主人士到解放区参加革命工作，郭妈妈把自己用多年积蓄在香港购置的一所花园房卖了，资助他们做路费；新中国成立后，百废待兴，需要建设资金，郭妈妈又把她1937年在南京所购的一幢洋房捐献给国家；抗美援朝时期，为支援朝鲜前线，她又把过去老家广西桂林的一座住宅捐献了；为解决全国政协机关更多职工的住房问题，她老还把“文革”中没收后又归还给她的北京大羊宜宾花园住宅捐了，由政协盖起两栋宿舍楼，解决了上百户政协机关群众的住房困难。而她自己的住房如上所述，并不宽裕。她心中首先想到的常常是党、国家和人民群众的利益。海外曾传说她在“文革”中如何受迫害，劝她到国外定居。她多次在国外解释说，那是“四人帮”所为，不是中国共产党的政策。香港回归祖国前，她在香港的友人要离港去国外定居，她又以自身的经历劝说他们留在了香港。她女儿在美国工作，她本人也已获得美国的绿卡，1998年，她却毅然退掉绿卡，仍定居祖国。周总理代表共产党对她们的关怀，她时刻铭记在心，总想以为党多做工作来回报。她身体不好，1976年和1983年因患乳腺癌两次开刀，后又患子宫瘤、黑色素瘤，前后共做过大小八次手术。但多年来，她却一直积极参政议政，一直为和平统一祖国、振兴中华，发挥着自己的余热。目前她已九十四岁高龄，仍思维清晰，步履稳健，关心国事，积极与病魔作斗争。她曾笑着深情地说："中国共产党英明伟大，有错必纠……哪怕穷得只能喝白开水，我也要跟着共产党……"

有的英雄出入疆场，舍生忘死；

有的英雄不畏艰难，勇攀科学高峰；

有的人身居高官，却想的是自己的荣华富贵；

有的人苦心经营，只图自己名扬天下……

而她，曾经是一位名门闺秀，却爱恋出身贫寒的黄将军，而且是在他从事革命，被蒋介石追捕流亡之时与他结的婚。从青年到老年，她一生都想着国家的兴亡，人民的安康，只要共产党、祖国、人民需要，她总力所能及，奋力而为，倾囊相助，数十年如一日……这是多么崇高美丽的心灵，何等的高风亮节；对共产党、对祖国、对人民的爱多么深厚真挚……

这样美丽的灵魂，

这圣洁的爱心，

怎不为世人所感动呢？

2005年5月于小羊宜宾

三过三峡

1938年日本进攻武汉前夕，五岁的我和姐姐随大批难民由皂市逃难到武汉。武汉局势吃紧，我们便被儿童保育院收进，随保育院师生乘船向大后方重庆疏散。时值深秋，当时疏散的人群拥挤不堪，我们待在船舱内被挤得不能动弹。船过三峡时，听见有人说："过三峡了。"舱内的大人们纷纷伸头向舱外遥望。我年幼无知，不知什么是三峡，自然不会去看它。

1941年秋，父亲托人将我从重庆第三保育院接回宜都家里。已经八岁的我，随来人乘船顺江而下。当时日本飞机经常轰炸重庆，我们躲在船舱内胆战心惊，无人有心上甲板观赏三峡。三峡是什么时候过的，大家都未留意。

解放了，改革开放了，三峡修建水电站的工程开工了。2002年11月，三峡导流明渠即将截流合龙，此后三峡电站以上的江水水位将要升高，长江沿岸的秭归、巫山、奉节县都将沉入江中，三峡的一些景点也将随之消失或搬迁。在长江边长大的我，此时业已退休，以往两过三峡而均未见三峡，此时再不去"故地"重游，便会终身遗憾。于是，我和老伴便于2002年9月12日随北京京铁祥和夕阳红旅行团乘专列直抵宜昌。翌日晚登上游轮，顺江而上。一夜行来，于13日上午到达巫山县境，改乘小游艇，先游小三峡。

小三峡是长江三峡段的第一大支流大宁河的下游，位于巫山县境内。我们上岸后先乘汽车路经巫山县城，再乘小游艇去小三峡。巫山县城依山而建，方圆十多公里，有人口五十万。汽车在由低向高的狭窄的石板路上行驶。此时的巫山县城已人去楼空，沿街的建筑已是残垣断壁，据说是被移民拆了搬去重建新楼。我们坐在汽车上穿越巫山县的街道，我忽然有一种似在水下穿越的遐想。不是吗？一月以后，这座城市将整个儿沉入水中，我们现在行驶的这条街道，当然也会沉入水中，现在我们在这条街道上行驶，难道不是在将来的水中穿行吗？

小游轮装有玻璃船舱，每条可乘二十余人。我们专列的二百来人乘坐了十条小游轮，浩浩荡荡向小三峡进发。

秋日的阳光，璀璨无比，把江河两岸碧绿的青山照耀得金光闪闪。江水在小游艇缓慢的推动下，也闪现一层层金波向两边漾去，宛如一匹金黄色的重磅绸缎，轻轻向两边抖落。我们在两山耸立的狭窄江面上环山而行，群山树林茂密苍翠，时有野花、奇峰峻岭和群猴出现。有时游艇前面的江水似被错落的山峰挡住，可是行到山前，竟又出现江面。真是船到山前疑无路，山转水现又一景。在导游的介绍中，我们游览了龙门峡、巴雾峡、滴翠峡。目睹了龙门峡的雄伟，巴雾峡的云雾缭绕，滴翠峡的山峰秀美、天泉飞雨。为沿江秀丽的奇峰、悬岩古洞、古栈道、悬棺所吸引，为蜿蜒曲折、由浑变清、碧绿见底的江水所开怀。小游艇在峡谷风光中漂游，我们又似在一幅幅美丽的山水画中穿行。此情此景，我们的怡情悦性，远非心旷神怡所能形容。

小游艇到达终点站停泊，我们上岸。岸边沙滩上拥有大片各式遮阳伞下的零售小亭，餐饮、柑橘、药材、玛瑙、鹅卵石……花样繁多。忽然间，我闻到米粉肉的醇香，这是家乡米粉肉特有的香味，小时候只有到年关才能闻到的。本想买一碗，但人多时短，只好作罢。我们向半山腰的古栈道走去。据说古栈道全长一万多米，现已修复了二百米。栈道开山凿孔达6888眼，在孔眼上架木桩、搭木板修建而成。每个孔眼之间，及每个孔眼的长、宽、深，都为相同距离。在这陡峭的山壁上，上有悬崖，下有江水，真不知古人们是怎样开凿出来的。如此的惊人之举，真显出我们祖先的高超智慧。登上古栈道，放眼眺望，只见群山岭后有群峰，山峦连着山峦。山下的小三峡江中不时出现一片片白色浪花，这是江水流经露在江面的石头所溅起的水花。从这里开始，向上延伸，称为小三峡上游。上游的小三峡，不能行驶游艇，只能行驶小船。在小三峡江面的右方，分了一条溪流，向前流去，岸边山腰上挂着“小小三峡”几个大字。到这里我才知道三峡名称的含义。所谓的三峡，是指长江上的大三峡、巫山县的小三峡和马渡河的小小三峡的总称。小小三峡谷窄山高，江小水浅，听说是乘橡皮艇戏水漂流的好去处。我们在古栈道上漫游。山下是小三峡与小小三峡的交汇处。江水击石溅起的大片大片白色的浪花，使我仿佛听见古人们拉纤时的沉重号子。斗转星移，曾几何时，他们会料到自己艰难开凿的行程，竟然会变成了后人们游览的胜地！这是时代前进的脚印。历史总要向前发展的，这是一条颠扑不破的真理啊！

乘船返回时，有几个顽童赤身站在水中，他们用竿头扎有圆铁丝网的长长的竹竿，追逐游艇，伸到船窗前向游人们“乞讨”。有的游客笑着给了些糖果、面包之类。我笑着用一块钱的纸币包了一块一元的硬币放进网中，顽童立即收回，那边马上传来开怀的笑声……

14日游览大三峡，先游览白帝城。爬了一千多级台阶后，到达杜甫西阁。此阁是为纪念诗人杜甫所建。据介绍，唐大历元年（766年）四月，杜甫由云安抵夔州（奉节），直至大历三年（768年）正月，才东下出川。在此共居住了一年零九个月，写诗作四百三十首，是他一生中创作的最高峰。杜甫西阁有两层楼房一幢，临江长亭一间。长亭后的小院中，有用汉白玉雕刻的杜甫全身塑像。他身穿长袍，留着长长的须发，扭头翘须向长江夔门方向眺望。我向工作人员询问可有杜甫居室参观，回答说没有。西阁楼房的门锁着，里面陈设什么不得而知。倒是临江的长形小亭雕栏红柱，古朴清幽。此时，同来的游客已向山上的白帝城爬去。我走进小亭，在亭栏上坐下眺望。山下是一片绿色茂密的苍松翠竹，远处夔门笔直雄伟地耸立在江边，长江水像一条黄色的小溪，在夔门下远远地流淌。我想起杜甫的律诗《登高》："风急天高猿啸哀，渚清沙白鸟飞回。无边落木萧萧下，不尽长江滚滚来。万里悲秋常作客，百年多病独登台。艰难苦恨繁霜鬓，潦倒新停浊酒杯。"我举手抚摸小亭的红柱，心中突发感慨：想当年，杜甫是曾站在这里眺望群山江水而引发诗兴的吗？他于公元768年离开夔州，于公元770年去世，离开夔州后仅两年就离开人世了。在这里的诗作是他一生的高峰，不知为何纪念却如此从简！

前日游小三峡时，游艇傍山而行。峡窄山高，两山景色虽能细致观赏，但却是坐在船舱内仰头观望。今日游大三峡，游轮避险滩，涉深水行走，多于江中心航行。我站在船头甲板上观赏船过七百里三峡，顿觉江面宽广，莽莽苍苍，浩浩荡荡。两岸群山雄伟，山峰层层叠叠，连绵不断。江水拍打船头，激流澎湃，涛如雷鸣。游轮在两岸群山环抱的江面上行走，宽广的江面前方，也常见远山挡道，云雾迷蒙。等到船随山势迂回向前行走后，也会出现较之小三峡更为气势磅礴的奇峰秀景。近看瞿塘峡，山如斧削，悬崖绝壁，似一道闸门耸立在江边。巫峡连绵不断，山势奇特，两岸共十二峰，千姿百态。尤为出众的，是在那白云缥缈的暗绿色山峰旁，耸立的一细石山峰，它远远地面对江面，就是有着美丽传说的神女峰，神奇而俊美。待到经过西陵峡时，我们的视线都集中于江面，导游介绍说，西陵峡以险滩著称。此时，江面似乎更加宽广，水流较急。江面上有乱石林立，不少处浪花四溅，波涛汹涌，一个漩涡，接着又一个漩涡。我们的游轮是机动轮船，稳涉江水，不像古时的小木船。想当年李白、杜甫乘一扁舟，顺江而下经过此峡时，那会是多么的惊险。然而李白却有诗称："朝辞白帝彩云间，千里江陵一日还。两岸猿声啼不住，轻舟已过万重山。"这是何等的风流洒脱，何等的英雄气概！

船行不久，江面出现一道支流，这是有名的香溪，是王昭君诞生的地方。我探望香溪的远方，不知长江水位是否会淹到那里。我想，即使淹没了，这位曾为历史做过特殊贡献的伟大女性的功绩，也是淹没不了的。

过了三峡，游轮前方隐隐出现一条白色长栏横跨江中，似有缕缕白光在江中闪现。三峡大坝到了！有人说。我们走近船栏，向前仔细观望。确是三峡大坝。那白光是电焊及坝身白色混凝土在阳光照映下的反射。远远望去，美丽壮观。三峡大坝的坝址是过去的三斗坪。记得1941年我从重庆保育院乘船回家时，是在这里下的船，然后从这里开始步行到宜都家中。我站在船栏边遥望两岸，想寻找过去的点滴记忆。然而整整六十年过去了，那留在我童年时代陈旧偏远的小镇，而今早已消失，找不到一点儿痕迹了。代之而起的是一片高楼大厦，依山别墅，和沿江宽广平整的柏油马路……

游轮经过导流明渠后停泊，我们上岸参观三峡大坝。我登上坛子岭，放眼观看这如巨人般的高185米、长2300多米的混凝土大坝耸立江中，我的心情激动不已。三峡工程曾是几代中国人的梦想，今天变成了现实。待明年6月截流蓄水后，三峡水库总库容达393亿立方米，可防千年一遇的毁灭性洪水，每年可发电847亿千瓦，将是世界上最大的水电站。目前主体工程投资已逾四百亿元。它的建设，集中了全国最优秀的施工队伍和全世界最先进的设备，运用了国际最新科技成果，也是全国各族人民支援三峡移民搬迁的硕果。它是长江上一颗璀璨的明珠，是党中央及各族人民在改革开放年代献给祖国母亲河的一份光辉厚礼。它确实是功在当代，利在千秋啊！

带着这庄严、神圣、美好的感情，我走下三峡大坝的制高点坛子岭，在岭前拍照留念，结束了我的三峡之行。

2003年8月于小羊宜宾

走进张家界

张家界以山奇、石奇、洞奇著称，因其有世界罕见的奇特石英砂岩峰林，被联合国教科文组织列入《世界自然遗产名录》保护区。是中国第一个国家级森林公园，4A级风景名胜区，集山、林、洞、湖于一体，被誉为大自然的迷宫。

天子山是张家界风景区的主要景点之一。我们旅游团到达后的第二天上午，便先乘汽车来到天子山脚下，然后再乘电梯登上山顶，徒步游览。我们在天子山山顶上穿行，如在平地上行走一般，丝毫没有山顶狭窄的感觉，可见天子山峰顶之大。路边有许多叫不出名的、数不清的茂密树木和各种野花。太阳光从树缝中洒落下来，只有星星点点，可见树林之密。

天子山山峰众多，由石英砂岩组成。每座山峰上礁石嶙峋，山石顶上及石缝中均长着苍翠的树木。礁石为橙黄色，被翠绿色的树林所勾画、点缀，色泽雅致醒目。那山形大多如斧劈刀削，直插云端。它们或独自耸立，或三三两两峰峦相依，高低参差，形状各异，构成多种美丽的山势，密布山中。由于许多山峰顶上都有着一块平石，石缝中长着美丽的松树，远远看去，如一片片盆景，十分秀美。我们来到一块突出在山间的山石上观景。这山石地势十分险峻，周边有护身的铁制栏杆，栏杆下是万丈深渊，茫茫原始森林。深渊的外沿，是大大小小、层层叠叠的石山峰林。近处，有的细如石笋，一根根亭亭玉立。也有一些宽似小山丘，一个个错落其中。远处的，一层层、一排排尖尖的峰峦相偎，一片灰绿。导游让我们向右前方看去，只见那里有两座山峰高高耸立，中间由大约三十米长、十五米厚的山峰相连。导游称这是以山峰作桥墩的天下第一桥，并说原先这桥墩中间是断裂的，约有两米空隙，是当地政府用砖头和水泥将其连接起来，方成了今天的景点。我们气喘吁吁地爬上山峰，来到天下第一桥上。只见桥面有两米多宽，两边长着许多小树。由于事先已看清山峰之高和桥下的万丈深渊，我站在桥上不敢左右顾盼。倒是老伴有雅兴，一口气爬到对面山峰的小山坡上站立着，让我站在桥上为他拍照。我只得小心翼翼地走向前去，站在这天下第一桥上，为他拍下了身影。

临近中午，在山上土家族的饭店吃过饭，体息一会儿，我们便爬上了天子山的制高点——云奇阁。云奇阁始建于上世纪末，至今油漆透亮。共有三层建筑，我们爬到最高层，天子山的全景就尽收眼底了。站在这制高点上，所有峰林山峦如广袤的大海，在我们身下延伸，直到远远的尽头，并被笼罩在白云深处，只露出半截山峰。上午看上去高耸入云端的山峰，现在都直立于我们脚下了。它们由一个个由低向高的山峰，组成一个个不同形状的宝塔形山势，一个挨一个地整齐排列在其中，宛如一个个巨人的阵列，环绕在云奇阁下，层层叠叠，群峰奇立，气势磅礴，真乃天下的奇山群峰，壮观无比，美不胜收。

下午游览金鞭溪。据说，金鞭溪全长十五公里，有一步一景之誉。我们见它有时只有十几米宽，有时又只见小路小溪，不见两岸。那两岸都是一望无际的原始森林，古木、大树、竹林参天，一层层，一片片。九月的天气，我们来时骄阳似火，照在身上暖融融的。走进溪里后，有时阳光顿时被树林全部遮住，气温一下子就降了下来。这里峡高谷深，溪水清澈见底，有游鱼和大小卵石。两边的山峰变化多端，形成多处景点。每当导游介绍那些景点时，我们都要完全抬起头来，仰望那高高的山峰之巅，才能看清它们的面目。走在这峡高谷深的原始森林小路上，有时雄伟的山峦离你如此贴近，而你仰望它的山巅时，顶上也只有一线蓝天。身边是潺潺溪水，溪水对面有时是碧绿无边的莽莽森林，到处有鸟语花香，空气如此清新湿润，真如走进了一个古朴、幽香、宁静的世外桃源一般。

与天子山、金鞭溪不同，黄龙洞又是另一番景色。进洞后不久，便乘小机动船游洞内小河。洞里伸手不见五指，全靠各处五颜六色的彩灯照明。河床有时七八米宽，有时只有三四米，刚能行驶一条小船。河的两岸，一边为彩灯所照的大小钟乳石景点。导游说，你看它像什么，它就是什么。另一边是垂直的山洞石壁。据说河水深不可测。小船绕着钟乳石岸边行走约十分钟后，到达一个宽约十多米、高七八米，深不见底的另一洞口。上岸后，沿着洞内向上延伸的小石板路向洞的山上爬去。只见小石板路两边的山坡上，有许多类似竹笋般向上生长的钟乳石，它们粗细不等，下粗上细。洞的顶上又有许多由上向下生长的粗细不等的钟乳石。双方都朝着各自的前方长去，有的身挨身擦肩而过，导游称这是“恨不相逢”。有的则不偏不倚，两头正好朝前走到一起，长成上下相连。导游称这是“喜相逢”。过了山坡，向前行走约五分钟平路，便出现一个庞然大厅，厅中央竖立着一块巨石，巨石中间又有一山洞，可容立十五人。巨石的对面，有一大面积的山丘，小丘上长着上千根高高低低、大大小小的钟乳石，小的如竹笋尖，粗的如水桶、大树。错落参差，一堆堆、一排排，在五颜六色的彩灯照射下，宛如正月十五满街的彩灯相聚，五彩缤纷，光芒四射。只不过它们不是灯笼，而是大大小小的钟乳石奇观。站在这洞内的大厅里，只见洞内有洞，景中有景，四面八方全是五颜六色彩灯照射下的钟乳石奇景，就像走进了魔幻世界一般。直到走出洞口，才仿佛感到又回到了人间。

据说宝峰湖位于群峰峡谷环抱之中，群峰林立，碧水青山，风景优美。可惜因时间关系，我们游完黄龙洞，便乘火车返京了。

2003年5月于小羊宜宾

大寨游断想

一

动车在平原上疾驰，田野、村庄、树木闪电似的从眼前消失。车厢里静静的，旅客大多在闭目养神，只有过道对面打扑克的几位，不时传来轻轻的嘻笑声。

我坐在紧靠车窗的沙发软椅上，看着窗外美丽的田野风光，不时思忖着火车到达太原后，我们将怎样才能去到大寨。因为从北京出发时，没有一家旅行社有到大寨旅游的线路，我们只得通过神舟旅行社与山西国际旅行社通了话，但他们说太原只有到大寨去的一日游，当日去，当日回，而我们是想去大寨住两天的。上车后，我便向列车员询问，太原是否有到大寨的出租车。她回答说，这趟车的列车员都是石家庄人，不清楚。不过，她说她可以在车上替我们找一位太原旅客问一问。

“呜——”动车一声长鸣，过隧洞了。出了隧洞，已经十点半，再过一小时，列车就该到达太原了。我有点焦急起来。

这时，坐在我对面座位上的一位青年旅客问我：“我去打开水，要不要顺便给您带一杯？”

我看一眼喝光了的杯子，想着在这高速动车上的行动不便，就笑着说了声谢谢，将杯子递给了他。一上车，我就注意到他在看书。二十多岁年纪，长方脸盘，端正的鼻梁，一双大大的眼睛炯炯有神。穿一件黑色夹克衫，露出白色衬衣，显得年轻英俊、大方沉稳。我猜想他是去太原出差吧，接过水杯后，我便试着向他打听由太原去大寨的出租车情况，不料他也是初次去太原，而且不知大寨在什么地方。我感到自己有点儿冒失，二十多岁年纪，应该是九十年代出生，90后的中国社会早已不是全国学大寨的年代了，他怎么一定会知道大寨呢？

“你们去大寨不应在太原下车，应在太原前一站的阳泉北站下，否则到了太原，还要往回走一百多里才能到大寨。”打扑克的一位旅客操着山西口音笑着对我们说。

“是吗？”老欧这时在一旁睡眼惺忪地接过话问。

打扑克的其他旅客和我们身边的旅客都异口同声地赞同。

老欧和我便决定提前下车。他立即拿出手机要与山西国际旅行社的小石通话，因为在北京时，我们已与她约定到太原后，请她来车站接我们。可是手机显示话费已用完，不能通话，老欧十分懊恼。

此时，打开水的青年看到老欧的手机不能用，便要用他的手机为我们与小石联系。他还拿出一本小册子对我说：“太原到大寨有一百二十公里，有公交车去昔阳县，你们可坐公交车去昔阳后，再从昔阳县打车去大寨就近了。返京时，也可以坐这趟车，这趟车上有卧铺。”说着他把抄下的车次递给了我。

我非常感激他为我们查找了这些有关的资料。正说着，一位列车员领着一位中年人来到我们身旁说：“这位旅客是太原人，他可以帮你们找车去大寨。”

我们听后十分高兴。打扑克的旅客仍十分关注地问中年人，可否在阳泉北站为我们找车。中年人说他在阳泉北无熟人。我们便决定请他在太原找车，他即拿出手机为我们联系。

这时，打扑克的旅客又向老欧建议说：“你们的手机没钱了，可马上与你们的子女联系，叫他们在北京马上为你们的手机充值后，再告诉你们，你们的手机就能用了。”他即拿出自己的手机，要老欧告诉他女儿的电话后，拨通了，又递给老欧……

一时间，三部手机在车厢内发出了不同的声响。我们车座边这时也围站了不少旅客，似乎大家都在关注电话的进行。不一会儿，与小石的电话打通了，打开水的青年告诉她，他与我们同时出站，和她约好了见面的地点。

与此同时，那中年人与他的司机朋友关于价钱和在太原上车的时间、地点也都商量好了。

最后，老欧也接到女儿燕燕的电话，她告诉我们，手机已充值，可以用了……

我静静地坐在座位上听着三部手机的通话，心潮起伏，无限感激。也许是我们的满头白发，也许是以往大寨精神对大家的感召，也许是对以往不少旅客到大寨去怀旧的联想……他们像对待自己亲人般地为我们想得如此细致、周到……一切都按他们的意思顺利地完成后，火车就到站了。打开水的青年还坚持为我们提了行李，打扑克的旅客中有人哼起了山西梆子，大家都面带笑容地向车厢外走去。我再次一一向他们表示了深深的谢意，心中无限喜悦地想，我们的雷锋精神，又遍地开花了……

二

旅行社的小石随车从太原将我们送到大寨时，已是傍晚时分，她匆忙为我们办完一切手续后返回太原时，就需与车灯伴行了。

翌晨8点30分，大寨村的导游小李、小张开车来接我们去参观虎头山森林公园。

这天，大寨村的天空布满云彩，时阴时晴。阴时山风扑面，带来丝丝凉意。晴时阳光普照大地，把通往虎头山白石马路两边的迎春花、山桃花、李花，照耀得五彩缤纷，姹紫嫣红。那满山的苍松、翠柏、核桃树在明媚阳光的照耀下，连成一片片绿色的彩带，裹在昔日荒秃的虎头山上，煞是绚丽壮观。据说虎头山森林公园现有景点十二处，我们在山前下了车。导游略带喘息地沿着通往虎头山顶的白石马路，一景一景地带领我们参观、游览。

“我们大寨村全村有人口213户人家，总人口523人，总面积1.88平方公里。耕地少，自然条件比较恶劣。从1953年到1963年的十年间，我们在陈永贵书记的带领下，大寨人凭着一双手、两副肩、一把镢头、两个箩筐，不分昼夜地苦干，在大寨的七沟八梁一面坡上，将山坡、河沟造成梯田、粮田，不久成了当时亩产千斤的高产田，不仅解决了大寨人的温饱，每年还上缴国家二十多万斤余粮，多时过四十万斤。1963年的一场洪涝灾害，使大寨遭受了毁灭性的打击。田地全被冲毁，房倒窑塌。有的群众说，辛辛苦苦半辈子，一下又回到了解放前……在严重的自然灾害面前，以我们陈书记为首的党支部发扬自力更生艰苦奋斗的精神，积极做群众的思想工作，提出了三不要和三不少的口号，即不要国家的钱，不要国家的粮，不要国家的物质；而交售国家的公粮不能少，社员分红不能少，群众口粮不能少。经过整整五年的奋战，大寨人战胜了自然灾害，又建成了层层梯田，盖起了崭新的窑洞，受到了以毛泽东主席为首的党中央的赞许，成为当时举世闻名的农业战线上的一面红旗。”

导游小李边走边说地停了下来，她指着马路外面的一片森林说：“这里原来也是一层梯田，1990年退耕还林了。我们现在走的这条白石马路，就是当年所称的‘七沟八梁一面坡’中的‘一面坡’地带……”

我从马路边的树林中，找到一条小路走到已退耕还林的过去的梯田前。这里的地势明显地比一面坡要低许多，树木有些稀松，从地势由低向高的走向看，也可隐隐感觉出以往梯田的痕迹……

“虎头山森林公园是大寨村六十年代的铁姑娘队长，我们现在的大寨经济发展集团董事长、党总支书记郭凤莲，在调离大寨十年后，于1991年重返大寨时，根据以往周恩来总理来大寨视察时的四点指示精神开发建设的。”小李边说边领着我们继续慢慢向虎头山顶前行。走到一个纪念亭前时，她停下来说：“这是周总理的纪念亭。周总理生前曾三次来到大寨，每次来，他老人家都是陪着外宾，由这条路一直走到虎头山顶参观。1973年他最后一次来时，已得了重病，是他的夫人邓颖超陪他来的。当时这条路已经铺好，是黄土路，可行车。陈书记请总理坐车上山，他老人家却说：‘大寨的精神是自力更生，艰苦奋斗。大寨人每天都要挑扁担上山奋战。我要用大寨精神走大寨的路。’”她又指着纪念亭旁的一块石碑说：“这是1964年三届人大‘政府工作报告’中，对大寨精神的评价。”她念道：“大寨大队坚持的政治挂帅、思想领先的原则，自力更生、艰苦奋斗精神，爱国家、爱集体的共产主义风格，都是值得大大提倡的。”

她停顿了一下，又接着说：“周总理来时，有两次都曾在这里休息。1995年，我们就在这里修建了这个汉白玉的碑亭，纪念他老人家。”

我们走到亭前观看，这时，后面的旅客已来到亭前，我们便迅速合影后，立即动身前行了。也许是听了刚才周总理病重时，也用大寨精神走大寨路的启示，我们一鼓作气地游览到了虎头山顶。小李把我们带到山顶的一片开阔地带，指着山下说："这里就是我们大寨村的全貌。山下那一大片梯田是狼窝掌。狼窝掌梯田左边的那片树林是民族团结林，下边是知青林。左边是大寨文化展示馆、中奥广场、团结沟渡槽。狼窝掌梯田前面那一片平原地带中，有黄色屋顶的那幢高楼，是大寨中学。那像火车车厢式的一片房屋，是六十年代陈书记带领我们盖起来的两层楼居民区，它象征着城里人的生活，楼上楼下，电灯电话；右边是九十年代郭书记回来二次创业时修建的居民新区，有别墅式楼房和单元式楼房，别墅式楼房户均建筑面积180—220平米，单元式楼房户均面积160多平方米。购房的村民本人只需拿出六万五千元，其余全由大寨村委会补贴。现在70%以上的村民已经搬进了居民新区。务农的村民，也是统一播种、统一收割、统一分配……"

我走向虎头山顶，山前是一片片依然怒放的迎春花、山桃花。由山下通往虎头山顶的白石马路两边，排列着整齐的一人多高的宝塔式青松，恰似两行由低向高的迎宾仪仗队，迎接旅客们到达虎头山巅。站在这高高的虎头山上，遥望山下狼窝掌那片整齐的梯田，我脑海中隐隐地回响起大寨老英雄贾进才带领大寨人开山取石的隆隆炮声……响起狂风暴雨中，那山洪卷起巨浪，疯狂冲向梯田、窑洞的倒塌声……想起年轻的郭凤莲队长和她的铁姑娘们，站在水齐腿深的玉米地里，一棵一棵扶起庄稼的庄严情景……也想起陈永贵副总理那三不要，三不少的铿锵有力声……民族团结林、知青林寂静地躺在狼窝掌梯田的身旁，团结沟渡槽的水静静流淌。眼前的大寨村啊，一片富裕，一片宁静，一种安详。这是自力更生，艰苦奋斗两次创业的硕果啊！每户106—220平方米的居室，比我们现在北京博雅西园的单元住房面积还要大呀！我真替大寨人高兴！

我们在虎头山顶叶剑英元帅题写的“虎头山”三个红色大字的石碑前留影纪念，参观了陈永贵、贾进才墓地，郭沫若、孙谦墓地。陈永贵副总理的墓地背靠虎头山巅，面朝大寨村，从虎头山下直修建到虎头山顶，共修台阶一百二十级，象征他的七十二岁生辰、三十八年党龄和国务院副总理的任期。在他任国务院副总理期间，每年他都有三分之一的时间回大寨参加劳动，是一位不拿国家工资的、永远不忘劳动农民本色的副总理。

郭沫若生前于1965年率中国科学院研究人员来大寨参观后，曾作诗《颂大寨》。去世后，家属遵其遗嘱，将骨灰撒在大寨的土地上。1992年11月16日他诞辰一百周年时，大寨党支部、村委会及全村人民为他立了汉白玉碑，纪念他。

孙谦是第一位写报告文学《大寨英雄谱》的山西作家。导游介绍说，毛泽东主席当年听了山西省委书记陶鲁笳关于陈永贵事迹的汇报及看了孙谦写的《大寨英雄谱》后，曾派出一个调查组来大寨调研，他们回京汇报后，毛主席便向全国发出了“工业学大庆，农业学大寨，全国人民学解放军”的号召。“文革”期间，孙谦曾主动要求到大寨参加劳动，去世后，他的夫人遵其遗嘱将他的骨灰埋在了大寨，大寨人也立了碑纪念他。

三

大寨是一个村小人少、地处穷山僻壤的小山村，在自然灾害频发的六十年代，却创造了举世闻名的辉煌，大大推动了中国农业的发展。世界上曾先后有五大洲的政坛要人、国家元首、军界将领，及我国历届的中央首长前来参观访问。如今，老一辈的大寨英雄们大多已谢世，听说老英雄贾进才的夫人宋立英还健在，而且还开了一家专卖大寨纪念品和土特产的小商店，我们便去拜访了她。

导游小李把我们引进了宋立英老人的商店。这是一间坐北朝南，约十平方米左右的平房。平房的四周，有摆满各种宣传大寨的书、画、光盘、纪念邮票，及大寨土特产品的货架、柜台。柜台里面有两个年轻人正在售货。左边靠后通向里面窑洞的门边，有一张小桌子。宋立英老人身穿一件褐色薄毛衣，外套一件红色背心，正在小桌前，为参观游客新买的书上签名。小李将我们引见后，就走了。

宋立英老人将我领出小门，来到后院的一排窑洞前，走进了她的卧室。卧室为窑洞式建筑，也坐北朝南，约十五平方米大小。窑洞靠里的墙边，放着一张红木席梦思双人床。床右边是一排大衣柜，衣柜旁靠墙放着21英寸大彩电。床前左边有一床头柜，柜上放着台式电话机。紧挨床头柜旁，放着一张三人皮沙发。老人将我领到皮沙发前坐下，我们断断续续进行了近一个小时的交谈。虽然我听力不好，有些山西话也听不真，但从刚才导游的介绍中，从宋立英老人的讲述中，我依然了解到宋立英老人并不是大寨村人，她父亲宋光俭逃荒来到大寨后，将不满十岁的她，送进一户财主家做丫头。当时老英雄贾进才也在这户财主家当长工。三年后，宋立英十三岁时，财主为使他们安心在他家做工，便做主将她许配给当时已三十三岁的贾进才完婚。1945年大寨村解放。1947年全国尚未解放，不满十八岁的她，秘密加入共产党，成为大寨村第一任妇女主任，跟着大寨第一任党支部书记贾进才干起了革命。在后来以陈永贵为书记的大寨创业史中，一直发挥着先锋骨干作用。她是全国妇女“三八”红旗手，山西省劳模。改革开放初期，土地承包入户时，贾进才已年高七十三岁。由于长年在野外山间开山取石，他患上了严重的关节炎、十二指肠溃疡、冠心病等多种疾病，已丧失劳动能力。两个儿子一个当兵在外，一个刚上初中，承包的土地主要靠年已五十多岁的宋立英经管。由于缺乏劳力，成了全村的贫困户，接受国家救济。直到1990年郭凤莲返回大寨后，大寨的集体经济发展壮大了，对全村老人实行发放养老金制度，宋立英一家的生活才逐渐富裕起来。

“这个小店是2000年冬才开起来的。”宋立英老人缓缓地说起了她的小店。“以往周恩来总理来大寨时，对我们就有过四点指示，要我们绿化荒山。1992年朱镕基总理来大寨视察时，也指示我们可以利用大寨独特的人文景观，发展旅游事业。于是，1992年，大寨党支部、村委会便以虎头山为重点进行了旅游开发建设。1995年大寨被山西省确定为‘爱国主义教育基地’。1996年山西省林业厅命名虎头山为‘大寨森林公园’，到大寨参观旅游的人就多了。游人们来了，总要到我的窑洞来看看，有的游人就建议我们卖一些大寨的宣传品，开始我死活不同意，后来在凤莲和村里人的劝说下，我才将我家前面的平房改建成为‘大寨纪念品商店’。一来宣传大寨自力更生，艰苦奋斗的精神，同时也卖点大寨的土特产品。我们也该跟着时代走，解放思想嘛！”老人说着笑了起来。

“对！您讲得非常对，是与时俱进嘛！”我也笑着说。

接着老人告诉我，她的小儿媳妇和她一起经营这个小店，孩子们在大寨居民新区另有一套166平方米的居室，她本人也在大寨森林公园入了股，去年分了三千多块钱的红利。现在的生活比以前好多了。

告别老人出来，本想去拜访郭凤莲同志，不料她去太原未回。这天是星期天，大寨村旅游处的经理与村委会联系后，正值班的妇女主任李怀莲同志十分热情地接待了我。她还为我用电脑打印出两份郭凤莲同志介绍大寨村的讲话资料。资料表明，大寨改革开放以来，继承和发扬大寨自力更生、艰苦奋斗的优良传统，与时俱进，开拓创新，已从过去单纯的农业经济走向了多元化发展之路。1992年成立了大寨经济开发总公司。2009年又将公司改制为山西大寨经济发展集团有限责任公司，组建了党委会、村委会、董事会三权管理的村级经济组织。截至2011年底，大寨集团的控股、参股、合作企业已达十九家。主要为旅游开发、工业制造、煤炭发运销售、新农业科技开发、养殖业、加工业等行业，资产总额已达8.7亿元。从业人数达2242人。2011年集团销售收入达13亿元，上缴国家税金达5800万元。大寨人均收入12600元……全村实现了养老保险、医疗保险、财产保险全覆盖。小学生上学免费，大学生每年有助学金，六十岁以上老人每月有生活补贴费。新建住房每户平均补助购房款50%—70%……看到这长长的数字，我联想到来时在昔阳县通往大寨村公路边，也挂满了的历届中央领导人视察大寨时的语录牌，它们也是长长的排列。

大寨镇前广场边吴官正的语录是："改革开放以来，大寨发生了很大变化。大寨的党组织是坚强的党组织，大寨的人民是英雄的人民。在各个历史时期，大寨的党组织都发挥了战斗堡垒作用。大寨的共产党员都发挥了先锋模范作用，大寨的人民群众都是听党的话的。听毛主席的话，自力更生，艰苦奋斗；听小平同志的话，改革开放，大力发展社会主义市场经济；听江主席的话，忠实实践'三个代表'重要思想；现在在以胡锦涛同志为总书记的党中央领导下，认真落实科学发展观，努力构建社会主义和谐社会，还在从胜利走向新的胜利。”这是对大寨人非常准确的评语。“文革”前的学大寨运动中，出现了有些村干部将本地区的平原田改成梯田的现象，这是对学大寨运动的曲解，他们并未真正领会中央的精神，只学形式，未学大寨精神。

妇女主任怀莲同志带我参观了一户165平方米的村民新居，主人上班去了，一个六岁左右的小男孩在客厅的地毯上玩耍。他的姐姐，一个十五岁的初中女学生，正在她卧室的电脑前上网查资料。2002年我们到欧洲旅游时，曾下榻过一个德国的小山村旅店，当时我曾感慨我国农村与他们的差距。而今十年过去了，大寨村这家村民居室的陈设不但已达到他们的水平，像墙壁的高档壁纸、名贵的古董摆饰，这在北京的普通工薪之家，也都是不及的。

怀莲同志还热情地邀请我们到她家做客。她的先生小赵同志，是改革开放时，大寨村第一个带头开店做生意的人。他们自己盖的别墅式楼房有220多平方米，上下三层，外加一层地下室。两个孩子一个在太原工作，一个在外地上大学。居住条件、生活设施比大寨165平方米的居室档次还要高一层。

怀莲同志亲自下厨擀面招待我们，席间大家无话不谈，小赵同志曾自言自语道：“现在的年轻人，谁还愿意来这穷山沟？”

是啊，我想，每逢春节全国大城市春运的盛况就是佐证。当然，这也说明现在城市建设需要大量人才。如果当建设新农村的步伐普遍加大时，农村建设也会和现在的城市建设一样需要大量人才。农村天地广阔，如果仅靠城市的大学生支援，恐远远不够。因此，我暗自思忖，如果全国有条件的农村基层组织能自己培养干部，这对农村现代化的建设将是有力的保证。大寨的集体经济实力较雄厚，如果在规划大寨远景时，据规划需要，以自愿为原则，在本村的学生中选拔，利用集体经济定向培养，学成后回大寨参加建设，这将是新时期农村现代化建设中，大寨人自力更生的新创举。它对推动新农村现代化的建设，其意义，也将会是划时代的。

离开怀莲同志家，我们又到宋立英老人的店中购买了大寨的纪念品、土特产，满怀丰收喜悦地回到了北京。

2012年12月于博雅西园

海滨之城赫尔辛基

——旅欧散记一

2002年春，我们随中国旅行社赴欧洲考察旅行。由北京起飞，途经八小时，到达第一站芬兰赫尔辛基。

芬兰地处波罗的海之滨，是仅有五百万人口的小国。她湖泊多，自古有千湖国之称。绿地森林遍野，郁郁葱葱的森林覆盖着芬兰三分之二的国土。

赫尔辛基是芬兰的首都，一座滨海城市。她多面临海，森林绿地覆盖面大，街道整洁，空气清新。一下飞机，我们就感受到一股清凉湿润的空气向我们迎面扑来。令人不解的是不少街道上都整齐地停放着长长的小轿车群队。导游笑着告诉大家，这就是欧洲的一景，不少欧洲国家都是将小轿车停放在街道上的。

我们住宿的宾馆坐落在海滨的码头边。安顿好行李，漱洗毕，便到餐厅进晚餐。晚餐是西餐，每个餐桌上放着餐具、面包，各人自取。几个面带微笑的芬兰女招待匆匆上过一道菜后，我们便边吃边开始了长久的等候。导游过来分发他从北京带来的鱼干、榨菜之类。他边分边笑着告诉大家，以往曾有旅客因吃不惯西餐，吃得很少，以致体力不支，旅途掉队。所以后来只要他带队，他便常常自带一些食品分给大家。导游是台湾人，一个只有一米六七高的、健谈的小伙子。他家在香港，是中旅招聘来的。他还说，欧洲餐馆都是这样，一道菜与一道菜之间要间隔很长时间。欧洲人不嫌在餐馆时间过得太慢，他们习惯在这里一杯杯地饮啤酒，叙谈。

我们旅行团一行四十余人，我们这桌是最后一桌，靠近餐厅大门的玻璃墙。玻璃墙壁外是一条长廊，长廊前是一条沿海湾的柏油马路，马路上时有行人和汽车。路边的海湾中停靠着一艘白色海轮。透过玻璃墙壁，我看到海水直伸向远方的大海，一望无际，浩瀚无边。长廊里有两张白色圆桌，几张白色小藤椅，几个芬兰青年先后来到桌边，他们是两男三女，男士着夹克装，女士西服套裙、薄毛衣。每人都带着风衣，或搭在椅背上，或放在膝盖上。一个黑人侍者为他们每人送上一杯啤酒，他们一边慢慢呷着啤酒，一边闲谈，神情悠闲，谈吐从容，不时发出些许笑声。夕阳的光辉照着他们，使他们个个容光焕发，鲜艳无比。特别是那个金发女郎，看上去约有二十来岁，穿一件浅黄色圆领薄毛衣，椭圆脸，短烫发，一双大而灰的圆眼睛。嘴唇小巧，鼻子端正居中，皮肤白而细嫩。金色的阳光照耀她，艳丽夺目。我很少见到这样细皮白肤的外国女人。她虽年轻，但神态庄重，有点东方女性的神韵。当她身边的长发女郎笑得前仰后倒时，她却只抿嘴微微一笑。不时咳嗽几声，拿出手提包中的面巾纸，将分泌物吐在里面叠好，又放回提包中的另一端。她大概是染上风寒了，我想。这也许就是这座城市清洁整齐的原因吧！不像我们的王府井，虽然有罚款，清洁工整天在大街上打扫，地上也还是能见着垃圾。如果人们都尽量注意不去污染，也就没有必要整天打扫了。他们在大街旁喝啤酒，我们在餐厅里吃晚餐，所用的时间却差不多。当我们凑巧各自离开自己的餐桌时，我有点不解：为何他们要到这餐厅外面来只喝一杯啤酒，而且还没有下酒菜。

第二天也是一个晴朗的好天气。8时整，我们乘大巴出发，浏览赫尔辛基市容，先后游览了岩石大教堂、西贝柳斯公园后，来到芬兰总统府南码头露天市场。总统府的建筑与在国内从电视上看到的其他欧洲国家的建筑相差无几。露天市场与我们北京原建国门的自由市场相比，规模不及我们的十分之一，所售商品也寥寥无几，价格却十分昂贵，一斤西红柿相当于五十元人民币。倒是露天市场旁的海边景色使我们陶醉。

这里有海边咖啡屋，整齐别致的桌椅旁，坐满了穿各式衣裙的人们。红、黄、蓝、白的太阳伞下正烹调着各式点心，还有饮料、冰激凌，香气扑鼻。各种海贝、雕刻，小工艺品，琳琅满目，摆满了长长的海滩。我走到海边，遥望海湾前的大海，心情无比兴奋。这是我到芬兰后第四次看到大海了。第一次是昨天傍晚在宾馆餐厅隔着玻璃墙远远眺望它，那时，它远远地吸引我产生对今天的期待；第二次是今天上午参观岩石大教堂后，在海湾下车，近处观赏。那时，我看到了海边宽大的绿色草坪，看到了无边的大海。我走上伸向大海的浮桥，眺望远处海湾与大海连接的入海口，那里是那样的宽广无边，一只小船正慢慢向那边划去，那小船就像一只小蚂蚁，慢慢爬行在宽广无边的海天之中……我还看见海湾边一排排竖立的高楼大厦，那是赫尔辛基的街道……第三次是在西贝柳斯公园，我站在公园弯曲的海岸边，隔着海水眺望海湾对面那沿岸茂密的森林，森林中高高的白色教堂塔尖，黄瓦白墙的别墅群，我仿佛置身在一幅美丽的海边油画之中……现在是第四次了，我站在露天市场岸边，看到的是左右两岸整齐排列的数不清的大小海轮列队，它们造型不同，图案别致，颜色各异，雄伟壮观……我不知以下参观的景点是否还会让我再次看到大海，但这些不同的海边景观，已足够使我感受到赫尔辛基这座滨海城市的美丽可爱了。

下午4时许，导游告诉我们去游览乡村公园。我们乘大巴来到一个远离城市的小山丘，绕过山丘，啊！我们又来到海边了，这里是又一种形状的海湾，与前几次不同，大海出现在左前方，右边是海湾陆地，左前方则是一望无际的浩瀚烟波。下车后，经过一条长长的海湾小道，我们走进了一片森林。导游说这里就是“乡村公园”。森林里满是高高的、叫不出树名的大树，和各式各样的欧式乡村小屋。每间屋门前挂着一块写着字的小木牌。一条羊肠小道向森林里曲折延伸，地面有不少积雪和水坑。时值4月中旬，地上还有积雪，旅友们都很惊诧。导游向我们介绍说，芬兰地处波罗的海，地势比较低洼，这里是冷暖气流的交汇处，因此经常形成大雾天气。由于多湖泊，地势低洼潮湿，冬季寒冷，阳光照射时间短，所以每到阳光普照大地的好天气，人们便纷纷来到街上的露天茶座饮啤酒、晒太阳。啊！原来如此，昨日宾馆餐厅外的芬兰青年们，想必是到海边来晒太阳的。我的疑惑解开了。及至后来旅游到意大利、奥地利、德国等地时，见到街道露天茶座、教堂广场的台阶上，密密麻麻地坐满了一层又一层的人群时，我也就见怪不怪了。这是后话。

我们走向曲折延伸的羊肠小道，来到一座小木屋前。这是一座大约七米见方，十分陈旧的欧式小楼，上下两层。地板的地基建筑在一层近80公分宽的灰色石砖上面。墙外有一道小楼梯直通楼上，门上有一把锈迹斑斑的长锁。导游指着小屋地板下边的地基说，因为芬兰湖泊多，地势低洼潮湿，所以过去的乡村小屋都建在这些石头上以防潮。而且每到冬天，屋子里的主人们还在屋内生了火炉，烧开水，把水引到另一间小屋，全家老小挤在一起洗澡，蒸汽祛寒，这就是后来演变至今流行各国的桑拿浴的来历。他又环顾四周，指着周围大大小小的木屋说，这些都是芬兰历代的乡村建筑，木板上写着居住的年代。这里虽无人守护，实际是芬兰各个时期乡村木屋的陈列馆。导游说到这里，我才意识到这里虽称公园，却没见一个公园工作人员，只有参天的大树、羊肠小道和分散在无边树林里的各式小木屋。夕阳从树林的缝隙中照射下来，使各种小屋和树枝呈现在五颜六色的空间之中。我们在这五颜六色的空间里穿行，地上陈年的落叶柔软而潮湿，我们不停地左右避开水坑和积雪，在各式小屋前参观、浏览。林间有些发涩而湿润的空气沁入我的肺腑，我感到周身舒适畅快，心旷神怡。我未进过氧气舱，不知在氧气舱里是什么滋味。但我相信我此时的肺部里已吸进了足够的氧气。因为这公园左边是大海，海边的空气里富含大量的负氧离子，公园里又有这无数参天的大树。导游说，今天是芬兰少有的好天气。从早上到现在，阳光已照射在这公园十多个小时了，我们所在的公园内，早已被森林所吐放的氧气所充塞。听到此，大家都情不自禁地笑着深呼吸起来。

我们在各式小木屋、大树前、海岸边纷纷摄影留念。直到夕阳西下，导游相催，大家才依依不舍地上车返回宾馆。

芬兰留给我美好的印象，为我们的欧洲之旅掀开了美丽的序篇。

2002年7月于小羊宜宾

欧洲历史文化圣地

——旅欧散记二

自4月13日起，我们由赫尔辛基乘旅行大巴前往欧洲各国。旅行大巴下层为行李箱，上层为座位。有前后两个门登车。每隔两小时司机安排途中休息一次，以便旅客上洗手间，或进沿途超市购物。

我们首先进入意大利境内。意大利是欧洲文艺复兴的圣地。在米兰，我们观看了达·芬奇的塑像。在比萨，我们游览了比萨斜塔。而佛罗伦萨这座有着一千多年历史文化的意大利古城，为我们展现了它丰厚的文化艺术底蕴。市政厅广场上米开朗琪罗等艺术家精湛动人的艺术雕像，狭窄小巷内静静的但丁故居，都给我留下难忘的记忆和遐想。我们登上古城山巅的米开朗琪罗广场，阿尔诺河在古城川流不息地流淌。那河上的古桥，城内的博物馆、教堂、古堡，和整齐的大街小巷，都使人感受到一种幽古的历史文化氛围。

旅行大巴在开往罗马城的高速公路上，导游就放起了反映罗马帝国征战的影片，一路上喊杀声不断。我们人还未到罗马，古罗马野蛮凶残的气氛就已笼罩起来了。

罗马城有近三千年的历史，它是世界历史上最古老、最重要的城市之一。在西方发展史上，许多国家历来都以它的法律、建筑风格及文化艺术为其发展楷模。我们步行来到古罗马的市场区，古罗马过去政治、宗教和商业活动的中心。这里早已杂草丛生，近似一片废墟。导游指着那些坐落在草丛中的残墙断壁和石柱告诉我们，那里是古罗马的元老院；那里是凯撒神庙；那里是殿堂、讲演台……看着这一片废墟，我无限感慨，就是在这些残墙断壁中，决策了古罗马的东征西战，使古罗马的版图横跨欧、亚、非三洲，直到地中海沿岸，形成了罗马帝国昔日的辉煌。而今在这些废墟中，昔日的辉煌多少有所隐现。君士坦丁凯旋门便是其一。它形体完整，上面的楣饰、浮雕、雕像依然清晰。是建筑最晚、保存最完善的古迹之一，落成于公元315年，是为了庆祝君士坦丁皇帝战胜马森齐奥而建造的。它附近的斗兽场虽然已经残缺，也依稀可见当年的壮丽、雄伟。斗兽场始建于公元72年，呈椭圆形，长直径188米，短直径156米，外围高48.5米，周围有八十个入口处，能容纳55000位观众。顶端有一巨大的帐篷，帐篷用粗绳索固定在剧场外边的粗柱子上。据说，在建成的开幕典礼上，共宰杀了五千头野兽。平时为大象、狮子、猛兽、河马与角斗士们（从奴隶、囚犯中挑出）的打斗场所。他们在这里比赛打斗，拼死在这里，以供皇朝、权贵们娱乐。我沿着斗兽场的外墙，从一个入口处走到另一个入口处，里面是二三层高的建筑，我想爬上去，但周围狼藉一片，不便行走。那横七竖八的石头使我想到旅行大巴上影片中的镜头，仿佛那凶残杀戮的情景，依然在这宏大的废墟中回荡……

罗马老城的街道保存完好，街心的咖啡铺顾客拥挤。今天是星期天，商店大多停业，唯独咖啡铺例外。孔多蒂大街上的葛雷科咖啡馆是罗马最古老、最著名的咖啡馆。它于1760年由一位希腊人创建，是十八、十九世纪作家、艺术家歌德、司汤达、拜伦和华格拉常来的地方。由此向前的特莱维喷泉、西班牙广场及山上的天主圣三一教堂构成了一幅优美典雅的艺术场景。特莱维喷泉在下，它的中间是玉雕的海神乘坐一辆海蚌状的马车，由人身鱼尾的海神所驾驶的海马在拖拉，形象逼真，栩栩如生。西班牙广场斜靠在特莱维喷泉对面的天主圣三一教堂的山坡上，共有138级台阶，每12级台阶设有一个平台。整个台阶上精心设计、种植着横竖许多排艳红的花树和绿色的冬青，广袤一片，好似一座大花山，美丽壮观极了。我情不自禁地独自拾级而上，又缓缓而下，陶醉其中。

今天是意大利难得的晴天。特莱维喷泉前的空地上挤满了有着各种肤色、操着各种语言的人群。西班牙广场的台阶上也密密麻麻地坐着晒太阳的人们。特莱维喷泉周围的石阶边，人们自觉地排着小队。坐在喷泉边的游客起身走后，小队里的人便按序坐了下去。我走过去加入小队，不一会儿就轮到我坐下了。喷泉的水丝洒在我脸上，空气清润极了，十分清凉惬意。我用手抚摸着我身下的光滑的喷泉池边，猜度着该有多少人曾坐在这里。也许歌德、拜伦他们就曾坐过我现在坐的泉边。因为这里是如此的美妙，它离他们常去的葛雷科咖啡馆又如此的近。世界真是个大舞台，人们上上下下，进进出出，生生死死，川流不息。只有这自然界和古迹才会是长生不老而永恒的啊！

梵蒂冈与意大利紧邻，原来属意大利版图。它是世界上最小的国家，然而它却拥有世界上造型和谐庞大、极富艺术性而金碧辉煌的圣彼得教堂和广场。它是一个正规的椭圆形广场，始建于1506年，建造一直持续了一个半世纪。宽达284米，由宏伟的圆柱廊环绕，圆柱廊由284根石柱组成。石柱顶端竖立有140尊圣人的雕像，雕刻精美，气势磅礴。广场中央有高高的埃及尖碑，两边各有一座三层水池的喷泉，泉水晶莹清澈，造型十分美观。教堂内有圣彼得的坟墓，99盏长明灯永远照耀着它。教堂中央的大圆顶及四周墙壁上都设有各式华丽的装饰、浮雕，厅内陈列着著名艺术家米开朗琪罗等人所作的雕像、华盖、铜像等珍品。教堂规模之大，陈设之多，堪称世界教堂之最。

从圣彼得大广场出来，导游径直将我们领进了旁边的大商场。一位华人售货员迎来热情地向我推荐各种商品。她是一位秀丽的浙江温州姑娘，买卖之后的闲聊中，得知她是自费留学后留在了这里，至今已近六年。我问她还在学习吗？回过家吗？她笑着摇了摇头。当我走出商场重又回头眺望她时，只见她神情木然地低头在看自己的手指尖。参观圣彼得广场时，有黑人在门口检查手提包。我的提包在安检时响了起来，他要我把里面的东西都倒出来。而我倒出后，包中只有钱包。他用英文问我是否日本人，我回答是中国人。他立即露出笑脸说了声对不起。我为此曾感到欣慰，觉得中国在国际上的地位提高了。但此时，当我看到我们的留学生在人家的商场里当售货员时，心里又不免发沉。中国是有着五千年文明史的社会主义国家，我们的社会主义制度远比资本主义制度优越，为什么我们的留学生要在这里当售货员呢？我不禁陷入了深思……

2003年5月于小羊宜宾

感叹威尼斯

——旅欧散记三

威尼斯城建筑在一百二十个小岛之上，它是由四百座桥梁与陆地连接起来的城市，拥有两千多条大大小小的水道。传说威尼斯是很早以前阿奎莱亚、蒙塞贝切和阿尔蒂诺地区的居民，为了躲避其他民族的侵袭而逃到这里逐渐建立起来的。它面临亚得里亚海，站在威尼斯城的海岸边，可以看见海水从许多小桥流进弯曲的小河道，一直通向城内各条街道。小河边停靠着不少小船。这座城市的经络便是蛛网般的河道与小巷。与其他欧洲现代城市不一样，在这里出行只能靠水上行舟和陆地步行。我们沿着海岸步行漫游，感受着这座城市别有情趣的水城风貌。

导游首先带我们来到靠近海边的圣马可广场。它由圣马可教堂和它前面的大广场组成，是威尼斯城古时的心脏，建有华丽的公爵宫、法官官邸、马可图书馆及时钟楼。也是从前威尼斯列队游行、节日欢庆的场所。广场时钟楼上的巨大时钟，十六世纪时就已闻名世界，它可以标示小时时间、指示月份及黄道星座，为水手们提供海潮和出海的时间。传说为了不至于在他处再建造如此伟大完美的建筑，当时的有关人士将设计这座钟楼的卡罗与保罗·拉尼埃利兄弟二人刺瞎了眼睛。

圣马可大教堂也有一千多年的历史了。它有别于欧洲其他地方的教堂建筑，宏伟而独特，具有东方建筑结构风格，共拥有五百多根石柱和四千多平方米的马赛克画，是西方天主教堂最富丽和重要的教堂之一。

下午，导游安排我们乘坐机动游艇参观威尼斯外景。来时听说在威尼斯乘坐贡多拉轻舟行驶在威尼斯的河道小巷中，是一种梦幻般的感受。海湾边就停泊着一排排整齐典雅的贡多拉轻舟。它两头尖，船夫位置和船桨都设在船尾。船只一律的黑色，船头上装有六个铁齿的铁饰装饰，美丽而气派。可惜我们不能去乘坐。朱自清在他的散文《威尼斯》中写道："威尼斯的夜曲是很著名的"，"晚上在圣马可广场上，看见河中有红绿的纸球灯，便是唱夜曲的船。雇了贡拉多船摇过去，靠着那个船停下，船在水中间……在微波里荡着……唱曲的有男有女，围着一张桌子坐，轮到了便站起来唱，旁边有音乐和着。音乐节奏繁密，声情热烈……在微微摇摆的红绿球灯底下，颤着酽酽的歌喉……运河上一片朦胧的夜也似乎透出玫瑰红的样子。唱完几曲之后，船上有人跨过来，反拿着帽子收钱，多少随意。不愿听了，还可摇到第二处去"。我向导游询问现在还有没有这种场景，导游回答说，已不多见了。

圣马可广场靠海岸边的楼房大都空着，不见人烟。透过岸边小桥向城内小河两边的楼房望去，有不少门窗紧闭，显得有些萧条、沉静。它与我以前想象中的威尼斯截然不同。我年轻时曾在大学教过三年外国文学，看过莎士比亚的《威尼斯商人》，工作中也曾阅读过有关的历史资料。了解到古时的威尼斯，由于借助它自己的自然条件，并拥有快速帆桨战船，因而从十一世纪起，它就已然是一个强盛的国家了。它帮助过十四次十字军东征，它依靠它的帆桨战船在海上建立了很多港口，并在欧洲各个市场开展贸易往来，一直到亚洲。威尼斯人马可·波罗曾于公元1271年来到过中国……虽然此次我们只参观了圣马可广场上的商铺，运河边的水晶玻璃制造厂，但走在威尼斯城中，眼前的威尼斯却未能使我们感受到它优于其他欧洲城市的商业繁华。原来，因为近年海水的上涨，侵蚀着这座水城的堤岸、楼房。据说近三十年来，海潮淹城已一百多次。有些小河的水也因年久污染散发着阵阵污臭。虽然政府每年都要拨出巨款进行治理，并对被海水淹没过的居民进行赔偿，而且还在海岸边竖立一根根大木桩以抵挡海水的冲击，但是，建筑在海畔沼泽地上的整个威尼斯城仍正在缓缓地、不断地下沉。这座城市将面临消失的危险。居民们成群结队地离去，然而世界各地的旅客依然慕名一批一批地纷至沓来。因为它依然是美丽的，别有韵味，就像我国的江南水乡一样，拥有它自己独特的魅力。

我们乘坐在装有玻璃舱盖的游艇中，经亚得里亚海湾驶向大海，远远地环绕着威尼斯城行驶。导游也说今天是威尼斯难得的好天气。天，淡蓝淡蓝的，似水洗过一般。

海水碧绿恬静，柔波荡漾，一望无际。威尼斯城的海岸看上去十分整齐美观，每隔一段距离，便有一座拱形小桥。岸边绿树成荫，一片又一片，白墙黄瓦的建筑和别墅群，整齐地掩映在绿树的环抱之中。远远看去，威尼斯仿佛是漂浮在大海中的一大片楼房船只。海水离它如此之近，近在咫尺，以至就在它身下荡漾。那整齐的楼房，高高的古堡塔尖，茂密的树林，美丽的小桥，就像耸立在无边大海的水中一样，沉静幽雅，飘逸美丽……今天正巧是我的生日，在这异国他乡，在这亚得里亚海的游艇上，望着那风平如镜、碧波如缎的海面，望着那耸立在海水中的美丽的威尼斯城，我心情无比舒畅坦荡。虽然我的一生不如此时的亚得里亚海面那样风平浪静，但我拥有一个宁静的晚年，可以静享夕阳人生。这也算是我的幸运了。

回到宾馆，热情的导游为我单独做了一盘意大利虾炒面。在老欧和同桌旅友们的祝贺声中，在这异国他乡，我度过了一生中这个不寻常的生日……

2003年10月于小羊宜宾

山区的记忆

——旅欧散记四

离开威尼斯，大巴驶上高速公路，导游就又开始放映奥地利影片《茜茜公主》。这虽也是一部流行于二十世纪八十年代的老影片，但此时此地放映，让影片中、影片外奥地利的山山水水交相辉映，倒也别有情趣。满车的旅伴们看得津津有味。

从意大利到奥地利，已从南欧进入了中欧。此时旅行大巴正在向奥地利的因斯布鲁克行驶。奥地利有高山之国的美称，是中欧的小国，面积仅八万多平方公里，人口八百多万，比我国的浙江省还要小。因斯布鲁克是奥地利蒂罗尔州的首府，是一座群山环抱中的城市，四周高山耸立，站在街上，可以从多方拍摄到城外积雪的山景。整个城市清洁、整齐，没有拥挤的公共汽车，人烟稀少，只见停放在马路边的一辆辆小轿车。街心公园中有精心设计的松树、花木和草坪，中间是一座小喷泉，旁边摆放着两张长靠背椅，坐着两位晒太阳的老人。我们由城的这头到那头，转了一圈回来，靠背椅上依然坐着那两位在这里静静地晒太阳的老人。

这里的街道楼房建筑风格与意大利城市相似，大都是只有四、五、六层高的建筑。门窗形状相同，古堡、教堂设施近似。橱窗内的陈设丰富，行人穿着与意大利城里的人差不多，走在大街上，丝毫没有大山深处的感觉。

离开因斯布鲁克，大巴环绕着阿尔卑斯山行走，忽而山上，忽而山下。阿尔卑斯山巍峨连绵，满目苍翠。公路两旁，山上、山下，全是经过整修的群山、树林和草坪。记得抗战时期，为躲避日本人，我和弟弟妹妹们曾住在湖北长阳山区，出门便是山。那山上的树木，高低粗细，大小不一，林中充斥着大量杂草、荆棘和岩石荒坡。眼前的阿尔卑斯山，远远近近不是一片翠绿的草坪，就是一片深绿色的森林。每一片森林高矮相似，粗细均匀，不见小树，也没有杂草荆棘，更不见岩石荒坡。森林与草坪相间，整整齐齐地排在山坡上。树木大都为松树，几乎没有其他杂树。大巴在阿尔卑斯山穿行许久，偶见山坳中的小村落，满山遍野未见一个行人，所见房屋也不多。往往是在一大片草地和一大片森林的环抱中，夹杂着一两栋或三四栋小平房，多为白墙黄瓦。从高高的山巅公路上向下俯视，群山苍郁，森林草坪碧翠，在茫茫的一片绿色之中，点缀着那房屋的一点白、一点黄，让人感到优美、舒适、恬静。现在是四月天气，高速公路两旁、远方的山坡上，时而见到未融化的积雪，时而又见到红色、黄色的花树，在明媚的阳光照耀下，它们显得鲜艳夺目。我们行走在这阿尔卑斯山的高速公路上，真如行走在童话般美丽的仙境中一般。

傍晚，大巴进入德国境内，住宿于巴伐利亚州加密斯山村小镇。导游说这里曾是奥运会的比赛场所。趁晚饭前，我们来到街上。导游说的比赛场地离这里还有一公里。我们就在旅店的街上闲逛。这里近似我国的小山村，但却是小城镇建设。有横竖两条街，方圆不过一千来平方米。街上有红绿灯、人行道，有整齐的街边树木、街心花园。街道两旁也均是三四层高的欧式楼房，楼下是商店，橱窗里的货物齐全，摆设精美。这些虽与我们后来到过的德国慕尼黑、法兰克福的繁华不能相比，但也可感受出发达国家山村人民的生活水平与目前我国山村的差距。只是已到打烊时间，商店里、大街上未见一个人影。也许天色已晚，都已回农舍了吧！

晚餐是西餐，十分丰富。餐后我拿着欧元比画着向一位服务员调换零币。服务员是一位梳着长辫子的大眼睛姑娘，肤色细腻、白里透红，十分美丽。她放下正在刷洗的碗盘，洗了洗手，擦干后，为我找来一大包零币，一个一个地数了，十分友好地递给我。我说了句："Thank you！"她微笑着摇了摇头说："Not at all！"服务态度的和蔼周到，令我感动。

回到四层楼上的房间，老欧已休息。我洗了澡，靠在沙发上环顾房间的设施，感到它与一路行来的欧洲其他城市的三星级宾馆也没有什么差别。电视、电话、暖气、冰柜、席梦思床、落地窗帘、淋浴设施、抽水马桶、一次性漱洗用具、电吹风机……一应俱全，而且清洁美观，也不像是在小山村之中。

我起身走到窗前，推开窗。楼下是一个矮门脸的咖啡商铺。里面灯火辉煌，但却未听见喧哗声。月儿高挂在天空，远方似纱缦般的薄雾已渐渐散开。借着朦胧月光，我看见远处有一片片隐隐的白色，那是阿尔卑斯山积雪的层层山巅。窗外向远方伸去的一片片黑影，我隐隐看出那是一片片松林和群山。四周是这样的寂静，没有人声，只有山风吹着树林，发出沙沙的响声。除了楼下的商铺，也不见一点灯光，只有朦胧的月色，闪闪的群星，陪伴着我欣赏这阿尔卑斯山小村落的夜景。山风带来山野松林鲜活的气息，我深深吸了几口，它是那样清新甘甜，既舒适畅快，也感到一丝凉意。显然夜色已深了。我留恋地关好窗，上了床，慢慢进入异国梦乡……

2003年10月于小羊宜宾

荷兰与比利时

——旅欧散记五

荷兰是闻名世界的“鲜花之国”，虽然它的面积小，却分布有大大小小共十二个超级鲜花销售市场，每年出口的花卉植物总额达三十二亿荷兰盾。最有名的是位于阿姆斯特丹十五公里处的阿尔斯梅尔花市。

阿姆斯特丹有“北方威尼斯”之称，它也是引海水筑运河，架小桥建立起来的城市。游览威尼斯时，我曾为没能坐上贡多拉小船在威尼斯小河中游行而遗憾。导游也许猜度到了我们的心思，到阿姆斯特丹后，便安排我们乘坐游艇游览运河和阿姆斯特丹城。

运河水宽二十多米，蜿蜒环绕阿姆斯特丹城。岸边是宽宽的街道和高楼大厦。街道上行驶的除了汽车，便是自行车。自行车数量之多，可与我国媲美。与威尼斯相比，阿姆斯特丹的建筑显得现代多了。这也许与它的城龄有关吧！它不像威尼斯那样拥有众多的百年老屋，使人感到有些风烛残年。运河的水域也不像威尼斯的小巷、小河那样窄小，年久污染。坐在游艇上观两岸风景，清风徐徐，惬意舒畅，悠然自得。

到阿尔斯梅尔花市之前，我们先游览了阿姆斯特丹的风车村和钻石工厂。风车的古朴、钻石的精美都给我留下了美好的印象。荷兰的工商业也是相当发达的。

那天也是星期天。由于是阿姆斯特丹观花的最好季节，去游览的人也称得上是人山人海了。阿尔斯梅尔花市附近的郁金香公园停车广场已密密麻麻地停满了上千辆小轿车。远远望去，气派壮观极了。我们的旅行大巴排队等了许久，才被疏散到了另一条停车公路的尾端。我们一行人没有进公园，公园里虽然有花展，但我们被门前那一片花圃的海洋迷住了。眼前方圆数不清多少平方公里，但一望无际的田野上，是一片各种颜色的花卉。就像我国火车经过华北大平原时，那车厢外一眼望不到边的绿色麦田一样，全是花的海洋。有红色的，如大红、深红、浅红；有黄色的，如深黄、菊黄、浅黄；还有紫红色、桃红色、墨绿色、蓝色、白色……各种颜色，应有尽有。花农们把不同颜色的花卉，整整齐齐地种植成一条条，一块块，一片片，直到望不到边的尽头。花的品种繁多，花的形状各异，真是漂亮极了。大家都争先恐后地奔向花田。我们都不曾看到过这样美丽的花卉，大都叫不出花名。年轻些的旅友有时高兴得惊叫了起来。霎时，咔嚓、咔嚓地按快门声此起彼伏。笑的笑，叫的叫，在花田里由东向西，由南到北地漫步欣赏。直到精疲力竭，直到相机没有了胶卷，才尽兴地回到了车上。

……

布鲁塞尔是比利时的首都，又有“欧洲首都”“小巴黎”之称。据说，共有七百多个国际机构和办事处常驻于此，每年举办的各种定期或不定期的国际博览会就有三十个之多。我们到达布鲁塞尔时已近中午。从北京出发时，中央电视台正在放映中比合拍的电视剧《盖世太保枪口下的中国女人》。那比利时的小镇风光，山乡外景，曾吸引过我。此时，我沿途从车窗眺望，比利时确实与其他欧洲各国一样，重视城乡的环保建设。从芬兰到意大利、奥地利、德国、荷兰，所到之处不仅山景美，平原乡村也都经过整治，十分秀丽。除不多的耕地外，沿途满目葱绿，尽是绿茸茸的草地和整齐的森林。也常常可以看到，在一大片草地和密密的森林环抱中，有一两栋农舍。那里开阔、宁静而美观。

布鲁塞尔最热闹的地方是旧城的市中心广场。这里有庄严巍峨的市政厅，金碧辉煌的王宫，中世纪建造的教堂、古堡、博物馆、图书馆。在与市政厅相邻的一侧，有一幢古老的五层楼房，门上饰有一只振翅欲飞的白天鹅。它建于1698年，马克思和恩格斯1847年曾在这里居住过，他们在这里共同完成了《共产党宣言》。这篇宣言是科学社会主义的一个纲领性文献，提出了“全世界无产者联合起来”的口号。这里也同时是比利时劳工党成立的场所。我们参观时，中心广场的地面有部分被圈了起来，正在整修。

离市中心广场不远的一条街道边，有一座小男孩的铜雕像。他名为于连，被称为“布鲁塞尔第一公民”。传说是在一次战争中，敌人安放了大量炸药，要炸掉这座城市，正在引爆之际，小于连假装去玩耍，转身用小便浇灭了导火索，避免了这场火灾。这铜像便是为纪念他而修建的。

位于市西北易多明公园的布鲁塞尔原子塔，也是吸引游人的地方。此塔是比利时为研究原子能的发展，和纪念布鲁塞尔万国博览会而建造的。塔高一百二十米，共有九个铝合金大圆球，以铁架连接支撑，中央的圆球是瞭望台和餐厅。新颖别致，耸立于公园之中。

早就听说欧洲的巧克力数比利时的最好。沿途的街灯都已亮了，我们才进入商店。买后品尝，果然不错。不光巧克力，仓促之中还购买了一两件比利时小工艺品，这些东西捎回国后受到了欢迎。女儿还嗔怪说：“应该多买两件！”

2003年10月于北京

别了，巴黎

——旅欧散记六

我坐在由宾馆去机场的大巴上，巴黎城、塞纳河在我眼前流过……

到达巴黎时，我的关节炎犯了，我还是拖着病痛的腿兴致勃勃地行走在巴黎的大街上。

我到过协和广场、凯旋门、香榭丽舍大街、巴黎圣母院、巴黎歌剧院……感受到了这座城市建筑的雄伟壮观。协和广场与凯旋门遥遥相对，中间是香榭丽舍大街。广场上的纪念碑、铜像、喷泉，和这一带古时的建筑物，充满了欧洲典雅的艺术色彩。凯旋门是当年拿破仑为纪念法军战胜奥俄联军而建造的，比罗马的凯旋门色泽光润新鲜。它高四十五米，门顶是一个瞭望台，可以看到香榭丽舍大街和十二条以凯旋门为中心、向四面八方伸展的放射形大道全景。门内有一把永恒之火，是纪念1914年第一次世界大战为国捐躯的军人而点燃的。

在巴黎圣母院的钟楼前，我们摄影留念。听说钟楼的钟声依旧，我想起雨果小说中的敲钟人，丑陋而善良的卡西莫多……现在的敲钟人据说是一位健壮的黑人。

美丽的塞纳河环抱着这座美丽的城市。它河上的桥似乎随时出现在我们拍照的画面中，可见环桥之多。登上埃菲尔铁塔的二层，巴黎全景尽收眼底。它是那样的整齐、考究、壮观，沉浸在浓郁的历史文化氛围之中。同时也像和我们一起登上埃菲尔铁塔二层的巴黎女士、先生们一样，散发着浪漫高雅的气息。

凡尔赛宫殿的建筑陈设富丽华贵，令我赞叹。后花园的森林、草坪、花木及玉雕，美丽而迷人。致使我欣喜地坐在那广阔、光柔的草坪上，久久不想离去。波旁王朝奢侈的生活场景，堪与我国的慈禧太后媲美。这些都是历代劳动人民的贡献。

拥进卢浮宫的人愈来愈多，使我们夹杂在其中不能自主，只得随着潮水般的人流一步一步向前移动。这些来自世界各国的肤色不同、语言各异的人流，都闪动着期盼兴奋的目光注视着室内的各种艺术瑰宝。为了在断臂的维纳斯像前留个影，我们只得在人潮拥去后的间隙，迅速地按下快门。有幸的是当地导游小姐是位台湾人，她的丈夫是巴黎的油画家。她事先告诉我们，看达·芬奇的《蒙娜丽莎》时，一定要从各个角度去看，这样你才会发现，她在各个角度都在对你微笑。虽然展览的陈设者为了保护这幅四百多年前的绘画瑰宝，将她置于墙壁的凹处，隔着厚厚的玻璃。然而在昏暗、朦胧的灯光下，我还是在拥挤的人流中左右穿梭，感受到了她那从不同角度对我射来的永恒微笑的亲和目光。她的肤色是那样光滑细腻，头发黝黑，嘴唇边露出沉静、甜美的微笑，宛如一个真实少女的头像，静静地停留在那里，使我流连忘返。乃至到了出门时，我想买一本卢浮宫画册，已再没有时间了，只得仓促离开。

从新中国城酒家吃过晚饭出来，已是黄昏。马路边下水道口仍有两个法国工人在干活，一个穿着汗背心，挥汗如雨，高举镢头，另一个披着外衣坐在一旁，想必是两人替换着劳动。此时早已过了法国规定的下班时间。原来法国的工人兄弟也和我国的工人一样，会加班加点。

回到宾馆，洗手间的抽水马桶坏了，老欧下楼去服务台请人来修理。他刚下楼不一会儿，一位黑人服务员就来了。他一手拿着一支日光灯管，一手拿着一根长长的竹竿。我用简单的英语问他，他似乎不能用英语回答，两手不停地比画。因不知道他拿着日光灯管来干什么，我不敢请他进门，他就站在走廊边，也不离去。不一会儿，老欧回来了，领他进洗手间，我才知道他是来修抽水马桶的。去请人来修理的人尚未回来，被请来修理的人就已捷足先登了，可见巴黎宾馆服务人员工作效率之高。

我为巴黎劳动人民的工作精神所感动，也曾为巴黎一服务员的工作态度所困惑。那天在一家百货商店购物后，去店里的饮料部买了两听橘汁坐在桌边的椅上开饮。饮料部一位黑人服务员走来用英语告诉我们，所买的橘汁是拿走的，不能坐在这里喝，这里是吃冰激凌的座位。为了坐下休息，我们只得又去买了两杯冰激凌。冰激凌六点五欧元一杯，约相当于五十元人民币。他们可真会做生意啊！

欧洲的各国人民是友好的。当我和老伴在巴黎歌剧院门前互相拍照时，一对老年夫妇主动来为我们拍合影。在法兰克福莱茵河畔，在科隆大教堂前，也都有过这样的外国友人主动来为我们拍合影。为表示谢意，我们请他们一道留影作纪念。那天，当我在协和广场去商亭买矿泉水未能买到时，意大利籍的大巴司机通过导游将一瓶矿泉水硬是塞到了我手中。友谊无处不在，法国巴黎留给我无限美好的记忆。然而，我还是带着些许遗憾离开了巴黎。

我没能在晚上乘游艇去塞纳河观赏巴黎的夜景，因为从宾馆出发需要步行四十分钟，而我当时有腿疾。

在经过巴黎过街通道的台阶上，我曾看见一个吉普赛女郎带着一个小孩向我凝望，面前放着一个装钱的小盒子。她的目光有点羞涩。我本想给她留点欧元，因为已经掉队了，我怕迷路而没敢耽搁。

听说巴黎公社的遗址有的地方已长了青草，我想去看看，但是旅行社说没有安排计划……

别了，巴黎，你这座富有厚重历史文化的美丽城市！虽然我有所遗憾，但也是一饱眼福。如果有可能，我将会再次踏上访你的旅程！

别了，美丽的巴黎……

2003年10月于小羊宜宾

泰晤士河畔

相隔十年后的2012年，我们又随中国旅行团到英国旅游。飞机临近伦敦上空时，我打开录像机，从舷窗向外拍下了伦敦的远景。高楼耸立，河流、绿荫环绕的伦敦，静静地躺在白云下。它的绿化也像欧洲其他城市一样的好！

从伦敦希斯罗机场到达希尔顿酒店时，已经掌灯多时了。导游仍在与酒店经理商议住房。我坐在沙发上静观这旅店大厅。落地式的玻璃门窗，映出酒店后方绿色的小山丘。旋转大门的前上方，旋挂着一串串黄褐色的玻璃管装饰灯，美丽而华贵。大门的正面，是紫褐色带着圆形空圈的屏风。屏风前是一张黑色长形条桌，桌上放着一盆栽有白色鲜花的宝蓝色大花盆。条桌前摆放着八个罩有红灰丝绒罩的小圆凳，左右两边是服务员接待旅客的办公柜台。右边电梯门前，摆着一圈沙发，陈设实用庄重，美丽大方。导游说这是伦敦一家四星级酒店。

翌日早餐后游伦敦。大巴将我们直送到泰晤士河畔的塔桥前。塔桥是泰晤士河上知名度最高的桥，被视为伦敦乃至全英国的象征。我们有幸在乘游船游泰晤士河之前，先在陆地上参观了塔桥。塔桥造型独特，气势雄伟，共有上下两层。两端由四座石塔连接起来。两座主塔有四十米高，塔顶宛如一顶王冠，架在上面。两座主塔之间的桥面可以打开，让大船顺畅通行。塔内有展览介绍，游客可乘电梯到塔上面的观光通道，在上面俯视泰晤士河，远眺伦敦全景。紧挨塔桥是最受欢迎的历史景点伦敦塔。这里曾是英王的宫殿，后来被用作关押囚犯的监狱，现在是英国的著名博物馆之一。其中最吸引人的是珍宝馆，英国王室全套御用珍宝在这里展出，相当于北京故宫的珍宝馆。

参观塔桥后，我们上了机动敞篷游船，船舱上由前向后整齐地摆放了带靠背的长凳，分左右两排，中间为通道，能容纳二、三百人。坐在长凳上，可一览两岸风光。来时听说伦敦常为阴雨笼罩，此时却晴空万里，阳光喜人。泰晤士河水闪着点点银光，透明清澈。只是蓝天白云间飘着几朵乌云，也许以后它们会兴风作浪吧！

游船在河中缓缓行驶，常有各式货轮从游船边经过，我们感受到了泰晤士河道的繁忙。两岸高楼古堡林立，绿树整齐成荫，既古典又现代，雄伟壮观。不一会儿，游船来到一座桥边，桥墩上刻着伦敦桥，它原是泰晤士河上最古老的桥，为罗马人建的木桥。有次英国国王为抵抗外敌入侵下令将它烧毁，后来改建成了一座壮观的五孔大石桥。桥建成后，被一个祖籍原在伦敦桥旁的美国富商买下，搬到了美国，原桥址上又新建了这座三孔的水泥桥。

于是，最老的桥变成了最新的桥。泰晤士河道两岸连接着伦敦市容，桥梁居多，很快就到了“千禧桥”。它是泰晤士河上唯一的步行桥，桥身轻盈似铁索桥，桥上来往穿梭的游人很多。因为它岸边是泰特艺术博物馆和莎士比亚环形剧院，而且免费参观。桥边有一条通道直通著名的圣保罗大教堂。这里曾是查尔斯王子与已故王妃戴安娜举办婚礼的地方。当船行驶到著名的滑铁卢桥时，导游指着它说：美国电影《魂断蓝桥》就是在这里拍摄的。我仔细观望，这是座五孔钢筋混凝土桥，看上去仍很新颖。《魂断蓝桥》是二次世界大战后流行各国的名片，我脑海中即回响起它的主题曲《友谊地久天长》，似乎桥头依然站着男女主人公的倩影，心中别有一番感受。接下来的是亨格福德桥和威斯敏斯特桥。亨格福德桥比较老旧，据说过去这里入夜后曾是乞丐、流浪者的聚集地。威斯敏斯特桥是七孔铸铁拱桥。1862年建成，它取代了1750年在此修建的石拱桥，桥的对岸是著名的旅游景点“伦敦眼”，它高达一百三十五米，转一圈三十分钟。它的旁边是伦敦水族馆的电影博物馆。位于威斯敏斯特桥西面桥头的是伦敦的传统地标大本钟。大本钟钟楼高九十七米，钟盘直径为七米，钟摆重三百零五公斤。它紧挨英国国会大厦的北角，英国国会的上、下议院都设在国会大厦，每当议会召开时，大钟上方的灯就会点亮。

从游船上岸，我们直经国会大厦前的广场，参观了英国女王加冕的西敏寺外景，唐宁街首相府外景等。这里是伦敦市府不少部委的所在地，许多建筑上都飘着英国国旗，古树参天，街道广场宽阔，游人拥挤。当我们匆匆来到英国皇室的居所白金汉宫时，御林军交接仪式已经结束。头戴黑帽，身穿红上衣、黑裤子、黑皮鞋的御林军，正敲着鼓，吹奏乐器，步伐整齐地向广场外前行。御林军经过的地方都拉着警戒绳，周围挤满了参观的人群。三天后，我们在参观英国王室温莎城堡时，碰巧遇到了英王伊丽莎白二世的车队。温莎城堡是女王的官邸之一，女王每年有两段时间住在这里，复活节和每年在圣乔治礼拜堂举行嘉德授勋仪式的六月。温莎堡是替代白金汉宫的另一场所，用来接待外国首脑的礼节性访问。我国总理李克强2014年6月访英时，女王就在温莎堡接待了他。女王和爱丁堡公爵的大多数私人周末也都是在这里度过的。这里也住着普通英国公民。那天是星期天，我们正在温莎堡街道参观，忽听前面有人说女王的车队来了。有些人立即拿着相机往前跑，有的则对准后面开过来的一辆轿车拍照。这汽车缓缓地向我们方向驶来，我急忙也拿出相机，看到车内坐着的果真是女王，便匆忙按下快门。事后才发现匆忙间竟忘了打开镜头，结果还是从一位旅友那里将女王的像翻拍了过来。导游说那天女王是去芬兰后回国。并说，有一年英国遭受了百年不遇的寒潮，全国要增加御寒费，女王伊丽莎白也向国会申请增加，当时英国财政吃紧，国会未批准她的申请，女王也就接受了国会的决议，未有怨言。允许国内普通居民和国外普通游客为她拍照，服从国会的决议，这些都意外地使我发现了英国女王的民主风范。也许英国同时也有保护女王权益的其他措施吧！

回国前一天，导游安排我们到伦敦一家商场购物后，就暂时离开了。我们看时间还早，想购物后再到附近的海德公园去逛逛。我们到商场的饮食部买了两盘鳕鱼加土豆、柠檬汁。一位身材高大的英国厨师告诉我们鱼和土豆马上就有，柠檬汁缺一杯，还要等等。因要赶时间，我们告诉他柠檬汁不要了，便端了鱼盘匆忙找到一张桌前吃起来。当我们已吃完，正要起身去公园时，那高大的厨师端着一杯柠檬汁，微笑地找到我们桌前放下。我非常感动地向他表示了谢意。随着他那高大的身影看过去，我发现那餐饮部的柜台里，还站着一位中国的男同胞，他正在为一位英国青年拿食品。

我们匆匆下楼来到商场门前，向一位英国服务员打听去海德公园的出租车，他即指着马路边停着的一辆车说，那就是。我们便上前问那司机去海德公园的价钱。他问我们要到海德公园的什么地方？我们笑着回答说，就是去公园玩嘛，无固定地方。他竟摇摇头，又耸耸肩，接着便说要二十五英镑。当时人民币与英镑的比率为一比十，也就是说要二百五十元。我们正准备上车，告诉我们出租车的那位英国服务员领着一位中国女士匆忙赶来。女士一见我，便操着东北口音问：阿姨您们要到哪里去？我说海德公园。她便笑着领我们来到紧挨商场门旁的一条马路上，用手向前指着说：前面那个红绿灯的左边，就是海德公园。我一看，那红绿灯离我们最多几百米，便笑了起来。她转身与那英国服务员交谈几句后，又对我们说：他看你们像中国人，所以要我来帮你们，但又怕看错了，怕你们是日本人。我们即向他表示谢意，也向我们的东北同胞表示感谢后，径直向海德公园走去。

海德公园就在前面街边，没有门亭，不收门票，只有一条马路通向里面。站在街边向里望去，满园树木成荫，草坪、花树点缀其中，一眼望不到尽头。难怪那司机问我们要到公园的哪里去，后来才知道它连接着伦敦周边的许多街道。

我们在公园宽广的柏油马路上漫步观光。公园十分宁静，未见一个游人，只偶见一两个行人从马路上穿过。或许因是雨天的缘故吧！公园内广袤的绿色草坪中，存有许多浅浅的低洼水坑。虽已初秋，红、白、紫的花树依然盛开，清风徐来，散发出淡淡的清香。空气中弥漫着些许凉气和润湿。我感到了雾都伦敦的气候竟也如此宜人，身心无比舒畅。看到这美丽的海德公园，我脑海中忽然忆起旧中国时期，我国租界公园门前的“华人与狗不能入内”的木牌，想起上海的五卅惨案，广州沙基的大屠杀……曾几何时，我会想到，我能在近八十高龄时，来伦敦旅游，在伦敦的大商场中，见到我们的东北姑娘引领英国小伙；在伦敦商场品尝柠檬汁的美味时，感受到英国劳动人民对我们的友谊……不知什么时候小雨点又轻轻地、稀稀落落地飘洒下来，我仰起脸，似孩子般地任它尽情飘落在脸上，心中无限温暖、惬意。这是改革开放给我们带来的福祉啊！这温暖来自祖国的强大，这惬意中溢出了作为中国公民出游的豪情……我们打起雨伞，悠闲地走出公园，漫步来到商场。旅友们正在兴高采烈地大声评述各自购物的长短。大家都准时乘大巴回到了下榻的希尔顿酒店。

2013年3月于博雅西园

2014年7月修订

莎士比亚故居

英国斯特拉福镇，乃英国大文豪莎士比亚的故居，现由莎士比亚诞生地基金会经管。该基金会是由英国国会批准的注册教育慈善机构，不受政府资助。

位于英国爱伦河畔的斯特拉福镇，北边是沃里克群的亚登村，南边为爱伦河南岸的开阔田野。镇中心的建筑依旧保持着中世纪栅栏格式的街道，和莎士比亚时代亲朋好友的住房。莎士比亚于1564年4月26日诞生在斯特拉福镇临街的一幢小楼中，他父亲当时在小镇开了一家小作坊，制作皮革手套。母亲玛丽的家，在离斯特拉福四英里的威尔姆科特山村，外祖父是位农庄主。莎士比亚四岁时，他父亲曾任斯特拉福镇的市政官副职。

我们先来到插有英国国旗的莎士比亚纪念馆，观看了莎士比亚纪录片后，才向小楼走去。小楼为上下两层，前面临街，后有花园，楼内有主厅、客厅、卧室、工作坊……一个穿白色衣裙、套有深黄色围裙，戴着白帽子的英国姑娘正在讲解。导游带领我们从姑娘身后，沿着昏暗的灰色木板楼梯通道，直来到楼上莎士比亚母亲的卧室。卧室里陈列着挂有暗红和深绿相间床帐的木床和床前踏板，有木桌、蜡烛、靠背椅、婴儿小竹床、瓦盆、拖鞋……白色枕套的圆形长条枕头、白里灰面的被子，整齐地叠放在床上。墙壁是棕色木板墙，挂着乡间印花布的窗帘。这些陈设，与后来我们看到的莎翁父亲作坊用的剪刀、木棍、瓦缸、水桶等，大都与我国古时乡间的用具相似。可见虽远隔重洋，相距千里，人类祖先们在自己生活的发展中，也会默默相通。

因参观的人群还在楼下听讲解，参观卧室后，我们有幸在走廊里仔细逗留。这时，我发现莎翁故居右侧的走廊中，有一特别的地方。它是用五扇窗子隔成的一间临街小屋，略有两平方米大小，屋中靠窗用一条小木板架起了一张木凳。坐在木凳上可以凭窗眺望，斯特拉福镇便一览无余。我好奇地走去坐在凳子上向街外望去，一位旅友即兴为我按下了快门。直到参观结束，我走在楼外的大街上，脑海里仍在思忖：这小屋到底是用来做什么用的呢？莎翁儿时是否也会在这凳上嬉戏，向窗外眺望过？

小楼后花园内聚满了参观的人群。四周木制的长条靠背椅上，坐着不少印度和阿拉伯游客。一位头戴白色包巾，身穿白色长袍，留着白色长胡子的长者，看上去已年过八十。他一见我们一群人走来，便起身拿出相机，兴趣盎然地去拍周边的花树。其他人也相继起身离开，把长椅留给我们。大家感激地走去坐下。

花园中间是一花坛，坛边有小树，四周有小路。小路两边，及花园周边，都盛开着红、黄、蓝、白、紫的各种花卉。其间点缀着圆形的冬青和挺拔的松柏，其后是一大片翠绿的草坪。据介绍说，这些花卉都是出现在莎翁作品中的花，十分漂亮，可惜我没有听清花名。园中有印度诗人泰戈尔的半身塑像。现场出售的莎士比亚官方介绍指南上说："泰戈尔曾深受莎士比亚作品的启迪"，"莎士比亚诞生地基金会图书馆保存了七十多种语言的莎士比亚作品。他的影响遍及世界各国"。的确，我国有人也把莎翁的作品，比作一座宝山、矿脉，四百年来，可以让世界的后人绵延不断地挖掘到属于自己的珍宝。2016年4月26日是莎翁逝世四百周年纪念，也恰逢我国明代戏剧家汤显祖逝世四百周年。他们巧合地逝世于同一年。浙江小百花越剧团将莎士比亚名著《大将军寇流兰》与汤显祖名著《牡丹亭》，以现代艺术手法同置于一方舞台，并到英国伦敦和莎翁故居斯特拉福市演出，受到欢迎。北京史家胡同小学英语剧社的师生，也排演了《仲夏夜之梦》，纪念莎翁逝世四百周年。

莎士比亚1564年在斯特拉福诞生后，于1582年十八岁时，与比他大八岁的，年已二十六的安妮·海瑟薇结婚。海瑟薇家与莎士比亚家是世交。1590年他们离开斯特拉福到伦敦，十年后重返斯特拉福居住。1616年莎士比亚可能因患伤寒去世，享年五十二岁。在他短暂的五十二年中，除了十年在伦敦生活外，其余四十二年均在斯特拉福镇居住。莎士比亚是十六世纪文艺复兴时期的伟大作家。当时的英国，正处在旧的封建的中世纪的生产方式瓦解，新的资本主义的生产方式以原始积累的形式疾速形成的阶段。一方面，封建贵族阶级正在分化，但政治上仍居于统治地位。另一方面，资产阶级在政治上还没有独立，但统一的君主制的民族国家已经形成。新兴资产阶级的爱国感情和人文主义文化运动正弥漫全国。莎士比亚是站在新兴资产阶级的立场，反映和维护新兴资产阶级利益的人文主义者。人文主义思想是和中世纪的封建割据专制思想、禁欲主义及封建神学相对立的。莎士比亚的创作，特别是他的众多历史剧，其社会政治思想内容，都是拥护君主专制反对封建割据的，其作品对人类由封建社会向资本主义社会的发展起了积极的推进作用。他本人的婚姻，也是当时传统习俗的反叛。他的作品虽在皇家宫廷演出，由于他较长期在斯特拉福镇，他对乡村，对自然界的热爱和向往，这些，在其作品中也有许多精彩的描述。

参观莎翁故居后，我们夜宿曼彻斯特。翌日乘大巴到温德米尔湖区。温德米尔湖是英国最大的湖泊。湖形狭长，全长十七公里。湖面广阔，最宽处有两公里。英国著名浪漫派诗人济慈曾说：温德米尔湖能让人忘掉生活中的区别：年龄、财富……使人迷失在美景中。的确，上船前，我们曾在湖边喂了英国女王的白天鹅。站在湖边，放眼望去，碧水连天，湖面如缎。层叠起伏的黛绿色山峦，坐落在整齐如线的湖岸，使我这年近八旬的老媪，也如青年般地产生了前去观湖景的期盼。上船后，虽乌云飞来，阴雨不断，雨丝在船两边飘撒，它的美貌依然使我们目不暇接。船在湖中缓行，两岸的远山近丘，绿色丛林，规划有序，剪裁齐美。岸边的旅舍茅屋，设计精美，坐落别致。更有白帆船、白天鹅的点缀，构成一幅幅形态各异的天然美景。你看，一片茂密深绿丛林掩映的两幢灰顶白墙的小楼，楼前是一大片翠绿的草坪。草坪外是由低向高走势的八株三角形大松树。松树边是一排整齐的矮冬青，组成了一幅层次分明，深浅绿色穿插的，万绿丛中一点白的美丽画面。我们刚放下相机，前面又出现了新的景点：一大片非常漂亮的绿色草坪，草坪中有一条由湖岸伸向丛林的小路。小路边也布满整齐的小树，路的尽头，又是一幢黄顶白墙的小屋。岸边停靠一只白色帆船。紧接着的，则是从湖岸伸向湖中的一片丛林，林中布满红、黄、白颜色的树林。这树林的树枝、树叶都与湖面紧挨，远远看去，就像是从湖中长出一般。又像是湖中的一块绿色小岛，美丽异常。类似这样变化着的画面、景点，沿岸都是，真是美景之多，美不胜收，以致晚上回宾馆后，它们有许多又都进入了我的梦乡。

2013年于博雅西园

2016年修订

丘吉尔庄园和爱丁堡

一

旅英行程表上的丘吉尔庄园英式下午茶，是大家早就期盼的。丘吉尔庄园又称布伦海姆宫，已被联合国列为世界文化遗产。它是温斯顿·丘吉尔的出生地，是英王为表彰丘吉尔之父约翰·丘吉尔的战功所赐予的。

这天，导游先将我们带到庄园二楼一间约六十平方米大的餐厅。餐厅布置精美，色彩典雅，有乳黄底色上带着白色花纹的地砖，墙上挂着深红底色上镶有灰色、紫绿色图案花边的镜框油画。与油画色彩相呼应的，是浅红底色上织有深红图案的丝绒落地大窗帘。中间摆了四张铺着白色细布的圆形餐桌，餐桌上放着白色高脚酒杯、银色餐具，桌边安放着浅墨绿色的沙发靠背椅。走进厅来，就像进了一间典雅的艺术厅堂。两个英国女郎正在向餐桌送食品。导游走向她们，笑着请她们送些香槟酒来。大家分头坐下，有的即拿出相机拍照，有的则走向落地大窗帘，对着窗外一望无际的草坪拍照。草坪光华平坦，似一片绿色的海洋。

据介绍，英国人饮茶，不像中国人随时畅饮，而是一天只饮两次，分上午茶和下午茶，饮茶时要配备一些糕点。有资料介绍说，英国人喝的红茶，是十八世纪末由中国传入。先是在英国皇宫贵族中盛行，工业革命后，普及到平民社会。到了十九世纪，因英国人的生活习惯多为午餐从简，晚餐又较晚，因此形成了饮下午茶的风俗。此时我们餐桌上的英式下午茶点，是用一个十分精美的白色三层瓷盘装着。第一层有三明治、汉堡、三文鱼。第二层是英国传统糕点，有紫色的、黄色的。第三层是蛋糕、水果、冰激凌等。大家兴致浓浓地细心品尝着。餐毕，下楼游览布伦海姆宫。宫殿内有大厅、图书馆、陈列室、客厅、卧室、教堂。布置陈设富丽华贵，精美无比。宫殿中展现的丘吉尔家族的肖像、绘画非常丰富，表现了原丘吉尔首相集政治家、艺术家于一体的风采。他四十一岁时就已开始迷恋绘画。而他担任首相后，在第一次世界大战时，为了战争需要，将自己的家庭长形图书馆用作医院的病房。二战时，又将它用作马尔文学院的男生宿舍。到了1940年、1944年时，他的长形图书馆，则摆满了军情五处职员的办公桌……

布伦海姆宫建立在方圆两千多英亩的森林公园之中，前后修建了十年之久。除了宫殿，还有湖泊、桥梁、花园、大瀑布、植物园、玫瑰园、意大利园林、宫殿小火车等。地域辽阔，建筑雄伟，古树茂密参天，草坪广袤茵绿。一阵小雨过后，天空现出一弯彩虹。我们漫步来到紧靠宫殿后面的水景花园。水景花园分高低两层，以台阶和草坪相隔。高层有一四方形水池，由一排白色的女像柱形成。其中分为九个小水池，中间最大的一个小水池中设有喷泉，白色的水花正洒向空中。其余八个小水池均由一层层深绿色的贝壳图案组成，图案美观对称，很有韵味。底层面积较大，有两个长方形水池，水池边有一圈整齐的草坪，草坪上有盛开的玫瑰，和裁剪成宝塔形、圆形、长方形的松树，及盆栽的黄色花朵。台阶边还有一狮身人面像。水景公园的周边，是茂密的树林，和伸向远方的翠绿色草坪，一眼望不到边。而整个宫殿都置身于树林和草坪之中，前后左右都是树林和草坪，除了少数房屋建筑，放眼望去，满眼都是绿色的海洋。无论你站在哪里，都能看到绿、拂摸到绿，有绿色相伴。就像走进了一座绿色的殿堂，被绿色环绕，为绿色所陶醉。

二

爱丁堡是苏格兰的首府，是苏格兰生活、文化和金融的中心，它依山傍水，位于苏格兰福斯海湾南岸，也是历代的军事要塞，有三千年的历史。建有军团博物馆、苏格兰国家战争纪念馆。自然风景优美，有“北方雅典”的美称。

我们先来到城堡的皇家英里大道和王子街公园。这里的街道房屋依城堡的地势而建，由低向高，古树繁多，保留了皇家贵族的建筑风貌。街道整齐清洁，环境优美。园中有一座1903年建成的世界最古老的钟。它躺在公园的斜坡上，浅绿和深绿绒线编织的钟套套在身上。还有一个用深灰色、墨绿色、浅黄色编织成的奥运五环标志圆盘躺在它身旁。

街的中央，有一处由低向高而建的宽广草坪，草坪右边有用淡蓝色花卉圈成的圆圈，圆圈中是黄色和紫红色花朵组成的花坛。右边则是一个用艳红和白色花朵组成的花坛。在雄伟的古建筑楼群前，在由低向高的宽广的翠绿色草坪上，装点如此大的、色泽艳丽的漂亮的花坛，既美丽赏目，又开扩有气势，不愧有“北方雅典”的美称。

爱丁堡城堡的制高点高出海平面一百三十四米。这里有苏格兰最古老的建筑圣玛格丽特礼拜堂、皇冠广场、皇宫、苏格兰国家战争纪念馆，陈列着被称为“苏格兰之圣物”的华丽皇冠、权杖、国家宝剑，及有国家象征的命运之石。我们通过弯弯曲曲的圆石大道来到城堡的顶端。这里现在依然驻扎着部队和仪仗队。有多个炮台和多门大炮，气势威严雄壮。爱丁堡至今仍保持着每天下午一点准时鸣炮报时服务的习俗，一点钟鸣炮时，市民可以对表，而有的旅客则被吓得不知所措。

英国人以爱狗著称，城堡上也设有狗公墓，埋葬着历代军团的“忠心犬”和军官宠物。站在城堡上眺望，真感身高入云，全城东西南北，尽收眼底。从城堡北面下望，十八世纪修建的爱丁堡新城整齐美观。新城后面的福思海湾，辽阔悠远。从西面向下看，远处著名的福斯大桥历历在目。从东面、南面看，可以看到樱绮凯斯岛和渐渐远去的潘特兰山脉。就像站在我国长城的峰顶一样，看到的是那样遥远、悠长……

2013年7月于博雅西园

剑河、剑桥

轻轻的我走了，正如我轻轻的来；
我轻轻的招手，作别西天的云彩。
……
悄悄的我走了，正如我悄悄的来；
我挥一挥衣袖，不带走一片云彩。

这是导游小陆清脆的朗诵声。在大巴开往剑桥的路上，她早早就朗诵起了徐志摩的这首《再别康桥》。

徐志摩是中国新月派诗人，是1920年至1922年剑桥的留学生。在此期间，他认识了名媛女诗人林徽因，爱慕并追求过她。林后来嫁给了与她青梅竹马的梁思成。徐志摩是1928年到剑桥故地重游时，有感而发，写了此诗。新月派诗人有的奉行现代西方民主精神和自由主义，其诗具有浪漫主义风格和象征主义特征。这首诗在我国改革开放后，流行起来，它追忆康河的柔美，波光艳影，抒发了诗人的情怀及对大自然的向往与追求。

大巴到达剑桥河边时，导游早已为我们预订了剑河的平底小船。小船每船可乘八人，有英国小伙为我们撑篙、讲解。剑河，也译作康河，是一条由南向北，曲曲弯弯穿过剑桥镇的河流。剑桥镇位于伦敦北面五十英里处，有人口十万。除剑桥大学的师生外，还有工人、农民、商人、裁缝、鞋匠、清洁工……居民以服务剑桥大学为生。剑桥大学在此设有三十一个学院，许多学院、研究所、图书馆、实验室都建在剑河两岸，由二十三座风格各异的桥相连。平底小船在剑河上悠悠荡漾地向前行驶。每过一桥，英国小伙都要用英文为我们讲解。我手握开着镜头的摄像机，坐在船头，不放过任一美景。游温德米尔湖时，游船在湖中行驶，我感受的是那辽阔、悠远的美。现在乘坐的小船，离剑河两岸如此近，河床狭窄处，两岸古树的树杈伸向河中，树枝树叶紧挨，我们的小船可以缓缓从它们的树叶下穿过。有些伸向河中的柳条柳枝，在船上我们就能用手拂摸到。一个船上带着穿红衣小孩的英国男士，在他们的小船经过垂柳时，用手分开柳枝，身体随船从那柳枝间穿过，他那得意、开心的微笑，至今仍留在我的记忆中。还有一对英国情侣，仰面并头、曲膝平躺在小船中，当小船经过垂在河中的柳枝时，男的笑着打手机，女的仰望那垂向她胸前的柳枝，微笑陶醉地任船缓缓而过……

剑河上的桥连接着不同的学院。桥两边的风景也各具特色。这些桥设计精巧，造型美观。有一孔桥、三孔桥、五孔桥；木桥、石桥、铁桥、带雕花窗栏的桥。有的桥直接连着岸上的房屋。房屋都具十六世纪的古典建筑风格，古色古香。带尖的屋顶，镶白边的椭圆形窗框。有的是高大巍峨的楼群，有的是带水泥雕花的教堂，也有别墅式的建筑，而有的学院的墙壁看上去，竟直立于剑河之中。不少学院的墙上爬满青色、黄色、红色的爬山虎，它们呈各种不同形状的图案挂在墙上，美丽而别致。绿茵茵的草坪，是剑河风景图上一道亮丽的底色。建造者们在它上面勾画出了一幅幅不同的美丽画面。有的是一大片翠绿草坪的小丘林，远远看去，似地毯般平坦、光滑；有的是在草坪上种植着红、黄、紫、白等不同色彩的花卉群；也有在翠绿草坪上排列着一层层不同形状、品种多样的深绿色丛林；有的则是以雄伟的建筑为背景，在它前面翠绿的草坪上安放着一两把长椅，有一两个卷发青年坐在椅上观看剑河里的船只……每个场景都构成一个画面，幽静而富有诗意，使你身在剑河船中游行，如在画中一般。

河中有一桥，被称是剑河的著名桥之一，名数学桥，又称是牛顿桥。它是一座略带拱形的木桥。1749年由威廉·埃斯里奇根据数学原理设计，用制作马车用的螺钉建造的。原桥已损，我们看到的是1905年建造的原桥的复制品。而连接圣约翰学院老庭院与新庭院的叹息桥，是剑河最负盛名的一孔拱形桥。它桥身呈浅黄色，是一座有顶有玻璃窗的廊桥。桥顶上有水泥做的城墙状和塔尖状的装饰。桥的两边是五扇对称的落地式玻璃窗，钢筋拦护的拱顶，雕花水泥的框架，秀丽而壮观。介绍说，当时威尼斯有座通往监狱的桥，囚犯们在经过此桥走向监狱时，为了自己的前途叹息，故名叹息桥。而圣约翰的这座桥，因结构与威尼斯的那座相似，所以当时桥建成后，人们也称它为叹息桥。

从平底船下船后，导游将我们带到剑桥大学的后花园。这里草坪更加宽广，古树参天茂密，站在桥上看剑河，又是别样引人的风景。我们在王后学院买了票来到后花园数学桥上留影。数学桥旁的剑河边，有一大片低矮的小花，呈紫、黄、白色，漂亮极了，在秋季的剑河边，它们如此怒放，也可算作一道景观吧！

剑桥大学成立于1209年，有近八百年的历史。据说最早是由一批为躲避殴斗从牛津大学逃离出来的老师建立的。它与牛津大学齐名，为英国的两所最优秀的大学，走出了七位英国首相、八十九位诺贝尔奖获得者。培根、牛顿、达尔文、拜伦都毕业于剑桥。我国文艺界除徐志摩外，我所认识的著名作家萧乾和叶君健也都曾在这里学习或工作。萧乾在他的回忆录《未带地图的旅人》中写道："剑桥令我神往的是那恬静悠闲的气氛。我爱剑河两岸的疏林小丘"，"爱圣约翰学院后边的叹息桥"……而当第二次世界大战爆发时，为了祖国、为了正义，萧乾投笔从戎，离开剑桥，当了一名战地记者。他那一篇篇出色的战地通讯、文学名著，为我国乃至世界文坛留下了丰硕成果。叶君健1944年应英国战时宣传部的邀请，到英国宣讲中国抗日战争的伟大业绩，以激励英国公民为开辟第二战场做准备。一年间，他到英国的学校、工厂、农村、军营，向英国普通民众做了六百多次演讲。战争结束后，他到剑桥大学研究欧洲文学时，又用英语创作了反映中国农村斗争的长篇小说《山村》，先后在二十几个国家陆续出版，引起欧美读者的极大关注。我国改革开放初期，西方现代派文学传入中国时，当时的《人民文学》副主编崔道怡，为了文坛的需要，曾邀请叶君健与高行健对话（高为法文翻译家），向中国读者介绍西方现代派文学。崔道怡让我将他们的对话录音整理成文在《人民文学》上刊发后，对当时的中国读者曾产生了启蒙作用。这次来剑桥旅游，我感到实践印证了我刊这次活动的及时与正确。有关资料介绍说："在剑桥穿行，几乎所有的学院都能看到二战阵亡者纪念碑。仅'三一学院'的纪念碑上，就刻有389个为二战牺牲者的名字。"而"在西班牙内战中阵亡的剑桥志愿者的书包里，装着的是马克思的著作《资本论》"。到了"1933年后，剑桥大学的很多教师和学生都曾经认为马克思主义是唯一值得钦佩的选择……"如今萧乾和叶君健均已辞世。当我坐在船头静观两岸美景时，他们谦和、平易的音容又浮现在我脑海里。我想起当我将录音整理成文请君健同志过目时，他竟对我笑称文稿为"你的文章"，态度的谦和是那样使我感动……科学和文化的进步，是人类共同的财富。美丽的剑桥，不仅河美、桥美，令人陶醉，她所孕育出的伟大科学家、文学家、学者，在创造学术丰碑的同时，也向世人展现了他们令人钦敬的、美丽的灵魂……

2013年7月于博雅西园

二〇一〇年春

举世闻名的第四十一届世界博览会，二〇一〇年春在我国上海举行了。我虽患有严重的骨质疏松，行走不便，但盛会难逢，我还是和全家一道前去参观，见到了阔别二十六年，在上海工作的大姐。大姐吴之方，那年已八十四岁高龄，抗战期间，从著名教育家陶行之的育才学校毕业后，十九岁进到抗战宣传演剧第九队，与著名演员朱琳等同队工作，参加过电影《八千里路云和月》的拍摄。解放后，在上海人民艺术剧院工作，下乡参加土改时，不幸被毒蛇咬伤，全身中毒，使眼睛受伤，经中医治疗，方才恢复视力。后在剧院图书馆工作，直到离休。大姐的坚强，是我们全家的骄傲，也为我们全家所敬重。为躲日本人，她十岁时，独自带着五岁的我逃难到后方。被毒蛇咬伤后，克服了常人难以忍受的痛苦，战胜病魔，重返工作岗位。以后多次摔伤，至今已九十高龄，每天仍坚持锻炼、做功，使原本半残虚弱的身体练成了如今仍能生活自理，每天都乐观向上的老人。

阳春四月，北京刚脱下棉衣，上海博览会的天气已显炎热。我们一行十二人，穿着夹衣，早早来到馆门外排队。我和大姐坐着儿子欧阳骏和外侄孙女贝丽为我们租来的轮椅，一道进入园内。不久，大家就走散了。我被侄孙欧阳择慢慢推着，竟有像红楼梦中，刘姥姥进大观园似的感受。博览会令人兴奋，也令人眼花缭乱，目不暇接。处处是新奇美观的景点，各国展馆的馆址外观造型，都极为别致，色彩缤纷，美丽无比。只是各种现代化、高科技的展示，对我这个当时已七十多岁的退休老人来说，仅仅是开开眼界，看看热闹。博览会中的成就、辉煌、奥妙，全然说不明白。但是，当我走进德国馆的一个演示厅后，我竟被它完全吸引住了。

这是一个全黑暗的大厅，四周站满了观众。观众前围着栏杆，栏杆前有一圈不宽的小路，小路前又围着一圈栏杆，栏杆中挂着一个正放射红、白光芒的圆球。我们来到靠近栏杆的人群中。不一会儿，一束灯光射向小路，一男一女踩着滑板，随着灯光移动。男的为德国人，女的是翻译。他们弯腰向观众施礼说：欢迎大家来这里参观。随后开始讲解。随着讲解，圆球开始变化，它原先是静止的状态，上面下面均呈黑色，只在中间，有一圈放着红、白光芒的圆圈。讲解开始后，圆球首先变成了多条红线覆盖的红色图面。此时，讲解人便让观众用欢呼声、掌声指挥球的变化，观众随着他们的口令发出欢呼声、掌声，球的全身就变成了蓝白相间的漂亮的小方块、小圆块，同时随着优美的音乐左右大幅度摆动。在欢呼声、掌声中，不一会儿又变成许多有漂亮雕花的门窗、房屋；变成美丽的山水画面；众多的跑步人群；美女头像；骑自行车的小男孩；窗边静坐的美丽小女孩及红、白圆形的体育表演……最后，靠近栏杆前面欢呼的部分观众，也在球面上出现，大家手舞足蹈，兴奋无比。此时，全场沸腾了，我坐在轮椅上，也情不自禁地鼓起掌来，真像是看了一场精彩的演出。从观众兴高采烈的议论中，我才知道这是一场高科技的声控表演。

由于第一天的走散，第二天参观时，我们同时一起参观一个展馆，瑞典馆。儿子和孙女，大姐和侄女晓群、外侄孙女贝丽，我和老欧，我们同时排队乘车登上了瑞典馆的一个展厅平台，观看高科技摄影展示。不一会儿，我们旅欧时曾去过的阿尔卑斯山，远远地矗立在对面群山之中。白茫茫的雪地草原，远远流淌的小溪，飘着白云的天空；绿色的迎客山松，黄色屋顶的小屋，竟慢慢向我们走来。我们仿佛已离开大厅，置身在它们怀抱中。我抬头仰望，头顶是飘着白云的天空，那群曾在远山的迎客松，此时已置身我们身旁，似近在咫尺的逼真。只停留片刻，我们仿佛又坐车慢慢向后退，退……雪山、小溪、山松，又慢慢离我们远去，回到了远方……大家都兴奋地鼓起掌来。

离开大厅时，我们随人流来到缆车前排队乘车下去。缆车没有车厢，比较简单，由两排靠背椅组成。人坐在长椅上，下有脚踏板，两边有扶手，每排可坐三人。开车后，我们感到坐车来到了一片原始森林，光线灰暗，环境幽静。四周都是大大小小、高矮粗细不等的原始树木。缆车一直由上向下慢慢滑行，就像在原始森林穿行一般。六岁的小孙女，竟像坐秋千那样高兴地两腿前后直甩，紧挨她的贝丽，忙用手臂围护她，一边笑夸她的勇敢。我确有像在张家界的天子山坐缆车下山的感觉。那里是真正的高山峻岭，原始森林。这里只是展厅，可见这由山上到山下的缆车，也使用了我们不知名的高科技手段吧！

参观中国馆时，我国《清明上河图》前的观众，也是盛况空前。从展厅这头到那头的巨幅图画前，密密麻麻挤满了厚厚的人群。我们只能远远地从密集的人群头上去看。那画面的清秀逼真、壮观，依然使我们惊喜。古时山村的田野、村庄、河流、小桥、树枝；从远处向集市走来的驮着物品的人牵着的牛群；行走在小道上的古时乘坐人的小轿车；停在路边的手推车；挂在树枝上、屋檐下的亮着的灯笼；房屋中的灯光；在屋前方桌边围坐的村民；参加集市忙碌的、呈各种姿态的村民的群像，栩栩如生地呈现在我们面前，我们也好似在看一部反映古时集市的影片。我国的高科技手段，也使大家感到自豪和骄傲。

到上海的前两天，大姐、晓群、贝丽陪我们观看了黄浦江的夜景。这也是类似观看焰火似的享受。黄浦江两岸的建筑，原本雄伟多姿，灯火的设计师们，利用不同造型的楼群、屋顶，及沿江两岸的树木、桥梁、船只，设计成了许多精彩的图案，通过红、黄、蓝、白、绿色彩变化的灯光，把它们装扮成了光芒四射、五彩缤纷、千变万化的图形及彩顶、彩树、彩船、彩桥……我们坐在游轮上，在黄浦江中夜行，就像是行走在童话中的宫殿一般。为了去“世博”乘车方便，贝丽还专门为我们在黄浦江边租了宾馆。回到宾馆，夜深人静时，推窗眺望，黄浦江保留灯光的漂亮夜景，又印入我眼帘，比在船中观看，又多了几分艳丽、迷人。我久坐窗边，许久才关窗入眠……

参观世博会后，我们乘车来到杭州。

五十多年前，老欧还在清华大学学习，我毕业后刚留校任教不久的1961年暑假，我们曾坐学生专列火车到杭州旅游。那时住在曲六乙同志妹妹家。著名戏剧理论家曲六乙，年轻时曾就读中南文艺学院研究生班，后又与我在中南文艺出版社同事。他为人热情豪爽，逢我有事，常指点、相助。他妹妹与妹夫当时是地质工程师，常年工作在外地，只有老母亲留守在杭州。他便写了一封信让我们带去。老母亲像亲人似的接待了我们。时值炎热的夏天，我们年轻气盛，每天一大早便起身外出，玩累了、晚了，才回来。她为我们留门、备凉床，备洗澡的热水……我们每天沿着西子湖畔的景点，一站一站地徒步观赏，排着长队，等候留影纪念，吃杭州小饭馆的各种小吃……这次却截然不同。外孙女贝丽早早为我们预订了临近西湖的四星级宾馆。儿子、大姐、大姐夫一家，我们一行九人浩浩荡荡从宾馆乘车出发，到杭州新开发的景点“湿地”游览。

“湿地”地域宽广，我们先乘游船游览。只见两岸绿树成荫，水草丛生，湖岸曲折，多为原始树木，少有人工建设。湖中时有散见的小块陆地，陆地周边为水，湖水包围陆地，自然景观独特、优美。待到上岸观光，也多为小屋、小桥、小庙等自然风景，别有一番风味。

随后游西湖。时隔五十多年，西湖景点丝毫未变，依然那样婀娜多姿，秀美动人。我们一行人漫步湖畔。微风吹拂着我们的衣襟，垂柳迎风飘荡。路边草坪盛开的各种美丽花朵送来阵阵芳香，垂柳枝头不时传出小鸟欢叫。一片片似欧洲那样平展展的草坪，绿得诱人、喜人。我们在春风送爽、鸟语花香中漫步来到花港观鱼景点，穿过小亭、竹林，踏上弯弯曲曲有护栏的石板小桥，桥下游着五颜六色的各种金鱼，可爱极了。侄外孙女婿子扬忙拿出带来的鱼食，不断向它们抛去，四周的金鱼不断向这里拥来。一时间，金鱼们的嬉戏，招来不少游人。这时，儿子和达勇又发现不远的水面漂浮着一层层睡莲，它们布局优美，盛开着红、白、黄色的花朵，在翠绿绿的叶片映衬下，十分漂亮。大姐也兴致浓浓地走近湖边，仔细观看。老欧忙过去，让她以湖中的睡莲为背景，为她拍了照。她高兴地为我们大家留下了这可贵的瞬间。

第三天天气多云，我们租了游船在侄女晓群的陪伴下，游览西湖。船工是一个二十多岁的小伙子，一上船，他就热情为我们讲解西湖的景点。船行到湖心时，西湖的全景已尽在眼前。2012年我们曾游过英国最大的温德米尔湖。它全长十七公里，宽两公里，一眼望不到边。它是静止的美、辽阔的美，是别墅、树木、田野布局精致的美。而我们的西湖，是秀丽的美、富有生气的美。在湖心，我们可以看到断桥上穿着绿色连衣裙，飘着长发，打着花伞行走着的女郎。她走在断桥上，就是一幅动人的风景画。可以看到三潭印月景边，那一片片的绿茵草坪和坪上美丽的鲜花，看到西子湖畔垂柳下的长椅上，坐着穿红色衣裙、白色衫裤的情侣风景。而船顶飘着白裙，随意点缀在湖面飘荡的游船，都是美丽富有生机的动人画面。坐在游船上放眼望去，四周都是赏心悦目的画卷，令人精神舒爽，忘却了烦恼。

船工在平湖秋月景点停靠，我们上岸想找到五十年前曾拍照的小平台。不知是记忆有误，还是时过境迁，终未能找到。船行到柳浪闻莺景点，我们上岸，侄女晓群手拿摄像机，让我们沿着湖畔的垂柳、草坪、鲜花，漫步一圈。我们在她的引领下，又在鸟语花香、令人陶醉的西子湖畔愉悦、流连了一番……

晓群还陪伴我们到苏州一游。在苏州小溪的游船上，我们听到了划船女优美的真正江南小曲；到过寒山寺，敲响了我平生第一次敲的古寺钟声。钟声浑厚悠远，记下了我人生旅途上这个难忘的春天。

2012年初稿于博雅西园

2016年修订

听来的启示（上）

一

中关村是我国党政军机关的所在地之一。

中关村拥有全国最高科研机构中科院院所，诸多名牌大学，聚集了大批国内外的精英学者、大批企业家、白领、蓝领……

一天临近中午，我从中关村北京大学第三医院看病出来，走到对面美国人开的快餐店肯德基门前，听见一男一女正在对话：

“都说是垃圾食品，你看，这里面全坐满了。”女的拉开门，站在门口，用手指着里面说。

“这都是些不重视健康的人在里面吃。”男的站在门边，不肯进去。

“买回去，剥了油炸的皮，里面的鸡肉一点不受污染，怎么垃圾了？再说，也不是经常吃，这里卫生条件好点，有洗手的地方。人家又开发了适合中国人吃的新产品。”女的说着就走了进去，男的摇头，也跟进去了。

又一天，我在北医三院抽完血，想去台湾快餐店“永和大王”吃碗番茄牛肉面，听见路边两个戴眼镜的中年人，在一家早点铺前对话：

“就在这里吃吧，喝碗粥，吃根油条。好久不吃油条了。”个儿矮点的说。

“还是去‘永和’吧，听说‘永和’炸油条的油只用一次。”个儿高点的说。

“你别听他们瞎吹，哪能只用一次！”矮个儿又说。

“‘永和’的卫生比这里好点，又有洗手的地方。”高个儿坚持说。

在我之前，他们走进了“永和大王”。

美国人开的“肯德基”，台湾人开的“永和大王”，常常是早上、中午吃饭时爆满。它们的连锁店遍及许多省市，甚至许多县城。而经营的食品，也大都是我国餐饮业经营的普通食品，为什么生意这般好，其中确有前面这四位国人所说的原因，图的就是“卫生好点”。我国改革开放已三十多年了，中央指出，现在已到了改革的攻坚阶段。现在大家的生活水平普遍提高了，不少人对身体健康的关注度也增强了，而有关的卫生部门、饮食行业的经营者们，对卫生问题，似乎有点儿安于现状，不以为然。它虽不算什么大问题，但也算是关系人民健康的民生问题，是否也该引起关注呢?

关于卫生问题，外国人的分餐制，我觉得也是值得我国学习的。我们国人吃饭，一桌人围在一起，你夹一筷子，我夹一筷子，每人的唾液、口水，全带进菜盘里了，若有人生病，或胃里有幽门螺旋杆菌的，细菌便会通过此渠道传播。所以，使用餐具分开，或用公筷、公勺，或许也是可以提倡的吧！

二

多年来，我患有高血压、心脑血管疾病，必须每月到医院拿药。也许因为遗传因素，儿子也患了心脑血管病。他工作太忙，常不去看病拿药，有时，我也只好附带为他拿点药。有一次，不知他从哪儿听说“三七”可治心脑血管病，就把医保卡给我，让我替他拿点。中、西医对疾病的治疗，有相同点，也有区别。北京卫视的养生堂节目中，曾有一位年近八十的著名老中医，介绍他的养生之道时说，他常年用“三七”，以代替阿司匹林。于是我在看病的时间问西医大夫，可否改用“三七”代替阿司匹林，因阿司匹林有引起出血的副作用。他回答说：“三七”没有防止血小板聚集的试验证明，不能代替。

我也曾听另一位西医大夫说，我国的银杏叶片，出口到××国家，人家做试验，未得出我们所说的医疗效果。由此我想，我国许多有名的中药，如愈风宁心、三七、银杏叶片等药的说明书上，均标着“不良反应，尚不明确”或“禁忌尚不明确”，这表明对这些药的药理研究还未深透。与进口药的说明书相比，有相当差距。中国是文明古国，中医、中药的历史悠久，博大精深，医治过许多疑难病症，如果这方面的工作研究深入了，我国患者使用中药会更放心，中药也将可更多地走出国门，发挥更大的作用，赢得更多的经济效益。

胡锦涛同志曾指出："当今世界，科学技术已成为经济社会发展的决定性力量，而自主创新能力又是国家竞争力的核心。……大力提高原始创新能力、集成创新能力和引进消化吸收再创新能力，努力走出一条具有中国特色的科技创新之路。"[①] 这是对全国的经济建设而言，当然也包括了医药、饮食行业。因为，经济建设的科学发展观，第一要义是发展，核心是以人为本。

我们大家都殷切地期盼着啊！

2016年10月5日于博雅西园

① 《科学发展观重要论述摘编》，中央文献出版社，第16、17页。

听来的启示（下）

一

2006年初冬的一天，我去中山公园购买来年的公园年票。因未到办公时间，公园里游人稀少，十分安静，我顺路来到一张长椅前坐下。椅上也坐着一位女士，她正趴在椅背上休息。不久，我发现她并不是在休息，而是在暗自咽泣。后来竟哭出声来，越哭越伤心，越哭声音越大。我靠近她，拍了拍她的肩膀说："有什么事想办法解决，别哭坏了身体。"

她仍然不停地哭着。哭了好一会儿，才抬起头来，用面巾纸擦着又红又肿的眼睛说："怎么解决呀！人都死了。没死前，怎么说他都不听。现在落成这个下场。"

"既然人都死了，你哭又有什么用呢？"我说。

"我是又伤心，又气不过呀！这不，人才死了半年，她就把他的公司卖了，跟别人结婚走了。"她说。

接着她告诉我，死者是她的亲弟弟，父母因病早逝，他们相依为命长大。他原是一位粮店的营业员，因效益不好，粮店停办。他被内退给了点钱，又找别人借了点，开了个小公司。后来，和一个外来妹结婚，没日没夜地拼命操劳。得了病也不去看，常年熬夜不休息，她怎么劝他，他都不听。一次到外地去进货，脑出血死在那里了……

“你说他傻不傻呀，拼到最后，人财两空，连自己的命都拼进去了。他这是图的什么呀?！……”说着说着，她又痛哭起来。

听了她的哭诉，我两眼也润湿了。若我的亲人这样，我也会同样痛苦的。劝她无用，让她在这里宣泄吧！我又说了几句无用的话，就离开她，买票去了。

同样性质的事件，我也听附近的小时工说起过。她说她们老家有个老板做生意，也是没日没夜地拼，结果倒是赚了些钱，就是整天在外不回家，老婆跟别人跑了。后来他也得了癌症，花了许多钱，也未治好，临死前，他趁人不知，拿了赚来的钱，到野外去烧掉了……

我还听一些护士说过，有些得了癌症住院的生意人，没有一个不后悔的，他们都后悔自己当初只顾赚钱，不顾身体。

二

近几年“人大”“政协”会议的热点，常有医疗问题，挂号难、看病难、医药费贵……中央虽不断有政策、措施下达，但形势依然不够乐观。外省市的大病、重病、疑难病患者，许多都集中到北京来了。北京一些三甲医院专家的门诊量，早已大大超过规定指标。然而每天一上班，仍有不少挂不上号的患者，早早来到医院排队加号。专家们有些上午八点上班，到下午两点才能下班；有些下午一点半上班，要到晚上八点才能看完。协和医院妇产科副主任、主任医生潘凌亚就是其中之一。她有时上午刚做完手术，匆匆吃完饭，未能休息，马上就要上下午的班。一来到门诊室前，门外等加号的患者已排成长队向她拥来。她只有在保安的护送下，才能走进诊室。不少医院的院长、医疗专家，还在北京卫视的“养生堂”“健康北京”中举办讲座，语重心长地宣传医学知识，举出一个个鲜活的病例，说明许多病已年轻化了；许多病发展到中、晚期后，就不能逆转、根治了。希望唤起电视机前的观众，做到以预防为主，有病早发现、早治疗。不要一味为赚钱，拖到严重了才去医院。这是对患者的关心，也是爱国的热情。国家每年的医保支出，不是一笔小数目。防病，比治疗重病所花的费用要低许多倍。他们确实是太辛苦了，确是可敬、可亲、可爱的白衣天使！

常言道，商场如战场。办企业，做生意，当然需要拼搏精神。但凡事要从实际出发，应有底线。超越了底线，就要走向反面。真理向前迈进一步，就成谬误，即是此意。胡锦涛同志在《在全党大力弘扬求真务实精神，大兴求真务实之风》中指出：“我国正处于并将长期处于社会主义初级阶段，……发展不平衡的状况将长期存在。我们想问题、做决策、办事情，一定要坚持从基本国情这个最大的实际出发，既增强工作的紧迫感，以只争朝夕的精神抓住机遇加快各项事业的发展，又充分考虑社会主义现代化建设的长期性和艰巨性，做好长期艰苦奋斗的思想准备，防止和克服急于求成、急功近利的心态和做法……”①

人有自己的生物钟规律，这是人的客观实际、自然现象。人的主观意志不能违背、超越人的客观实际、自然现象。违背超越了，就会引起身体免疫力的低下，招来许多疾病。得了病，一味为了赚钱，不去看病，就会使疾病发展成大病、重病。此时对自己、对国家，都会造成大的危害。据说网上曾出现过钟南山院士的一条网言，认为现在“轻伤应下火线”。我不知此言确实与否，姑且假设它曾出现过吧！我是赞同的。战争年代提出“轻伤不下火线”有它当时的现实意义。现在是和平年代，和平年代可根据具体情况来定，要以轻伤不变成重伤，危及人的生命为标准。胡锦涛同志在中共中央政治局第三十次集体学习时的讲话中又指出：“人的生命是最宝贵的，我国是社会主义国家，我们的发展不能以牺牲精神文明为代价，不能以牺牲生态环境为代价，更不能以牺牲人的生命为代价。”②

我想，不管是经营企业，还是对自己的身体或是对任

① 《科学发展观重要论述摘编》，中央文献出版社，第7页。

② 同上，第29页。

何事情，都应从自己的实际出发，量力而行，不走极端，不急于求成，不急功近利。以胡锦涛同志提出的科学发展观为指导，这样，或许才能避免那些不该发生的悲剧的发生吧！

2016年10月8日于博雅西园

我何以出席那次大会

1981年冬季的一天，我正在办公室阅读稿件。《人民文学》当时的副主编刘剑青走到我办公桌前，放下一篇稿件说："你帮忙把这篇稿子加加工，准备发排。"

我听后当即说："好！"

他听我说后，什么也没再说，就转身走了。

他走后，我对他用了"帮忙"二字，当时感到有点儿特别。通常领导给下级布置工作，只需交代任务就行了。而他却用了"帮忙"二字。

我立即放下手中的稿子，马上看他拿来的稿件。标题是《火红的云霞》。作者：吕雷。

看完稿件，我很兴奋，感到这是一篇不可多得的稿件。虽然有少许较为多余的枝蔓，女儿文晓的形象塑造得有点儿过于偏激，但经过剪裁、加工，会是一篇十分出色的作品。稿件怎么来的，剑青同志当时没有说起，我也不曾过问。我便立即着手加工。加工后即交回给了剑青同志。稿件于1982年在《人民文学》第1期上刊出。之后，我写了一篇推荐文章给《工人日报》。《工人日报》于

1982年2月1日发表。因我感到还有些话想说，便又给《人民日报》文艺部寄去一篇推荐文章。文章也于1982年5月5日在《人民日报》上发表。

大约是1982年初夏的一天吧！编辑部主任许以同志召开了由全编辑部参加的业务工作例会。当时小说组的一位负责同志B君在会上发言称《火红的云霞》是一篇有反动思想的作品……他的发言，长篇大论，情绪激昂，完全否定这篇作品。全场鸦雀无声。他发言后，也无其他人再发言。我顿时大吃一惊。一向不善雄辩的我，为维护作品，竟毫无准备地做了针锋相对的反驳。散会时许以同志未做总结。散会后，我见她将记录本用力向抽屉里一放，说了句："他也太过分了……"

此后领导层是如何研讨这篇作品的，这篇作品到底是怎么来到编辑部的，我一概不知。后来也无人对我说起。只是经过这次会议，我对剑青同志为何越级给我布置工作有了一点儿感悟，对那"帮忙"二字也才有了一点儿理解。

剑青同志出身农民家庭，十八岁离乡参加革命，是经过大学专业培养的杰出评论家。他具有较高的的马列主义文艺理论水平，曾以宋爽为笔名，写过不少优秀的评论文章。他当然也看出了这篇作品的可贵及其精致所在。这篇作品的背景是八十年代初期，改革开放刚刚开始之时。"文革"十年动乱给人们，特别是给青年带来的思想混乱，当时尚未肃清。中央在有关文件中提到的无政府主义思潮，拜金主义、极端个人主义思想……依然泛滥。作者敏锐地从生活中捕捉到了这些素材，把它形成作品，如能推向社会，对当时的工业战线乃至全社会，都会产生积极影响。当时身为《人民文学》副主编的剑青同志，既然肯定这篇作品，他完全有理由利用行政手段，而不是采取这种避开B君，运用迂回的方式来处理。而事实上，事过不久，B君还被任命为全社评定技术职称委员会的主任。《火红的云霞》被评为1982年优秀短篇小说后，来年春天召开授奖大会时，《人民文学》的领导又决定让我以责编的名义出席。作者吕雷在授奖大会上，还被推荐做了创作经验介绍。剑青同志高超的领导艺术，可谓用心良苦。他既发扬了B君的民主积极性，又表彰了我，还向文艺界推出了当时为青年作者的吕雷同志。可谓一举三得。

由于这次做了吕雷作品的责任编辑，吕雷同志不久来北京到鲁迅文学院学习时，我请他来我家做客。席间请他谈及他所在生活基地的生活时，我们又从中发现了新的生活素材，我便又请他再度来家，我们共同从题意、人物、结构等方面进行商讨后，他又利用假日写出了短篇小说《眩目的海区》。小说在《人民文学》刊出后，被评为1984年《人民文学》“我最喜爱的作品”奖。

这是又一次的收获！

2006年10月于小羊宜宾

《彩云归》获奖的启示

短篇小说《彩云归》的初稿，原本是社领导质疑的稿件（据说初稿为王朝垠选送）。后来之所以能发表，并获得全国优秀短篇小说奖，有其发人深思的原因。

小说所写的是反映台湾军界生活的题材。初稿是写台湾国民党军官与军官之间的矛盾斗争，作者的批判矛头是对准台湾当时国民党军界中的元老派。因此，社领导认为这与我国当时的现实生活不相宜。因为当时刚粉碎“四人帮”，时值拨乱反正的初级阶段，现实生活中，我们党对过去国民党军界的进步人士是持团结方针。为慎重起见，编辑部领导派我到中央电台对台宣传部进行社会调查，并请他们做政策性把关。对台宣传部的同志看过稿件后，向我详细介绍了当时中央有关对台宣传的政策，并提出当时的打击对象主要是台湾的“台独势力”，而不是国民党的元老派……我当时做了详细记录，结合自己对稿件的看法，回来后将情况向领导做了汇报。社领导当即决定请作者来京重新改写，责令我即发电报请作者速来京。作者李栋接电报后，当即启程来到编辑部。我从家中拿来暖瓶、脸盆、粮票之类的生活用品，请他在编辑部办公室住下。随即与当时小说组的领导一起根据调查来的情况，向作者提出修改意见：打乱结构，重新设计矛盾冲突和人物关系。以台独势力为矛盾的对立面和打击对象，并加强主要人物思恋大陆等内容。作者按我们的意见进行了修改。改成后，社领导决定在当期《人民文学》头条发表。发表后立即产生轰动效应，并被改编成电视剧，于当年春节的年三十夜晚，在中央电视台向全国播放。以后又被改编成不少地方戏曲剧目，在全国各地上演。小说同时获得1979年全国优秀短篇小说奖。

从《彩云归》问世并获奖的实践中，可看出社领导在处理这篇稿件时所表现出的政治敏锐性。也说明重视作品的思想内涵，及重视与作品思想内涵相关政策的重要性。如果不进行社会调查并改写，不分青红皂白地将主要打击对象处理成国民党的元老派，那就将犯政策性错误，产生对台宣传的失误。由此也说明，一篇好的文艺作品，要获得好的社会效益，首先必须是正确地反映社会生活。而要正确地反映社会生活，就必须要求作者正确地把握相关政策，正确地提炼生活。文艺作品所反映的生活内容，不能像有些人以往所主张的那样，仅仅依靠几个人脱离客观生活实际，主观主义地、闭门造车地谈侃而成。它需要作者深入生活实际，从生活中正确地提炼出素材，然后写作而成。而要做到正确地反映生活，提炼生活，则要求作者具有正确的理论思想水平来指导自己。因此，作者的思想水平、理论政策水平的高低，往往决定其文艺作品思想内涵的正确与否及其深浅。它们绝不是与作品毫不相干，或者是可有可无。

其次，一个人，乃至一个编辑部，其精力都是有限的。不论是作者，还是编辑部，都不可能穷尽所有的生活面，所有的理论、政策知识面。而社会生活又是博大无边的，文艺作品所反映的社会生活，又是方方面面的。因此，对于有些作品，进行必要的社会调查，到有关方面去了解情况，倾听他们的意见。特别是一些写历史题材的作品，正确掌握史料，必要时，倾听有关专家的意见，对防止反映社会生活的片面及史料的失真，或其思想内涵的谬误产生，都是十分重要的。

以上这些，便是《彩云归》问世并获奖所带给我们的启示。

2004年4月于小羊宜宾

湖畔寄语

五月春天的怀柔湖畔，春意盎然。北京《汽车报》编辑部选择这样的季节，在这样风景优美的湖畔，举办短篇小说笔会，无疑更增添了春天欣欣向荣、百花争艳的景色。

自退休后，很久没有参加这样的笔会了。我不仅为湖畔秀丽的景色而欣喜，也为青年作者们对文学事业的执着追求、勤奋耕耘所感动。讨论会上民主气氛浓郁，充满青春活力，透着真诚与相互关心。这是工人阶级主人翁感的展现，也是我们文学事业欣欣向荣不可缺少的动力。

在笔会上读到了近十篇作品。这些作品中，有写童年生活的回忆，作者对情节描写细腻，像涓涓溪水，轻轻流淌；有写退休后的劳模，继续向领导请战，作者饱含激情，勾画了他那金子般高洁的心灵；有写改革浪潮中，工厂干部、工人同志的美好情操；也有对社会生活弊端的揭示……这些作品，有的所概括的生活面虽还欠宽广，有的艺术功力还不够圆熟，但都具有短小集中、语言质朴的特色，散发出生活的芳香，使人感受到社会一角时代脉搏的跳动。

写小小说并不容易，要写出好的小小说更需锤炼艺术功力。我以为小小说与短篇小说在写作技巧上的区别并不大，其区别之一在于小小说的篇幅比短篇小说更为短小。因此，它除了要求作者具有写作短篇小说所必需的写作技巧外，还要求作者更加注重选材要精，构思要巧，表现集中，和内容开掘的深刻。这样才能发挥小小说以小取胜的特点。

在我读到的以上作品中，反映工厂生活的作品居多，这是可喜的。目前我国正在进行以经济建设为中心的现代化建设，改革浪潮澎湃发展，我们的文艺作品当然应该积极反映。而创作这类作品，除了按创作规律提高创作水平外，还需加强理论政策的学习。特别是要正确理解、精心研究改革开放和工业战线的方针政策，为观察生活、正确提炼生活，提供正确的思想指南。目前文坛上有少数人主张写小说可以不顾及作品的思想内容，写什么都可以。这是违背毛泽东同志《在延安文艺座谈会上的讲话》精神的。毛泽东同志认为："文艺批评有两个标准，一个是政治标准，一个是艺术标准。"他指出："我们的要求则是政治和艺术的统一，内容和形式的统一。革命的政治内容和尽可能完美的艺术形式的统一。"[①] 因此，这就要求我们在构思、选材时，要考虑到作品的思想内涵，考虑到作品

---

① 《毛泽东选集》第三卷，第825—826页。

所反映的思想内涵是否正确，而不是毫无考虑或毫无选择地什么都写。古人也云：开卷有益。既然让读者开了卷，就要使读者从中获益，那当然就要求作者在进行创作时，应考虑到你的作品是否会给读者带来益处，而不是思想内容的苍白，或可有可无。

此外，写工业题材的作品，亦需要开阔视野，更新观念，扩大自己的生活面，避免局限于真人、真事，或技术改造的革新过程，避免过于囿于个人的经验。目前改革的浪潮已逐渐深化，生活正处于急剧的变革之中，在新的时代背景下，人与人之间的关系，人物的思想面貌，都会发生许多新的变化，要写出能反映时代特征的好作品，就必须站在时代的高度，以新的思想反映出这些新的变化，在新的相互关系中，塑造出新的人物形象。

文艺的春天，需要繁花似锦，需要专业、业余两支文艺队伍的精诚投入与努力。厂矿文艺的繁荣，又可丰富群众的业余文化生活。笔会的组织者与参加者的辛勤劳动，已展露了工人阶级的可喜风范，相信今后定会带来丰收的前景。预祝你们成功！

1990年5月于北京怀柔

谈琼瑶现象

近来北京报界开展琼瑶现象的讨论，共有三种意见。一种意见认为琼瑶的电视剧《情深深雨濛濛》只能“一声叹息”。一种意见认为琼瑶的小说、电视剧不错，而《情深深雨濛濛》比原来的《烟雨濛濛》差多了，改得丧失了琼瑶作品的灵魂。另一种意见完全相反，认为琼瑶太牛，《情深深雨濛濛》故事讲得精彩，演员演得精彩，是一部很有思想内涵的作品。三种意见实为两种。一种对琼瑶的作品持否定态度，一种肯定。肯定的意见中，有一种认为《情深深雨濛濛》是被改得乱七八糟了，改得失去了原来的精彩，因为它加进了抗战的内容。

琼瑶作品从1963年《窗外》问世，至今已近四十年，四十年来，她的小说集、电影、电视剧，共有一百多部，一直都拥有不少海内外读者和观众，特别是在青少年中广为流传。改革开放后，她的作品开始在内地出版。几乎与此同时，根据她的小说改编的电影、电视剧也相应火爆起来。就在火爆的同时，也有不少人不以为然。他们认为她的作品从少女时期到现在，风格单一，多写人生儿女情长的感情纠葛，哭哭啼啼，悲悲切切，意思不大。且其中不少地方显得做作，不真实。

琼瑶的作品我看得不多。从看过的为数不多的小说、电影、电视剧中，我依然能形成对她作品的印象。我认为琼瑶作品之所以能广为流传，构成一种言情模式，在青年男女中产生“琼瑶迷”，是有它社会根源和创作原因的。

琼瑶的作品在粉碎“四人帮”后，改革开放初期，开始在内地流传起来。这个时期，因为刚粉碎“四人帮”，全国政治形势一派大好，思想解放运动正不断兴起。“文革”在文艺作品创作中禁锢的爱情题材，也在新时期的文艺作品中不断涌现。广大人民群众，特别是青少年，在这样的时代背景下，对出现在他们面前的这些崭新内容的文艺作品欣然接受，是很自然的现象。因为琼瑶所写的大多数是有关人生命运的悲欢离合、婚姻、家庭题材，这些也是人类生活中不可缺少的重要组成部分。青年时期，是婚姻家庭的创始时期，这类题材与他们的生活息息相关，他们热衷于这些作品，也在情理之中。

谈到琼瑶的创作艺术，我认为除了公认的，她善于抓住观众的心理，投其所好外，在设置作品的思想内涵及写作技巧上也确有她的见长之处。她在不少作品中都注重宣扬、赞美人物的正义、善良、美德等内涵，使其跌宕起伏，扣人心弦。因而吸引读者跟随作品人物的命运或情感波折向前发展。尽管作品在表达这些内容的部分细节上出现粗俗或不够真实的现象，观众仍然会随着剧情的发展看下去，因为他们关心人物的命运，关心情感波折的结局。这就是一部分观众明明感到有些假、做作，但依然还是喜欢看下去的原因之一。以《情深深雨濛濛》为例，琼瑶在编织故事情节时，设置了众多条矛盾线。它们有层次地、错综复杂地交织在一起。时而这条线展开、发展，时而那条线展开、发展，使故事在向前发展中总有新的情节出现，以致引人入胜。如琼瑶在《情深深雨濛濛》中写了依萍等近十个人物。这十个人物间几乎均设有矛盾冲突。依萍与其父振华、姨娘雪琴之间，因文佩与雪琴的矛盾而设有矛盾；依萍与其妹如萍、梦萍，其兄尔豪之间，因大人的矛盾而存在矛盾；依萍与书桓、如萍间因恋爱关系而产生矛盾；振华与文佩、雪琴间，尔豪与可云、方瑜间，书桓与杜飞、尔豪间，李副官与雪琴间……均设有各种不同的矛盾。这些矛盾冲突错综复杂地交织在一起，时而这组矛盾出现、发展，时而那组矛盾出现、发展，将故事不断推向前进，直到振华死，雪琴入狱，可云病好。抗战胜利后，依萍与书桓，杜飞与如萍，尔豪与方瑜均将结成伴侣，各人都有了各人的归宿，这时，观众才从故事中走了出来。而琼瑶在表现这些矛盾冲突时，大多站在代表正义、传统美德、善良等方面的人物一边，尽情抒发他们的喜、怒、哀、乐，揭示他们内心的矛盾、痛苦、喜悦，直到打动观众。所以，琼瑶作品有她的市场，并不单单只是因为她投读者之所好，也是因她所写的作品内容，大都能反映人民的心声，有益无害，曲折委婉，并能以她细腻的笔触描写一个个动人的故事，因而才博得了不少青年男女的喜爱。有的观众从少女时代起就喜欢她的作品，直到现在已四十多岁了，看电视剧时，依然手中拿着手帕，随着剧中人物一起流泪，就是琼瑶作品动人力量的见证。

我没有看过《烟雨濛濛》，无法将它与《情深深雨濛濛》对比，但从《情深深雨濛濛》的剧情看，我以为背景放在二十世纪初的上海，如果不加进抗战的时代背景，那是不真实的。把个人的感情融进国家的大背景中，可以使人物的精神境界升华。从振华、书桓、如萍、杜飞、依萍等人物看，写战争对他们的塑造是起了积极作用的。至于表现得还不太理想，这是创作前进中的不足，有待琼瑶女士今后不断改进提高。而能不断主动完善自己的作品，注重增进作品的思想内涵，这是琼瑶女士善于反思自己作品，以求更上一层楼的表现。与那些只讲究艺术性，或内容上让人看不懂，而不注重社会效益的现象相比，这确实是难能可贵的！

就我个人而言，琼瑶的影视剧，有的我也无耐心看下去。也感有编造痕迹，有的细节思想内涵少，较肤浅或生硬。但由于有以上优点，有这样一批观众。我想，如能有个好导演，扬琼瑶作品之所长，避其所短，创造性地拍出作品，也许会收到较好的社会效益。不放弃这批观众，在倡导主旋律的同时，适应他们的需求，适当地拍一点这类题材的影视剧，使他们从健康的文艺作品中获取精神营养，这也是当今创建和谐社会所需要的。

2001年10月于小羊宜宾

2007年9月修订

还是应从实际出发

今年初夏的一天，我到中山公园锻炼出来，沿着护城河步行回家。这是一条十分幽静的小路。路边树林茂密，草坪葱绿。坪中偶见几株红白黄盛开的花树。我似仍有在公园游览之感。

转过弯来，见前面有一戴墨镜，身穿牛仔裤、米色短袖圆领衫，颈戴金色项链的女士，手里拿着一条拴狗绳，站在草坪的一棵柳树旁遛狗。她身边那条卷毛的白色小狗，正抬着腿，向柳树的根部撒尿。她前面不远处的马路中央，也有一位年轻女士牵着狗绳，正向我们这边走来。那是一条头部有着黑色花纹的大狗。那狗正向路边的草坪跑去。女主人便也跟随狗走进草坪，随狗在草坪上走东窜西。路过草坪那写有“不要践踏草坪”的小木牌时，她也似没见一般……我慢慢向前走着。忽见马路边有一堆狗屎，也不知是谁家的狗留下的。因为离此不远处，也有一位中年妇女牵着两条小黄狗，和一位牵着一条黑色哈巴狗的老人在聊着天，向前走着。显然她们也已走过了这里。

转过弯来大约才七八十米路程吧，我就碰见了五条狗。可见这里风景宜人，也引得遛狗者纷纷而来。

我从小就有些怕狗。因为乡村、小县城养狗都是为了看家，以防盗贼。见来了人，狗总要猛叫，十分凶恶可怕。特别是抗战时期，晚上听见狗叫，就担心日本鬼子来了。

我们楼近年来也有了养狗的。楼前小花园的石板路上，有时也能见到狗屎。一次我从外面回来，见电梯上有两位主人牵了四条狗在上面。虽然他们都用腿脚围着自己的狗，我还是心有余悸，没有上去，宁愿等待下一次的电梯。

又一次我在院内的小店买牙膏，一条白色花狗从外面跑来围着我的腿脚闻，我吓得不敢动弹。

“是谁家的狗？怎么没人看着？”我有些紧张地说。

“是隔壁旅店养的狗，它不咬人。”小店老板娘说。

我说完，感到有点儿失态。养狗毕竟是人家的自由嘛！我对老板娘笑笑，点了点头。

前些天《北京晚报》、中央电视台的新闻联播都报道了最近的狗患，说“现在北京市被狗咬伤的人数正以每年万人的速度递增。仅今年上半年就有7万多人被狗咬伤”，“卫生部昨天提供的数据表明，今年9月，全国共报告狂犬病例393例，与去年同期的287例相比上升了36.93%，死亡318人。今年1至9月累计报告发病数2254例，与去年同期的1738例相比上升了29.69%。狂犬病仍是此月传染病致死人数最多的病种”，“狂犬病是一种人畜共患疾病，一旦发病，死亡率几乎是100%”。

看到这触目惊心的数据，我不仅有些愕然。养狗是为了自娱自乐，如果为了自乐，而致别人于死地，那还能乐得起来吗？

养狗之风，西方盛行，我国是在改革开放后才兴起的。我国是世界上人口最多的国家之一，比西方国家多了好几倍，特别是在城市。而如果在城市养狗，势必会形成人与狗争地盘。这在西方不成问题的问题，在中国城市，就成了问题。所以，向外国学习什么，还是要从本国的实际出发。

我们建议社区基层组织，有计划地开展些文娱体育活动。公益、商业性的均可。早在建国初的五十年代，每逢周末，各机关、团体均举办晚会、舞会，大家有劳有逸，身心健康愉快。而今高档的文娱、体育消费倒是不少，而普及性的文体活动比较少见。若能把大家的业余时间，都融进有意义、有乐趣的集体活动之中，那孤寂、郁闷的感受不就不会产生了吗？

如果必须得养，那也应当遵纪守法才是！

2006年10月于小羊宜宾

难以忘却的记忆

——记丁玲《杜晚香》发表及其他

那是1979年6月的一天，我奉《人民文学》副主编刘剑青之命，去丁玲同志处取回编辑部请她修改的《杜晚香》。

我乘车直抵西郊友谊宾馆，宾馆服务员带我来到她的房间。丁玲同志那时刚从山西农村回到北京不久，文化界来访的人很多。当时正值安徽大学的两位同志与她交谈，我便一旁等候。

丁玲同志当时身穿一件月白色的确良长袖衬衣，蓝布裤子，一双南方式圆口窄带黑色布鞋。手里拿着一把大蒲扇，坐在单人沙发上边摇着扇子，边与他们交谈。谈毕，安徽大学的同志要为丁玲同志摄影留念，她却微笑着向我招手，要我过去与她同照。我便走过去坐在她沙发的扶手上，与她合拍了一张我终身难忘的照片。那时是我初次单独与丁玲同志见面，我为她平易近人，和蔼可亲的风采所感动。

安徽大学的同志走后，我便对丁玲同志说明来意。她听后却说："你来晚了一步，稿子已被《十月》编辑部拿走了。"

我听后十分焦急，再次向她转告编辑部领导的意见。

她说："你不要着急，我们来想想办法。"

说完她起身与陈明同志一道去走廊打电话与《十月》编辑部交涉。

我不安地守候在她客厅里。虽十分焦急，但又不知说什么才好。因为造成这种局面与编辑部前次送稿的同志有关。来时刘剑青同志就曾说起过："……要是我把一篇稿子给了一个编辑部，他们未能与我面谈，只在信封背后写了几句意见就把稿子放在了传达室，我也会产生误解的……"剑青同志还嘱咐我说："中央有关方面已向编辑部打过招呼，丁玲同志落实政策的第一篇作品最好是在《人民文学》上发表……"不一会儿，丁玲同志回来了。她告诉我，她已用另一篇稿子给《十月》编辑部与他们交换《杜晚香》，他们同意了。我悬着的心顷刻落了下来。我为丁玲同志同时兼顾两个编辑部的举措而高兴、感动……回到编辑部后，虽与《十月》编辑部的同志几经周折，最后我终于拿到了《杜晚香》。

《杜晚香》在《人民文学》上发表后，又一年的春天，我又一次奉命去向丁玲同志约稿。那时，她早已搬进复兴门的新居，只是有病在身。谈完约稿的事后，她一边吃药，一边谈起对当时文艺界的一些观感。她端着茶杯，慢慢说："……听说文艺界有人讲现在是倒春寒。怎么会是倒春寒呢？我看是听不得批评意见吧！不能听批评意见那还是共产党人？现在的党中央是最为知识分子讲话的了，为什么还要让他们为难呢？把中央弄得不好工作又有什么好处？过去打天下靠他们领导，现在搞四个现代化建设还是要靠他们领导的嘛！凡事要有个分寸，不能过头，过了头，就要走向反面的……”①

她的声音那样轻，语调那样缓慢，而我却感到像有一股强劲的春风吹进我心田。我聆听着，频频点头，内心却无限感动。当时，她的历史冤案尚未平反。她的这番话若出自未经受磨难的文艺工作者之口，倒不觉怎样特别。出自像她这样蒙冤被撤离公职，开除党籍，下放到北大荒二十多年，而以往却成绩卓越的老文艺家之口，就格外显出其对党的忠诚与超群。这是只有把党的利益真正放在个人恩怨之上的共产党人才有的胸怀呵！

还是在1979年，当粉碎“四人帮”后不久，周扬同志首次率作家代表团访问日本前夕，丁玲、陈明同志为了让周扬同志便于向日本朋友介绍国内文艺界的情况，就主动到医院去看望他（周当时在医院疗养）。他们抛开个人恩怨，首先想到的是维护文艺界的团结，国外大局的需要，全党的利益……

1981年，在“作协”委托《人民文学》举办的全国优秀短篇小说评选发奖大会上，丁玲同志以《如何能获得创作自由》为题在大会上讲话时说：“年初我从美国回来，听到文艺界有两种意见：有人说写作不自由；另一种意见说，写

① 当时社会上传说中央要批《苦恋》。

文章就是不能绝对自由。”[①] 为什么会感到不自由呢？她说：“正因为每个人各自说自己的话、真话，不一定全都是对的，很可能其中有不对的地方，这样自然就将受到干涉，你就会感到不自由了。这种干涉，若像过去那样，不问青红皂白，动不动就扣帽子，那是不对的。但一般的干涉，就是我们所谓的批评，那是许可的，正常的，那是民主。”[②]“心目中如果只有我的自由，而没有旁人的存在，只顾自己说真话，而不想想这些真话究竟于人、于社会是否有益，那是不行的，是行不通的。”[③] 接着她谈到如何才能获得写作自由。她说：“我认为只有两个办法。一个是读书，要读马列主义的书，要真读，读得多一点……另一个，作家要吃透消化这些书本本，必定要到群众生活中去，把生活同理论结合，融合，让自己感受到的东西，心中所产生的东西，都能同群众一致，让自己的思想感情符合党和人民的利益，合乎群众的要求，代表群众的意愿。”[④] 她联系上个世纪三十年代“左联”时期，谈了复出文坛后的出国访问，以及在北大荒深入群众的心得体会后，语重心长地说：“我们中国的作家，一定要坚持为人民服务，为社会主义服务，热爱祖国，向社会主义前进，我们就能取得创作的自由……”[⑤]她满

① 见《1981年全国优秀短篇小说评选获奖作品集》。

② 同上。

③ 同上。

④ 同上。

⑤ 同上。

腔热情地为维护党的利益，坚持党的文艺方针而呼吁，不计较个人得失与恩怨，不在意海内外此时已有人对她窃窃私语，给她冠上“心有余悸，噤若寒蝉”的帽子……

时光流逝，丁玲同志重返文坛还不满七年，病魔就夺去了她的生命。1986年3月4日丁玲同志走了。1986年3月的一个大风天，我来到丁玲同志的灵堂。那天，北京城里刮着七级大风，满城黄沙飞舞，尘土弥漫，行人都被风沙吹得睁不开眼。我走进丁玲同志的灵堂，我的心即刻被震撼了。只见灵堂的中央墙上，齐地竖立着大约八十公分宽、一米长的丁玲同志的巨幅头像。她微笑着，依然笑得那样安详……左右两边用白纸贴着她生前的誓言。左边是：飞蛾扑火，非死不止，我还要以我的余生振翅翱翔，继续在火中追求真理，为讴歌真理之火而死。右边是：丁玲永远是属于中国共产党的，是党的一个普通的忠诚战士……

看到这感人的肺腑之言，我的眼睛湿润了。我想起丁玲同志生前蒙冤二十多年的艰难岁月，想起她戴着高帽，挂着反党分子、大右派、特务的大木牌跪在地上的情景；想起她自己没有工资却还拿出仅有的积蓄、粮票去帮助北大荒的困难群众；想起她重返文坛后为繁荣文艺事业呕心沥血……我的眼泪夺眶而出，我默默抄下了这感人的心声。我在内心说：丁玲同志啊，你把自己比作飞蛾，你是一个多么不平凡的飞蛾呀……你把自己比作党的一个普通的忠诚战士，你是党的一个真正优秀的坚定的忠诚战士啊……

今年是丁玲同志诞辰一百周年纪念。丁玲同志复出文坛虽仅仅七年，但这短短的七年足已显现她人格力量的光辉。她音容虽逝，心迹长存。她对党的忠诚，早已为党首肯。她为文艺事业所做的杰出贡献，也早已为国人、世人所敬仰。作为晚辈的我，每每想起她对我们说过的这些，总是深受教育而激动不已。在她百年诞辰之际，谨以此文告慰她的在天之灵……

丁玲同志，您安息吧！

（原载《新文学史料》2004年第3期）

（《作家文摘》2004年11月19日转载）

平台思绪

阳春三月的蔚蓝天空，远方飘着几朵白云。小鸟叽叽叫着从天上飞过，似在向人间诉说，春天已来临。

我们的博雅西园位于五环外，临近圆明园。楼高九层，楼顶为平台，是这一带少有的高楼。楼顶由两个单元门组成的平台，又宽又长，约有一百平方米空地。不少人便在上面养花、种草、种菜。每到春、夏，地面满园的花树芳香，与楼顶花香齐放，园内的清新空气，便如同公园一般。九层的居民，如逢艳阳天，便来平台晒太阳。我斜靠在楼顶平台的折叠躺椅上，阳光灿烂，周身温暖如浴。今年八十七岁的老伴儿，也在躺椅上闭目养神。我透过平台栏杆远眺，前方黛色山脉耸立，那是香山、西山的远景。颐和园万寿山上，佛香阁青瓦尖顶屋檐下的白墙，看得那样真切。中央电视塔、鸟巢，及市中心的高楼群，楼高已超过了万寿山。东北面的昌平、回龙观区，盖高楼的吊车正在拆卸。看着那片灰色的高楼，我想起它的前方不远处，曾是以往没有汽车通向安定医院的那一大片庄稼地。有一年冬天的一个下午，我去安定医院看望住院的弟弟，那片庄稼地已收割，看上去似一片荒无人烟的原野。那天刮着七级大风，呼啸的北风，在那片原野上狂奔。没有一个行人，我低头弯腰顶着北风寸步前行，有时被风刮得直向后退，有时又不得不蹲下以免被风刮倒。走到医院时，很快就开晚饭了。回来时，风虽已小了些，但那无边的原野，那傍晚原野上的无数阴影笼罩着我，我不得不急速前行。到达德胜门车站时，已是汗流浃背了……

我起身从躺椅站起，沿着平台走向北面的栏杆向前看，那片庄稼地早已修建成街道，盖起了高楼大厦，融合为北京市区了。安定医院也已改名为回龙观医院。新建起的回龙观社区，已上了北京卫视，居民们一个个在电视上展现他们的新居，感谢党，感谢政府，讲诉他们搬进新居后的喜悦。

老伴这时已起身在平台散步。我走向平台栏杆的南面，凭栏眺望颐和园的万寿山，六十年代初，我在人民大学语文系外国文学教研室任教时，暑假曾来颐和园度假。那时人民大学在颐和园有别墅，靠近万寿山，教职员工可以分期分批来这里休假。我来的那批有语文系的步世秀、周文柏和我，还有其他系的几位教师。我们青春焕发，白天参观完了颐和园的著名景点，就去爬万寿山的后山。晚上静园后，游人散去，我们吃过晚饭，洗了澡，便三三两两地到园内散步。记得有天我和几位外系教师漫步在西堤，皓月当空，晚风吹拂着我们的衣裙，周边蝉鸣四起，我们兴致勃勃地踏着月色慢行。一轮明月在美丽的昆明湖中漂起。不知是哪位教师说，天上一个月亮，水中一个月亮，你们说哪个月亮最美？有说天上的美，也有说水中的美，还有说两个都美。这时，不知谁向湖中抛去一颗小石子，水中的月亮便破碎了。一会儿功夫，破碎的月亮又圆圆地出现在湖中，于是便又有人说，还是天上的月亮最美，因为天上的月亮无人敢上去破碎它……大家都轻轻地笑了，意会到这是心情愉悦，在找闲话说……

这都是过往的旧事了。

我走回躺椅，向人民大会堂方向遥望，这几天两会正在隆重召开，全国人民又都在期盼。改革开放三十多年了，在历届党中央和以习近平总书记为首的本届党中央的领导下，改革开放已取得巨大成就。每年的两会，都会为大家带来许多福祉和惊喜。为贯彻党的十八大确定的奋斗目标，和十八届三中全会提出的改革任务，习近平总书记发表了系列重要讲话。在这些讲话精神和党中央的指引下，全国人民已踏上新的长征路。今年的总理政府工作报告依然鼓舞人心，报道说，全场响起掌声四十多次，可见代表、委员们的兴奋之情。政府工作报告称，2016年已完成脱贫人口一千万的计划。自2014年习近平总书记在全国文联九届文代会、全国作协八代会上的讲话后，全国新闻、文化战线也都出现了欣欣向荣的景象。新闻报道称，自2013年习近平总书记在湖南湘西调研时首次提出了“精准扶贫”的指示后，河南兰考县小宋乡玉岗村党支部书记王风普，在习近平总书记亲临兰考调研时的指示下，制订了三年脱贫，七年进入小康的规划。他们为每个贫困户建立了扶贫档案，通过不同方式扶贫，完成脱贫计划后，正向小康迈进。90后出生的大学毕业生张皓博，到四川雅安雪山村任村干部，在雅安地震后的废墟上重建家园，通过产业和旅游扶贫，使雪山村建成了远近闻名的旅游景点。四川省麻怀村委会主任邓迎春，被誉为女愚公，带领村民开山凿石十六年，修成能走汽车的隧道，使家家有了新房，全村出了十九个大学生……

“厉害了，我的国!”北京卫视电视新闻上，一群头戴工作帽的工人中，一个年轻工人伸着大拇指，满脸笑容地大声喊道。

我被这个电视镜头深深感动了。

是啊！改革开放三十多年来，改革开放的成就巨大。我国在经济建设、文化建设、精神文明建设、治党、治军、外交、科技、航天、环保……等各个方面，都已创造了许多世界领先水平。新长征的战鼓敲得正酣，全国人民都在党中央的指引下，为夺取中国特色社会主义的新胜利，为实现中华民族伟大复兴的中国梦而奋斗着。我虽已身患重疾，即将入院手术，但我已迈进了八十四岁高龄，在我的有生之年，看到我们伟大的党，伟大的祖国，伟大的人民，历尽千辛，拼搏奋战，已立于世界不败之林，取得了，和即将取得更加辉煌的伟业。能是偲的儿女，此生足矣！

我们起身收起躺椅，放进小屋。我抬头仰望天空，天依然蔚蓝蔚蓝的，一望无际。温暖的阳光，普照大地。我和老伴相互搀扶着慢慢走下平台，走进家门……

2017年3月于博雅西园

图书在版编目（CIP）数据

银星海棠 / 吴芝兰 著. -- 北京 ：作家出版社，2017.5
ISBN 978-7-5063-9503-8

Ⅰ. ①银… Ⅱ. ①吴… Ⅲ. ①散文集 - 中国 - 当代
Ⅳ. ①I267

中国版本图书馆CIP数据核字（2017）第116670号

银星海棠

作　　者： 吴芝兰
责任编辑： 王　烨
特约编辑： 张玉太
装帧设计： 龙　葵　段领君
出版发行： 作家出版社
社　　址： 北京农展馆南里10号　　**邮　　编：** 100125
电话传真： 86-10-65930756（出版发行部）
86-10-65004079（总编室）
86-10-65015116（邮购部）
E-mail:zuojia@zuojia.net.cn
http://www.haozuojia.com（作家在线）
印　　刷： 北京玺诚印务有限公司
成品尺寸： 142×210
字　　数： 180千
印　　张： 9.125
版　　次： 2017年9月第1版
印　　次： 2017年9月第1次印刷
ISBN　978-7-5063-9503-8
定　　价： 32.00元